D1322652

Nuits blanches
à Langston Manor

Jacquie D'ALESSANDRO

Nuits blanches
à Langston Manor

ROMAN

*Traduit de l'américain
par Patricia Ranvoisé*

Titre original
SLEEPLESS AT MIDNIGHT

Éditeur original
Avon Books, an imprint of HarperCollins Publishers, New York

© Jacquie d'Alessandro, 2007

Pour la traduction française
© Éditions J'ai lu, 2009

*C'est avec une affection profonde
et toute mon admiration que je dédie
ce livre à deux femmes extraordinaires
que j'ai eu l'honneur et la joie de connaître,
hélas, trop brièvement. LuAnn Stanaland et
Diane Cegalis, votre confiance et votre courage
seront toujours une source d'inspiration pour
moi et tous ceux qui vous aimaient. J'ai eu
la chance d'être votre amie, et je ne vous
oublierai jamais. Vous serez toujours
vivantes dans nos cœurs.*

*Et comme toujours, je le dédie à Joe,
mon merveilleux mari, pour son soutien.
Grâce à toi, le soleil brille même quand il pleut.
Et à mon magnifique fils Christopher,
alias Sunshine, Junior. Je vous aime,
pour l'éternité.*

Remerciements

J'aimerais remercier les personnes suivantes pour leur aide et leur soutien inestimables :

Mon éditrice, Erika Tsang, qui a été enthousiasmée à l'idée de ce livre et lui a permis de voir le jour.

Liate Stehlik, Carrie Feron, Debbie Stier, Pam Spengler-Jaffe, Brian Grogan, Mike Spradlin, Adrienne DiPietro, Mark Gustafson, Rhonda Rose, Carla Parker, Tom Egner, et toutes les personnes merveilleuses de chez Avon/HarperCollins. Grâce à leur gentillesse et à leurs encouragements, ils m'ont aidée à réaliser mon rêve.

Mon agent, Damaris Rowland, pour sa confiance et ses conseils avisés, ainsi que Steven Axelrod et Lori Antonson.

Jenni Grizzle et Wendy Etherington, qui m'ont soutenue dans l'effort, toujours prêtes pour une langouste, du champagne, du chocolat ou un morceau de cheesecake. Et Stephanie Bond et Rita Herron pour s'être jointes à nous.

Merci également à Sue Grimshaw – pour ton soutien et ton réveil aux aurores afin de regarder mon interview – et à Kathy Baker, libraire hors du commun. Et comme d'habitude, à Kay, Jim Johnson, Kathy et Dick Guse, Lea et Art D'Alessandro, et Michelle, Stgeve et Lindsey Grossman.

Une cyber bise à ces déjantées de Connie Brockway, Marsha Canham, Virginia Henley, Jill Gregory, Sandy Hingston, Julia London, Kathleen Givens, Sherri Browning, Julie Ortolon, et aux «Tentatrices.»

Merci à mes nouvelles et merveilleuses amies qui m'ont accompagnée pendant le Levy Bus Tour – merci pour cette expérience fabuleuse : Pam Nelson, Justine Willis, Kathleen Koelb, Krystal Nelson, Janet Kery, Emily Hixon, Devar Spight, Susan Andersen, Mary Balogh, Allison Brennan, Pamela Britton, Wendy Corsi-Staub, Gemma Halliday, Candice Hern, Sabrina Jeffries, Susan Kearney, Marjorie Liu, Brenda Novak, Karen Rose et Gena Showalter. Toute ma gratitude aux gens de Harper Collins qui m'ont offert l'occasion de participer à cet événement.

Un merci particulier aux membres de l'association des Auteurs de romans sentimentaux de Géorgie et des Auteurs de romans sentimentaux d'Amérique.

Enfin, merci à toutes ces merveilleuses lectrices qui ont pris le temps de m'écrire. J'adore recevoir de vos nouvelles !

1

Les sens en alerte, Matthew Davenport planta sa pelle dans le sol et tendit l'oreille : hormis le chant des criquets et le bruissement des feuilles agitées par le vent, le cimetière était silencieux.

Il plissa les yeux pour tenter de percer l'obscurité, mais l'épaisse couche nuageuse devant la lune ne laissait filtrer aucune lueur. Il continua néanmoins d'inspecter les ténèbres en quête d'un éventuel signe d'intrusion. Bon sang, que lui arrivait-il ? Pourquoi se sentait-il aussi anxieux ce soir ? Tout semblait normal. Alors d'où lui venait cette étrange impression d'être épié depuis qu'il avait quitté le manoir ?

Il sursauta comme une chouette laissait échapper son hululement. Depuis des mois qu'il effectuait ses expéditions nocturnes, il n'avait jamais trouvé le parc aussi morbide. Tout en se traitant d'imbécile, il referma le poing autour du poignard glissé dans sa botte. Bien qu'il n'en eût aucune envie, il n'hésiterait pas à s'en servir si nécessaire : il avait fourni trop d'efforts pour laisser quiconque mettre ses recherches en péril.

Ses recherches ? Son cauchemar plutôt, songea-t-il avec amertume. Car au cours de l'année écoulée, ces satanées fouilles étaient devenues une obsession – une idée fixe qui lui avait ravi le sommeil et la paix de l'esprit.

11

Bientôt. Bientôt tout sera terminé.

D'une manière ou d'une autre…

Matthew souleva une nouvelle pelletée de terre et la jeta derrière lui en ahanant. Seigneur! Combien de trous devrait-il encore creuser? Combien d'autres nuits sans repos lui faudrait-il endurer? Même dans la journée, lorsque la peur d'être surpris l'obligeait à s'arrêter, sa quête le hantait. Car il ne lui restait plus qu'un mois pour respecter ses engagements. S'il n'y parvenait pas, il perdrait à jamais son honneur et son intégrité.

Il continua de creuser un moment, puis s'essuya le front du revers de la main. Il était en nage, les muscles de son dos étaient douloureux, mais ce n'était pas là le pire. Non, le plus insupportable était de penser à ces dizaines d'invités qui emplissaient sa demeure et rognaient sur le temps consacré à ses activités secrètes. Ils avaient tous débarqué en début de soirée, et il n'avait eu d'autre choix que de supporter leur compagnie jusqu'à la fin du dîner.

S'il s'était écouté, il les aurait renvoyés sur-le-champ. Mais alors, il lui aurait été impossible de trouver une épouse. Or, il lui en fallait une. Rapidement. Certes, il aurait pu partir pour Londres plutôt que d'inviter ces intrus chez lui, mais quitter le Kent l'aurait obligé à interrompre ses fouilles, et il ne pouvait se permettre de perdre du temps.

Un éclair suivi d'un grondement de tonnerre le tira brutalement de ses pensées. De grosses gouttes s'écrasèrent sur sa nuque. L'instant d'après, un véritable déluge s'abattait sur lui. En dépit de la pluie glaciale qui le transperçait, il décida de poursuivre sa besogne, accueillant presque avec joie cette distraction dans l'accablante routine de sa tâche.

Un nouvel éclair zébra le ciel, illuminant d'un coup les sépultures luisantes de pluie de la famille Davenport. À demi aveuglé par la brusque luminosité, Matthew cilla, et se raidit en apercevant une silhouette entre les tombes. Une silhouette qu'il reconnut immédiatement.

Nom de Dieu, que fabriquait Tom Willstone dans le cimetière familial au beau milieu de la nuit ? Le forgeron du village était-il en train de l'épier ? Était-ce sa présence qu'il avait perçue un peu plus tôt ? Certes, il avait parfaitement le droit de creuser autant de trous qu'il lui plaisait sur ses propres terres, et ni Tom ni qui que ce soit ne pourrait le lui reprocher. Néanmoins, la nature inhabituelle de son activité risquait de conduire à des spéculations et à des questions auxquelles il n'avait aucune envie de répondre.

Dans la clarté aveuglante de la foudre, il vit Tom disparaître derrière les massifs qui séparaient le manoir de Langston du chemin descendant au village de Fladersham. Un village où il devrait bientôt se rendre pour découvrir ce que le forgeron faisait ici et ce qu'il avait vu.

À cette perspective, il sentit son estomac se nouer. Il n'était pas retourné là-bas depuis près de vingt ans. Depuis le jour où...

Il chassa rapidement ce souvenir de son esprit. Non, il n'irait pas à Fladersham. Il procéderait cette fois-là comme tant d'autres depuis des années : en dépêchant quelqu'un à sa place. Daniel, par exemple, son meilleur ami, qui par chance faisait partie de ses hôtes.

Il songea de nouveau à ses invités. Outre Daniel, il avait convié au manoir des hommes de sa connaissance et quelques jeunes filles de bonne famille accompagnées de leur incontournable chaperon. S'il avait à peine remarqué les premières, il avait profondément ressenti les regards de vautours que lui jetaient les secondes, obsédées par l'idée de marier leur fille ou leur nièce à un noble fortuné. Si ces parangons de vertu avaient connu les détails de sa situation, elles auraient sans doute montré moins d'empressement à mettre leur protégée dans son lit. À moins que la perspective de décrocher le titre de «marquise de Langston» n'ait suffi à étouffer leur indignation, songea-t-il avec une pointe de cynisme.

Toutes ces femmes, vieilles et jeunes, étaient si prévisibles, si caractéristiques de leur classe : des plantes d'ornement qui discutaient de sujets futiles et s'émerveillaient devant un chapeau ou un colifichet.

Une seule lui avait paru sortir du lot. Assise en face de lui, à l'autre extrémité de la table, elle était, s'il avait bien compris, la sœur cadette de lady Wingate. Elle n'avait cessé durant tout le dîner de remonter ses lunettes qui s'obstinaient à glisser sur son nez. Comment s'appelait-elle déjà ? Il eut beau fouiller dans sa mémoire, son nom ne lui revint pas.

En fait, elle n'aurait pas plus retenu son attention que les autres si le hasard ne l'avait fait regarder dans sa direction au moment où elle se penchait pour humer son bol de soupe. Quand elle s'était redressée, les verres embués de vapeur, il avait souri en pensant au nombre de fois où il avait été victime de la même mésaventure en buvant son thé. Puis la buée s'était dissipée et, l'espace d'un instant, leurs regards s'étaient croisés. Une lueur s'était allumée dans les prunelles de la jeune fille, mais avant qu'il puisse en déchiffrer la signification, elle s'était détournée pour répondre à son voisin de table.

Heureux hôtes, songea-t-il, qui en ce moment même digéraient leur repas au fond de leur lit douillet tandis qu'il grelottait sous la pluie.

14

Sur quoi, il poussa un soupir, et chassa son amertume en maniant la pelle avec une vigueur accrue.

— Je déclare notre réunion ouverte.

Un délicieux frisson parcourut Sarah Moorehouse tandis qu'elle prononçait les mots tant attendus. Debout devant la cheminée de sa chambre, elle sentait la douce chaleur des flammes lui chauffer le dos à travers sa robe de chambre de coton. Les ombres mouvantes sur les murs s'alliaient aux éclairs et aux grondements du tonnerre pour créer une atmosphère inquiétante à souhait.

Une nuit parfaite pour parler de monstres.

Et de meurtre.

Elle s'approcha de ses trois compagnes. Assises côte à côte sur le lit, en chemise de nuit blanche, elles ressemblaient à trois tourterelles sur une branche. Les genoux remontés sous le menton, Emily Stapleford et Julianne Bradley la dévisageaient de leurs grands yeux écarquillés. Jusqu'à leur arrivée, Sarah s'était demandé si elles oseraient prendre le risque de sortir en catimini de leur chambre pour se rendre à leur rendez-vous secret. Elles semblaient si délicates, si timorées. Pourtant, elles avaient frappé à sa porte à l'heure convenue, visiblement enthousiastes à l'idée de se lancer dans l'aventure.

Sarah reporta son attention sur sa sœur Carolyn. En épousant lord Wingate, dix ans auparavant, Carolyn était passée du statut de simple fille de médecin à celui de vicomtesse. Puis, après le décès de son mari adoré, trois ans plus tard, à celui de riche veuve éplorée. Si éplorée, d'ailleurs, que Sarah s'était demandé si elle retrouverait un jour la jeune femme enjouée qu'avait été sa sœur. L'étincelle qui brillait en cet instant dans les yeux

15

de Carolyn valait tous les scandales que pourraient susciter leurs activités clandestines, et Sarah se réjouit qu'en dépit de son chagrin, Carolyn s'efforçât de renaître à la vie.

Après avoir pris place dans le cercle formé par ses amies sur le vaste lit, Sarah rajusta ses lunettes et déclara d'un ton solennel :

— Je commencerai par une question que vous vous êtes probablement déjà toutes posée étant donné l'objet de notre réunion : le Dr Frankenstein est-il juste le fruit de l'imagination de Mary Shelley ou ce savant fou qui déterrait les morts a-t-il bel et bien existé ?

Emily, la plus audacieuse de ses compagnes, intervint :

— Pourquoi parler au passé ? Peut-être existe-t-il toujours. Peut-être que Mary Shelley le connaissait et travaillait pour lui avant son aventure scandaleuse avec un homme marié.

Sarah contempla la jolie Emily qu'elle avait rencontrée cinq ans auparavant par l'intermédiaire de Carolyn. Elle avait été immédiatement séduite par l'énergie de cette jeune fille à l'esprit imaginatif et au regard pétillant. Âgée de vingt et un ans, Emily était l'aînée des six enfants de lord et lady Fenstraw. Suite à un revers de fortune dû au goût immodéré de son père pour les investissements douteux et les maîtresses dispendieuses, la jeune fille se retrouvait dans l'obligation d'épouser un bon parti.

Malheureusement, une dot un peu trop maigre diminuait considérablement l'attrait d'une femme, et la pauvre Emily, aussi charmante fût-elle, n'était pas du tout certaine de trouver le mari tant espéré. Ce qui expliquait pourquoi Sarah, avec son physique banal et sa dot inexistante, s'était depuis longtemps résolue au célibat. Une solution qui, à l'âge avancé de vingt-six ans, lui convenait d'autant mieux que son caractère indépendant aurait difficilement supporté la tyrannie d'un époux.

Elle s'éclaircit la voix avant de reprendre :

— Existe-t-il vraiment des savants fous tels que le Dr Frankenstein ? Voilà une bonne question pour entamer notre débat autour du roman de Mary Shelley.

Julianne, la fille unique du comte et de la comtesse de Gatesbourne, l'une des plus riches familles d'Angleterre, déclara en s'empourprant :

— Maman aurait ses vapeurs si elle apprenait que j'ai ouvert un livre aussi scandaleux.

Avec son teint de porcelaine et ses longues boucles blondes, Julianne était considérée par beaucoup comme une prétentieuse imbue de son titre et son physique. Sarah elle-même avait souscrit à ce jugement lorsqu'elle l'avait rencontrée pour la première fois, avant de se rendre compte que la jeune fille était simplement d'une timidité maladive. Un trait de caractère sans doute lié à l'autoritarisme de sa mère, mais qui, selon Sarah, dissimulait un esprit audacieux rêvant d'aventures plus exaltantes qu'une promenade à Hyde Park sous la surveillance d'un chaperon. Et Sarah était bien décidée à aider sa nouvelle amie à développer cet aspect caché de sa personnalité.

Elle aurait bien répondu que quelques vapeurs donneraient un peu de couleur à l'austère comtesse de Gatesbourne, mais se contenta de déclarer, rassurante :

— Il y a peu de risques qu'elle l'apprenne. Qui imaginerait que le « Cercle littéraire féminin de Londres » commente autre chose que les œuvres de Shakespeare ? Du reste, nous ne mentons pas vraiment, puisque, en dépit du scandale qu'il suscite,

Frankenstein est considéré comme une œuvre littéraire.

Elle sourit avant d'ajouter :

— C'est d'ailleurs ce parfum de scandale qui m'a donné envie de commencer nos réunions par ce roman.

— Je dois admettre que je n'avais pas pris autant de plaisir à lire depuis longtemps, avoua Carolyn avec un enthousiasme inhabituel.

Sarah se réjouit intérieurement. Apparemment, son idée avait permis à sa sœur de sortir de la coquille dans laquelle elle se retranchait depuis la mort de son mari. Quant à ses amies, il suffisait de les regarder pour deviner quel effet l'histoire de Mary Shelley avait eu sur elles. En se plongeant dans l'œuvre d'une femme qui avait eu deux enfants avec un homme marié avant de l'épouser, Julianne s'était affranchie pour la première fois de la tutelle maternelle. Quant à Emily, elle avait enfin réussi à oublier les problèmes financiers de sa famille.

— Une histoire très prenante, approuva Sarah. Je suppose qu'on est toutes d'accord sur le fait que Mary Shelley possède une imagination hors du commun.

— Je comprends pourquoi les gens ont cru que l'auteur était un homme, murmura Emily. Comment imaginer qu'une femme puisse concevoir une intrigue aussi effrayante ?

— Ce n'est là qu'un des nombreux aspects de l'injustice de la société actuelle, fit remarquer Sarah. Les femmes sont constamment sous-estimées. Une grave erreur, selon moi.

— Peut-être, dit Carolyn, mais c'est un fait.

— Et ceux qui nous sous-estiment, ce sont les hommes, renchérit Emily.

— Précisément, acquiesça Sarah en remontant ses lunettes. Ce qui confirme ce que je ne cesse d'affirmer : qu'il n'existe sur terre de créatures plus contrariantes que les hommes.

— Parles-tu d'un homme en particulier, s'enquit Carolyn, une note d'amusement dans la voix, ou de la gent masculine en général ?

— De la gent masculine en général. Comme tu le sais, j'aime observer les êtres humains, et le résultat de mes observations me pousse à conclure que la majorité des hommes peuvent se définir d'un mot.

— Autre que « contrariant » ? demanda Julianne.

— Oui.

Sarah haussa les sourcils et contempla ses compagnes en silence telle une institutrice attendant que ses élèves répondent à sa question. Devant leur air perplexe, elle insista :

— Les hommes sont… ?

— Mystérieux, proposa Carolyn.

— Euh, virils, suggéra Emily.

— Poilus ? hasarda Julianne.

— Des imbéciles, lâcha Sarah avec un mouvement de tête si péremptoire qu'il expédia ses lunettes au bout de son nez. Tous, presque sans exception. Jeunes ou vieux, ils considèrent les femmes comme des plantes d'ornement. Tant qu'elles restent dans leur coin, tout va bien, mais si elles se targuent de discuter, ils commencent à grincer des dents et les renvoient à leurs affaires pour se livrer à des activités bien plus passionnantes telles que boire un cognac, fumer un cigare ou marivauder.

— J'ignorais que tu fréquentais aussi assidûment les hommes, s'étonna Carolyn.

— Je n'ai pas besoin de les fréquenter, il me suffit de les observer, rétorqua Sarah. Doit-on sauter dans le feu pour savoir que ça brûle ?

Cependant, ses joues s'étaient s'empourprées. Car, en vérité, elle avait une expérience très réduite des hommes, dont le regard semblait glisser sur elle sans la voir. Ni laide ni jolie, elle ne retenait simplement pas leur attention, ce que sa nature pragmatique lui avait permis de comprendre et d'accepter depuis assez longtemps pour ne plus s'en offenser. D'ailleurs, n'était-ce pas cette invisibilité qui lui permettait de les étudier à loisir dans les soirées pendant que les autres femmes s'évertuaient à leur plaire ?

Oui, son opinion était totalement fondée, décréta-t-elle. Les hommes étaient des imbéciles.

— D'après ce que tu dis, ces messieurs préfèrent quand même les femmes aux plantes quand il s'agit de marivauder, souligna Carolyn, ironique. À moins qu'ils ne cherchent également à séduire les plantes en pots.

Sarah eut un pincement au cœur en percevant la note de tristesse derrière le sourire de sa sœur. Edward, le mari de Carolyn, était une exception, un homme loyal et un époux modèle, dévoué et aimant. Tout sauf un imbécile. Heureusement, Carolyn la connaissait assez bien pour ne pas se choquer de son franc-parler.

— Seulement quand ils ont bu trop de cognac, répliqua-t-elle, histoire d'alléger l'atmosphère. Mais je n'ai mentionné les imbéciles que par rapport à notre sujet. Car, selon moi, Victor Frankenstein en était un fameux.

— Je suis d'accord ! s'exclama Julianne, oubliant sa réserve habituelle. Il a accumulé les erreurs. C'est à cause de lui que tout est arrivé.

— Ce n'est quand même pas lui qui a tué, contra Emily.

— Peut-être, mais c'est lui qui a créé le monstre, rappela Carolyn.

— Et l'a rejeté, ajouta Sarah, qui serra les poings au souvenir de l'insensibilité du savant envers sa créature. Victor a abandonné ce pauvre diable sans le moindre état d'âme ; il l'a laissé complètement démuni face à l'existence. Il lui a donné la vie, mais ne lui a pas offert une once d'humanité. Et tout ça pourquoi ? Parce qu'il le trouvait hideux. Comme si c'était la faute du monstre ! Tout le monde n'a pas la chance d'être beau, conclut-elle avec un haussement d'épaules.

Un instant, la pensée que son empathie avec la créature vint de ce qu'elle reflétait sa propre situation l'effleura. Elle s'empressa de la repousser.

— Le monstre n'était pas simplement laid, rappela Julianne. Il était également méchant, énorme et terriblement effrayant.

— Il n'empêche, s'il y a une seule personne qui aurait dû le traiter avec bienveillance, c'est son créateur, persista Sarah. Il n'était ni féroce ni cruel avant de comprendre qu'il serait toujours rejeté. Je suis sûre que tout aurait été différent s'il avait rencontré quelqu'un capable de l'accepter.

— Je suis d'accord, renchérit Carolyn. Si Victor l'avait bien traité, les autres auraient fait de même, et tout se serait bien passé.

— Sauf que Victor a été la première victime de sa créature, enchaîna Julianne. Elle a tué son frère, son meilleur ami et sa femme. Personnellement, je comprends les deux, le Dr Frankenstein et le monstre.

Sarah pinça les lèvres.

— Je dois reconnaître que je suis un peu restée sur ma faim en ce qui concerne la création du monstre, dit-elle. Hormis de vagues allusions à des visites dans les ossuaires et dans les cimetières, Mary Shelley demeure très vague quant à la manière dont le docteur a façonné sa créature. Pour être franche, je me demande si une telle chose serait possible.

Jetant un coup d'œil vers la fenêtre derrière laquelle se déchaînait l'orage, elle ajouta :

— Vous vous rendez compte que le monstre a pris vie par une nuit comme celle-ci ?

— Je préfère ne pas y penser, rétorqua Julianne en frissonnant. N'oublie pas que c'est la soif de connaissance de Victor qui l'a conduit à sa perte.

— Il n'y a rien de mal à vouloir comprendre comment fonctionnent les êtres et les choses, protesta Sarah.

— À mon avis, Victor Frankenstein et sa créature te contrediraient, allégua Carolyn.

— Pour moi, la principale erreur de Victor a été de créer une créature aussi repoussante, déclara Emily. Il a obligatoirement vu à quoi elle ressemblait avant de lui donner la vie. Je ne suis pas un savant, mais si je devais créer un homme, j'essaierais qu'il soit parfait. Certainement pas un être à peine regardable, et encore moins un meurtrier.

— Un homme parfait… répéta Julianne, songeuse. Pensez-vous que cela existe?

Sarah regarda sa sœur à la dérobée. En voyant son visage s'assombrir, elle devina qu'elle se disait : « Oui, cela existe, et je l'ai eu pour mari. »

Emily laissa échapper un soupir.

— J'aimerais le croire, même si, jusqu'à présent, je ne l'ai pas rencontré.

— Moi non plus, confirma Sarah. Ce n'est pourtant pas faute d'avoir croisé la fine fleur de la haute société au cours de ces derniers mois. Mais aucun homme parfait dans tout cela.

— Ni même *presque* parfait, renchérit Julianne en soupirant à son tour.

— Eh bien, voilà qui est inacceptable! s'exclama soudain Sarah en se redressant. En conséquence de quoi, dans l'esprit de notre lecture du *Prométhée moderne*, je suggère que nous fassions ce que Frankenstein a été incapable de faire.

Penchée vers ses compagnes, elle fit une pause pour ménager le suspense. Le tonnerre grondait toujours au-dehors, et les éclairs se succédaient, illuminant les visages perplexes et attentifs des trois jeunes femmes.

— Je propose, reprit-elle en baissant la voix, de créer l'Homme parfait.

2

Un silence ébahi accueillit les paroles de Sarah. Finalement, Emily se racla la gorge pour déclarer :

— Que nous créions un homme ? As-tu perdu l'esprit ? Si tu crois que je vais rôder dans les ossuaires et les cimetières à la recherche de corps...

— Bonté divine, Emily, tu es presque aussi macabre que Mary Shelley ! coupa Sarah. De toute façon, je doute qu'il soit scientifiquement possible de ranimer des morts à la manière du Dr Frankenstein.

— Merci, mon Dieu, murmura Julianne.

— Ma proposition était à prendre au sens figuré : déterminer les qualités de l'Homme parfait, établir une liste de critères physiques et moraux.

— Je vois, fit Carolyn en hochant la tête. Mais pourquoi s'arrêter là ? Pourquoi ne pas le confectionner réellement ? Pas comme le monstre de Shelley, bien sûr, mais comme une sorte de poupée à taille humaine.

— Oh, oui ! s'écria Emily, ravie. Comme ça, on pourrait l'asseoir parmi nous au salon...

— Et parler chiffons pendant des heures sans risquer de l'ennuyer, poursuivit Julianne en s'esclaffant.

Emportée par l'enthousiasme de leur projet – d'autant qu'il avait visiblement réussi à sortir Carolyn de sa mélancolie –, Sarah gagna le petit secrétaire près de la cheminée. Elle s'y installa, sortit une feuille de vélin, et commença à écrire en même temps qu'elle parlait :

— Donc, l'Homme parfait s'assoira et discutera avec nous.

— Il ne se contentera pas de discuter, intervint Carolyn. Il nous *écoutera*.

— Et sera très intéressé par notre opinion, renchérit Emily.

— Évidemment, acquiesça Sarah en plongeant sa plume dans l'encrier. Parce qu'il reconnaîtra notre intelligence et notre perspicacité. Quoi d'autre ?

— Il sera gentil, dit Carolyn. Patient. Généreux. Honnête. Et honorable.

— Plein d'esprit, intelligent, et un danseur merveilleux et infatigable.

Julianne poussa un soupir rêveur.

— Pour être parfait, il doit également être magnifique, extrêmement romantique, et scandaleusement passionné.

— *Scandaleusement* passionné ? répéta Sarah, surprise.

— Oui. Le genre d'homme qui te fait défaillir.

— Au sens propre ou figuré ?

— Les deux. L'Homme parfait doit être capable de te faire succomber d'un seul regard.

— Tu veux dire comme une maladie fatale ? railla Sarah.

Seigneur ! Ayant été témoin de la souffrance de sa sœur à la mort d'Edward, elle n'avait aucune envie de se retrouver un jour en proie à une passion aussi dévorante. Elle préférait consacrer son énergie à lire, à s'occuper de ses fleurs et de ses animaux, à dessiner. De toute manière, elle n'était pas le genre de femme à inspirer une telle ardeur à un homme.

Quoique, parfois, elle ne pouvait s'empêcher de se demander quel effet cela faisait d'aimer à ce point. Et d'être aimée, désirée, avec la même fièvre en retour.

La voix déterminée de Julianne la ramena au présent.

— « Faire succomber d'un seul regard », écris-le, ordonna celle-ci.

— D'accord, marmonna Sarah en s'exécutant.

Elle se redressa.

— Autre chose ?

Carolyn se racla la gorge.

— Il devra également… bien embrasser.

Après un nouveau raclement de gorge embarrassé, elle ajouta :

— Cela dit, c'est déjà un peu sous-entendu dans « scandaleusement passionné ».

Sarah ajouta néanmoins « embrasse bien », étonnée de sentir ses joues s'enflammer.

— C'est tout ?

— Il faut aussi qu'il aime faire les boutiques, déclara Emily. Et qu'il soit grand et fort.

— Oh, oui, approuva Julianne. Avec des épaules larges et musclées.

— Et des cheveux bouclés et soyeux, ajouta Carolyn d'un ton mélancolique.

— Et des lèvres pleines, gloussa Emily. C'est mieux pour embrasser, non ?

Sarah compléta la liste en repoussant l'image qui tentait de s'imposer à elle : celle d'une bouche masculine aux lèvres pleines et bien dessinées qui s'approchait de la sienne…

— C'est terminé ? demanda-t-elle.

N'obtenant pas de réponse, elle baissa les yeux sur la liste et lut à voix haute :

— Selon le Cercle féminin littéraire de Londres, l'Homme parfait est gentil, patient, généreux, honnête, honorable, plein d'esprit, intelligent, beau, romantique, scandaleusement passionné, il peut faire succomber d'un seul regard, a des lèvres pleines, danse bien, aime faire les boutiques, écoute et sollicite notre opinion, le tout sans jamais se lasser ni se plaindre.

— Oh, oui, il a vraiment l'air parfait, commenta Emily avec un hochement de tête approbateur.

— Et toi, Sarah, qu'en penses-tu ? interrogea Carolyn. Tu n'as mis aucune qualité sur la liste.

— J'ai l'impression que vous avez déjà tout énuméré.

— Il y a obligatoirement un détail qui ne nous est pas venu à l'esprit et qui est important pour toi.

Après un instant de réflexion, Sarah opina.

— Puisque tu insistes, eh bien, je crois que j'aimerais qu'il porte des lunettes.

— Des lunettes ! répétèrent en chœur ses compagnes.

— Oui. Et qu'il adore le jardinage, comme moi. Qu'il remue la terre et arrache les mauvaises herbes sans se fatiguer ni se plaindre.

— J'imagine mal un gentleman en train d'arracher les mauvaises herbes, observa Emily. Et cela me paraît secondaire par rapport au fait de bien embrasser. Mais c'est vrai que ça peut être pratique, ajouta-t-elle avec un sourire malicieux. Quand on se promène dans le jardin et qu'on n'a plus rien à se raconter.

Sarah ajouta néanmoins ses souhaits aux précédents, puis elle posa son porte-plume et leva les yeux vers ses compagnes.

— Puisque l'idée vient de toi, Carolyn, déclarat-elle, comment comptes-tu réaliser cette poupée à taille humaine ?

Sa sœur considéra la question en se tapotant le menton.

— Voyons... Pour commencer, il nous faudrait des vêtements d'homme. Des culottes, une chemise, une cravate et des bottes.

— Oui, et il nous suffirait de les remplir, approuva Julianne, les yeux brillants. Comme un oreiller.

— On prendrait un coussin rond pour la tête, proposa Emily. Sarah dessinerait son visage sur le tissu. Je vote pour des yeux bleus.

— Moi pour des bruns, déclara Julianne.

— Verts, contra Carolyn.

Ce qui surprit d'autant moins Sarah que ceux d'Edward étaient de cette teinte.

— Afin de satisfaire tout le monde, je suggère noisette, dit-elle. Par chance, il s'agit de *ma* teinte préférée, précisa-t-elle avec un sourire. À présent, nous devons lui trouver un nom. Que pensez-vous de Franck N. Stein ?

Sa proposition fut accueillie avec enthousiasme. Quand les rires furent retombés, Julianne demanda :

— Comment allons-nous nous procurer des vêtements masculins ? En les achetant au village ?

— Trop banal, décréta Sarah.

Un sourire espiègle apparut sur ses lèvres.

— Je propose une chasse au trésor. Durant la journée, les invités masculins du marquis seront occupés à la chasse ou dans la salle de billard. Il nous suffira d'en choisir chacune un, de s'introduire en catimini dans sa chambre pendant son absence, et de lui subtiliser le vêtement nécessaire. Et voilà comment Franck N. Stein prendra vie.

— On ne peut pas voler des affaires ! s'exclama Julianne, atterrée.

Sarah balaya ses scrupules d'un geste de la main.

— Il ne s'agit pas d'un vol, juste d'un emprunt. À la fin de notre séjour, nous démonterons Franck et rendrons les articles empruntés à leurs propriétaires respectifs.

Julianne se mordilla la lèvre, l'air dubitatif.

— Et si on se fait prendre ?

— On sera envoyées à la potence, répondit Emily avec sérieux. Raison de plus pour se montrer très prudente.

Malgré la pénombre, Sarah nota la pâleur soudaine de Julianne. Elle adressa un regard réprobateur à Emily.

— Bien sûr que tu ne seras pas pendue, dit-elle. En revanche, tu risques fort d'être embarrassée, et ta mère d'avoir une attaque. C'est pourquoi je te conseille de te montrer discrète.

Julianne continua à se mordiller les lèvres un moment, puis hocha brièvement la tête.

— D'accord.

— Enfin ! s'écria Emily en se frottant les mains. Un peu d'excitation ! Et maintenant, qui doit prendre quoi à qui ?

— Mmm… Voyons quel vêtement semble le plus important pour chacun des hommes présents, suggéra Sarah. D'abord, les bottes.

— Pour cela, je conseille lord Berwick, déclara Julianne sans hésiter. Non seulement il a une démarche assurée, mais il est visiblement très fier de ses bottes. Il y a quelques semaines, j'ai dansé le quadrille avec lui à la soirée de lady Pomperlay. Comme j'admirais ses bottes, il m'a tenu un discours d'au moins cinq minutes sur la fleur de cuir.

— Excellente proposition, commenta Sarah. Tu seras chargée de subtiliser les bottes de lord Berwick, Julianne. Mais prends-lui plutôt une autre paire dont l'absence a plus de chance de passer inaperçu. La cravate, à présent ?

— Lord Thurston tire beaucoup d'orgueil de ses nœuds de cravate, fit remarquer Emily. À raison.

Je n'ai jamais vu de nœuds aussi élaborés que les siens. Je lui en chiperai une. Cela ne devrait pas me poser trop de problème : j'ai l'habitude de récupérer discrètement dans la chambre de mes sœurs les affaires qu'elles m'ont tout aussi discrètement volées.

— Je croyais que ce n'était pas du vol, intervint Julianne, de nouveau inquiète.

— Ce n'en est pas, assura Sarah d'un ton apaisant. Il ne reste donc plus que toi et moi, enchaîna-elle en se tournant vers sa sœur. Pour des culottes et une chemise. Étant donné que les culottes semblent plus personnelles, et qu'ayant été mariée tu es plus familiarisée avec... l'intimité masculine, je pense que c'est à toi de t'en occuper.

— D'accord, acquiesça Carolyn aussi naturellement que si elle acceptait une tasse de thé. Parmi les hommes présents au manoir, lord Surbrooke me semble être celui qui possède le goût le plus sûr. La coupe de ses habits est toujours impeccable.

— Et il remplit magnifiquement ses culottes, renchérit Emily avec un sourire mutin.

Sarah regarda sa sœur et ses deux amies échanger un regard avant de s'esclaffer. Elle joignit son rire aux leurs, à la fois ravie de la gaieté de sa sœur et ennuyée de ne pas avoir remarqué comment lord Surbrooke remplissait ses culottes. Elle avait pourtant un grand sens de l'observation d'ordinaire. Elle nota mentalement de réparer ce manque à la première occasion.

— Pour ce qui est de la chemise, il serait bien de l'emprunter à notre hôte, le marquis de Langston, déclara Julianne. J'ai remarqué au cours du dîner que c'était lui qui avait la plus blanche de toutes.

— Il a en outre les épaules larges, ajouta Emily sans se départir de son sourire malicieux.

— D'accord pour le marquis, décréta Carolyn. Tu as donc pour mission d'apporter une chemise de notre hôte, lança-t-elle à Sarah.

Celle-ci réprima une grimace. Leur hôte... Celui-là même qui avait esquissé un sourire en voyant ses verres de lunettes se couvrir de vapeur, avant de reporter vivement les yeux sur sa voisine plus jolie. Certes, avec le temps, elle s'était habituée à ce que les hommes ne s'attardent pas sur son visage, mais étonnamment, cette fois, l'espace d'un instant, elle avait eu l'impression qu'il était sur le point de s'adresser à elle. De manière ridicule, elle s'était presque imaginé qu'il allait rire avec elle au lieu de se moquer. D'où sa déception quand il s'était brusquement détourné.

Elle avait observé suffisamment d'hommes dans son genre pour les reconnaître au premier coup d'œil. De toute évidence, Matthew Davenport, qui avait hérité son titre de marquis à la mort de son père l'année passée, était l'un de ces jeunes pairs du royaume déjà gâtés par trop d'argent, d'oisiveté et de femmes serviles. Car, bien sûr, un homme aussi séduisant ne devait pas manquer de femmes prêtes à tout pour lui plaire. D'ailleurs, elle aurait été la première à tomber dans ses filets si, par chance, elle n'était pas immunisée contre des attributs aussi superficiels que la beauté physique.

Quoique Carolyn fût officiellement son chaperon, Sarah savait qu'en réalité, c'était elle qui accompagnait sa sœur chez le marquis. Pourtant, elle n'éprouvait aucune amertume à se prêter à une telle comédie si c'était là la condition pour que Carolyn retourne enfin dans le monde.

Elle soupçonnait cependant cette partie de campagne d'être autre chose qu'une simple fête entre amis. Selon certaines rumeurs, lord Langston – à la fois célibataire et porteur d'un des titres les plus anciens et les plus honorifiques d'Angleterre – était à la recherche d'une épouse. Si c'était vrai, Julianne, Emily et Carolyn étaient des candidates idéales, et Sarah soupçonnait leur hôte de les avoir invitées afin de les jauger... tel un maquignon avant d'acheter un cheval.

Bien qu'elle brûlât de faire part de la rumeur à sa sœur et à ses amies, elle s'était tue de crainte que Carolyn ne renonce à les accompagner. Pour une fois qu'elle acceptait de sortir, elle n'allait pas lui fournir un motif pour revenir sur sa décision. Néanmoins, lord Langston risquait d'être déçu s'il avait des vues sur elle, car Carolyn n'envisageait de se marier que par amour, et son seul amour, affirmait-elle, était et resterait Edward.

Emily et Julianne, en revanche, ne verraient sans doute pas d'un mauvais œil les avances du marquis. Raison de plus, donc, pour étudier celui-ci afin de déterminer s'il était assez bien pour elles. Ce qui, d'après ses premières constatations, ne semblait malheureusement pas être le cas. Pour l'instant, Sarah avait plutôt l'impression qu'il se classait dans la vaste catégorie des imbéciles.

Et maintenant, voilà qu'elle avait la charge de lui subtiliser – ou plutôt de lui emprunter secrètement – une chemise. Un sourire amusé se dessina sur ses lèvres à cette idée. Finalement, cette blague innocente serait l'occasion de prendre une petite revanche sur son hôte si dédaigneux. « Vous vous êtes moqué de moi, marquis ? songea-t-elle. Rira bien qui rira le dernier. »

— Chacune de nous connaît sa mission, fit-elle. Je déclare cette première réunion du Cercle littéraire féminin de Londres suspendue jusqu'à demain 13 heures, heure à laquelle nous commencerons à donner vie à M. Franck N. Stein.

Emily accueillit ces paroles en portant un toast imaginaire, puis tout le monde se sépara sur un rapide au revoir.

Une fois seule, Sarah s'appuya contre la porte close. Son regard tomba sur la liste restée posée sur le secrétaire. D'un pas décidé, elle s'en approcha, s'assit et plongea sa plume dans l'encrier pour y ajouter les qualités de *son* Homme parfait. Des qualités fondamentales, mais qu'elle n'avait pu se résoudre à citer devant sa sœur et ses amies tant elles la touchaient directement.

Il ne juge pas d'après leur apparence. Il sait discerner la beauté derrière la banalité des apparences. Il ne regarde pas les gens comme s'ils étaient transparents.

Rien ne lui prouvait qu'un tel homme existât, mais quitte à rêver, autant rêver grand.

Pensive, elle se leva et gagna la fenêtre. La pluie tambourinait toujours contre les vitres, et des éclairs zébraient le ciel à intervalles réguliers. À la faveur de l'un d'eux, elle repéra une silhouette masculine qui émergeait du taillis de saules devant le manoir. Tête baissée, les cheveux et les vêtements trempés, l'homme traversa la pelouse au pas de course. Il tenait une pelle dans la main droite. Soudain, comme s'il avait senti son regard peser sur lui, il s'immobilisa et leva les yeux vers elle. Elle se rejeta vivement en arrière, non sans avoir eu le temps de distinguer ses traits.

Le cœur battant à tout rompre, elle attendit quelques secondes avant de jeter de nouveau un coup d'œil par la fenêtre. Il avait disparu.

L'avait-il vue ? se demanda-t-elle, anxieuse. Et quand bien même ? Que craignait-elle ? Après tout, elle ne faisait que regarder l'orage. Ce n'était pas elle qui courait furtivement dans la nuit, une pelle à la main, comme… Victor Frankenstein.

Au souvenir du héros de Mary Shelley, son imagination fertile se mit aussitôt en branle. Elle s'obligea à se détourner de la vitre pour la calmer. Il y avait sûrement une explication logique au comportement de son hôte.

Une explication qu'elle avait bien l'intention de découvrir.

3

Les premières lueurs de l'aube filtraient à travers les tentures quand Sarah sortit sans bruit de sa chambre.

Elle s'était réveillée tôt, comme chaque jour, impatiente de se promener dans le parc magnifique qu'elle avait aperçu la veille lors de son arrivée. Elle comptait profiter de la tranquillité des premières heures de la matinée pour explorer massifs et bosquets, et réaliser quelques croquis dans les senteurs délicieuses de la végétation encore mouillée de pluie.

Sa vieille sacoche à dessin sur l'épaule, elle tourna dans le couloir, et percuta une jeune domestique chargée d'une pile de draps immaculés.

— Oh! Je vous prie de m'excuser, balbutia la jeune fille. Je ne m'attendais pas à voir quelqu'un debout à cette heure.

— C'est ma faute, répondit Sarah en ramassant sa sacoche et une taie d'oreiller. J'étais perdue dans mes pensées.

Elle se redressa, replia grossièrement la taie et la replaça sur les draps.

— M... merci, bredouilla la servante, visiblement stupéfaite.

Sarah faillit lever les yeux au ciel. Qu'y avait-il d'aussi extraordinaire à ramasser ce qu'elle avait fait tomber? Seigneur, elle n'était qu'une fille de médecin, pas la reine d'Angleterre. Elle ne s'habituerait décidément jamais aux règles qui régissaient la société au sein de laquelle sa sœur s'était mariée.

— De rien... ?

Elle inclina la tête.

— Mary, mademoiselle.

Sarah remonta ses lunettes en souriant.

— De rien, Mary.

— Vous vouliez quelque chose, mademoiselle ? s'enquit la jeune fille. La cordelette qui relie votre chambre à l'office ne marche plus ?

— Non, je n'ai besoin de rien, merci. Sauf peut-être que vous m'indiquiez comment rejoindre le parc. J'aimerais faire quelques croquis, ajouta Sarah en désignant sa sacoche.

À ces mots, le visage de Mary s'illumina.

— Oh, vous avez raison ! Les jardins sont magnifiques, mademoiselle, surtout quand il a plu. Et tellement bien entretenus. Monsieur le marquis adore les plantes et les fleurs.

— Vraiment ? s'étonna Sarah.

— Oui. Et il n'hésite pas à relever ses manches pour s'en occuper lui-même. Il lui arrive même de s'y rendre en pleine nuit.

Mary se pencha vers elle pour ajouter en murmurant :

— D'après certains, monsieur le marquis ferait pousser une sorte de fleur particulière qui éclôt la nuit et réclame beaucoup de soins.

— Une fleur qui éclôt la nuit ? Voilà qui est rare.

Bien que cet étonnant phénomène titillât sa curiosité, Sarah ne put s'empêcher de se reprocher son imagination excessive. Dire que cette nuit, lord Langston lui était apparu comme le nouveau Dr Frankenstein alors qu'il prenait simplement soin de ses plantations !

— Personnellement, j'y connais pas grand-chose, mademoiselle. Mais lord Langston est un spécialiste.

— Il faudra que j'en discute avec lui, se promit Sarah à voix haute.

Peut-être avait-elle mal jugé le marquis, après tout. Un homme passionné de jardinage ne pouvait être totalement mauvais.

Après que Mary lui eut indiqué le chemin, Sarah la remercia et gagna le grand salon qui donnait sur le parc. À peine eut-elle posé le pied sur la terrasse qu'elle sentit un merveilleux sentiment de paix l'envahir. Les rayons du soleil levant teintaient le ciel de rose et d'or ; le bruissement des feuilles sous la brise offrait une douce musique de fond aux pépiements joyeux des oiseaux.

Sarah prit une longue inspiration, se délectant du parfum frais de l'herbe mouillée. Le parc était d'une beauté à couper le souffle. D'étroits sentiers sinuaient à travers d'immenses pelouses semées de bosquets sous lesquels quelques bancs invitaient au repos et à la contemplation. Des massifs de fleurs parsemaient de touches colorées ces grandes étendues verdoyantes. De toute évidence, la passion du marquis pour les plantes se doublait d'un goût très sûr.

Dès qu'elle quitta la terrasse, Sarah sentit l'humidité transpercer le cuir de ses chaussures et imprégner le bas de sa robe. Sans s'en préoccuper, elle poursuivit son chemin au hasard, admirant au passage le subtil mélange de vivaces et d'annuelles.

Un murmure aquatique lui parvint soudain. Se guidant à l'oreille, elle découvrit une grande fontaine ronde au centre de laquelle se dressait la statue d'une déesse antique portant sur l'épaule une urne d'où s'écoulait un filet d'eau. Un petit banc de pierre à demi dissimulé par une haie lui faisait face. Sans hésiter, Sarah s'y installa et sortit son carnet de croquis.

Elle terminait d'esquisser les contours de la fontaine quand elle entendit crisser le gravier. Levant la tête, elle vit un énorme chien venir dans sa direction. Dès qu'il l'aperçut, l'animal s'arrêta, museau levé. Elle demeura aussi immobile que lui en priant pour qu'il ne soit pas dangereux.

— Bonjour, murmura-t-elle.

Il n'en fallut pas plus pour que le chien se remette en route en remuant la queue. Il lui flaira les chaussures, les genoux, puis, visiblement satisfait par son examen, s'assit bien droit à ses pieds.

Soulagée par cette attitude amicale, Sarah posa son carnet et lui gratta l'arrière de l'oreille. La couvant d'un regard extatique, le chien pencha davantage la tête et posa une patte boueuse sur sa cuisse.

— Mmm… C'est bon, n'est-ce pas ?

Elle rit comme son nouvel ami laissait échapper ce qui ressemblait à un soupir d'aise.

— Ma chienne aussi adore ça. Mais que fais-tu seul par ici ?

Elle venait à peine de poser la question qu'un nouveau crissement se fit entendre. Quelques secondes plus tard, la haute silhouette de lord Langston apparut à quelques mètres. En la voyant, celui-ci se figea. De toute évidence, il était aussi surpris qu'elle de cette rencontre.

Puis son regard glissa sur l'énorme patte du chien, et il émit un sifflement autoritaire. Aussitôt, l'animal reposa la patte sur le sol et le rejoignit, la queue basse.

Sarah se leva et esquissa une révérence en s'efforçant de dissimuler sa contrariété. D'autant qu'elle n'avait aucun droit d'être contrariée, se rappelat-elle. Le marquis était chez lui. Dans son parc. Et il s'agissait de son chien. Néanmoins, que faisait-il debout si tôt ? D'après ce qu'elle en avait remarqué, la plupart des hommes de la noblesse ne se montraient jamais avant midi.

— Bonjour, milord.

Matthew reconnut immédiatement la jeune femme : c'était elle dont les lunettes s'étaient embuées au cours du dîner. La sœur de lady Wingate, dont il ne parvenait toujours pas à se rappeler le nom. Il s'obligea à cacher le désagrément que lui procurait cette rencontre à un moment où il aspirait à la tranquillité. Que faisait-elle debout si tôt ? D'après ce qu'il avait remarqué, la plupart des femmes de la noblesse ne se montraient jamais avant midi. Et lorsque cela arrivait, elles avaient une mise autrement plus soignée que celle-ci avec sa robe froissée trempée jusqu'aux genoux et ses cheveux coiffés à la va-vite. Et, Dieu du ciel, pourquoi le fixait-elle avec cette expression ? Comme si c'était *lui* qui la dérangeait ?

Bon sang, en sa qualité d'hôte, il se devait d'échanger avec elle quelques plaisanteries stupides et polies. Alors qu'il n'avait qu'une envie : se retrouver seul pour réfléchir avant de demander à Daniel de descendre au village afin d'en apprendre plus sur la présence de Tom Willstone au cimetière cette nuit. Enfin, le mieux était de se plier aux convenances, puis de prendre congé le plus rapidement possible.

— Bonjour, répondit-il, résigné.

Une grosse marque boueuse maculait la robe de son interlocutrice et il réprima une grimace. Seigneur ! Elle allait faire une syncope en la découvrant. Il faudrait qu'il pense à demander à Mme Harbaker, la gouvernante, de s'en occuper personnellement. En espérant qu'il n'aurait pas à remplacer le vêtement abîmé ; de nos jours, les tenues féminines coûtaient les yeux de la tête.

— Je vois que vous avez fait connaissance avec mon chien, reprit-il pour combler le silence qui menaçait de s'éterniser

— Il est d'un naturel très amical, apparemment.

— Un peu trop, parfois, avoua-t-il avec une petite tape affectueuse sur la tête de Danforth.

Dommage qu'il ne lui ait pas appris à éviter les hôtes indésirables au cours de leur promenade matinale.

— Il ne vous a pas ennuyée, j'espère ?

— Absolument pas. J'ai moi-même une chienne. Presque de la même taille. Hormis la couleur du poil, ils se ressemblent beaucoup.

La jeune femme étudia le chien un moment avant de demander :

— Comment s'appelle-t-il ?

— Danforth.

Il y eut un nouveau silence, au cours duquel il s'étonna de ne voir personne d'autre apparaître.

— Vous êtes sortie seule ? s'enquit-il finalement. Sans chaperon ?

La question lui valut un haussement de sourcils, bientôt remplacé par un sourire amusé lorsqu'elle rétorqua :

— J'ai plus l'âge de servir de chaperon que d'en avoir un moi-même, milord.

L'âge de servir de chaperon ? Visiblement, elle était plus âgée qu'il n'y paraissait. Il l'examina plus attentivement. Si sa robe fripée et ses lunettes lui donnaient effectivement l'air d'une vieille fille, ses traits semblaient encore jeunes. Vingt-deux ans tout au plus, estima-t-il. Mais peut-être la faible luminosité du jour naissant lui jouait-elle des tours.

— Il est un peu tôt pour se promener, fit-il remarquer d'un ton faussement dégagé.

— Au contraire. C'est le moment de la journée que je préfère. Tout est calme, serein et paisible. Même la lumière est douce. Chaque matin contient la promesse d'une nouvelle journée remplie de surprises.

Matthew eut du mal à dissimuler son étonnement. Lui aussi appréciait particulièrement ce moment de la journée – encore qu'il aurait été incapable de l'exprimer avec autant d'éloquence.

— Je partage votre sentiment, dit-il sobrement.

— Vous avez un parc magnifique, milord.

— Merci.

Bon sang, si seulement il avait pu se souvenir de son nom. Il aurait été tellement plus facile de se retirer sur un «Eh bien, j'ai été ravi de discuter avec vous, mademoiselle Jones, mais je dois vraiment vous laisser».

— J'ai cru comprendre que vous étiez un jardinier et un horticulteur hors pair.

Il se retint de lever les yeux au ciel. De toute évidence, ses domestiques s'étaient montrés trop bavards. La prochaine fois, il embaucherait des muets.

— C'est ma grande passion, en effet, dit-il, répétant le mensonge inventé pour justifier ses allées et venues nocturnes.

Ce qui lui valut un magnifique sourire.

— Moi aussi, je suis passionnée de jardinage. Ces *hemerocallis flava*, ajouta la jeune femme, sont les plus belles que j'aie jamais vues.

Hemero-quoi? Il réprima un grognement. Bon sang, il devait être maudit! Pourquoi fallait-il que la première femme qu'il rencontre depuis des mois soit une experte en botanique? Elle ne pouvait pas se contenter de parler chiffons comme les autres?

— Ah, oui, je les aime beaucoup, marmonna-t-il.

À présent, il était temps de s'éclipser. Il fit un pas en arrière, et sentit le rebord en pierre de la fontaine contre ses fesses. Le rebord froid et *mouillé* de la fontaine. Il retint un juron.

Son interlocutrice eut un sourire amusé.

— Ce n'est pas agréable, n'est-ce pas? La même mésaventure m'est arrivée un nombre incalculable de fois. Puis-je vous proposer mon mouchoir?

Comme si un carré de lin bordé de dentelle pouvait sécher son derrière trempé! Malgré tout, cette marque de sympathie dissipa un peu sa mauvaise humeur.

— Merci, mais c'est à peine humide, mentit-il.

— Parfait. Dites-moi, utilisez-vous une technique spéciale?

— Pour sécher mes culottes?

— Pour fertiliser vos plantes.

— Oh. Non. Juste, euh, les produits courants.

— Votre compost contient forcément quelque chose de particulier, insista-t-elle. Vos delphiniums sont extraordinaires, et je n'ai jamais senti de *lanicera caprilfolium* aussi parfumé.

Bonté divine, cette conversation lui donnait l'impression de se balader dans un champ de tir, une cible sur ses fesses mouillées !

— Vous devriez poser la question à Paul, le jardinier en chef. C'est lui qui s'occupe des posts.

— Vous voulez dire des composts, rectifia-t-elle en fronçant les sourcils.

— Euh, oui, bien sûr.

Elle le fixa d'un regard si pénétrant qu'il eut tout à coup l'impression d'être un petit garçon surpris le doigt dans le pot de confiture. Il fallait vraiment qu'il s'échappe. Mais avant qu'il ait eu le temps de faire un geste, elle enchaîna :

— Parlez-moi de vos fleurs à éclosion nocturne.

— Pardon ?

— J'ai essayé de planter des *datura* et des *hylocerus*, mais le résultat a été plutôt décevant. Vos plants ont dû apprécier la pluie de cette nuit. Plus que vous, en tout cas.

Il se pétrifia.

— Moi ?

— Oui. Je vous ai vu rentrer au manoir de ma fenêtre. Vous aviez une pelle à la main.

Bon sang ! Ainsi, il ne s'était pas trompé : il avait bien aperçu une silhouette derrière une fenêtre, cette nuit. Une de ces pies toujours à épier et à écouter derrières les portes – exactement le genre d'invitée dont il se serait passé en ce moment. Et maintenant, elle le dévisageait comme si elle le soupçonnait de s'être livré à d'autres activités que du jardinage !

— En effet. Dommage que la pluie m'ait obligé à m'interrompre. Mais que faisiez-vous debout aussi tard ?

Ses soupçons se confirmèrent en la voyant rougir. À n'en pas douter, elle ne se trouvait pas là par hasard.

— Oh, rien de spécial, répondit-elle d'un ton peu convaincant. J'avais juste un peu de mal à trouver le sommeil.

Il était devenu assez expert en la matière pour savoir qu'elle mentait. Mais alors, pourquoi n'était-elle pas couchée ? Il élimina d'office la thèse d'une rencontre amoureuse secrète : elle n'avait pas le genre. Cela signifiait-il qu'elle avait entendu parler de l'argent ? Qu'elle le surveillait ?

Était-ce son regard qu'il avait senti peser sur lui pendant qu'il creusait dans le cimetière ? L'avait-elle surpris par hasard en sortant se promener ou l'avait-elle suivi délibérément ? Il fallait qu'il sache, décida-t-il en serrant les mâchoires.

— J'espère que vous n'avez pas attrapé froid sous la pluie, milord.

— Non, répondit-il en notant la rapidité avec laquelle elle avait réussi à ramener le sujet sur lui.

— Et vos fleurs à éclosion nocturne vont bien ?

— Parfaitement.

— Grâce à vos bons soins, j'imagine.

— En effet.

— Vous vous en occupez chaque nuit ?

Une authentique fouineuse, pas de doute.

— Cela dépend de mes possibilités, bien sûr.

— Bien sûr. J'aimerais beaucoup les voir. Où sont-elles ?

— Par là, répondit-il avec un geste vague de la main. En suivant les sentiers, vous devriez finir par tomber dessus.

Il se détendit un peu en la voyant hocher la tête. Apparemment, et malgré l'imprécision de ses indications, elle le croyait. Parfait. À présent, il était temps de prendre congé.

— Si vous voulez bien m'excuser, mademoiselle, hum…

Il toussota comme pour s'éclaircir la voix.

— Danforth et moi allons poursuivre notre promenade.

Inclinant la tête, elle le fixa d'un regard si perçant qu'il eut l'impression d'être transparent.

— Vous ne connaissez pas mon nom, n'est-ce pas?

Malgré le ton interrogateur, il s'agissait d'une affirmation. Il sentit le rouge lui monter aux joues – ce qui ne fit qu'ajouter à son malaise.

— Évidemment que je vous connais. Vous êtes la sœur de lady Wingate.

— Sœur dont vous avez oublié le nom.

Sans lui laisser le temps de s'excuser poliment ou d'admettre les faits, elle balaya l'air de la main et enchaîna:

— Ne vous inquiétez pas, j'ai l'habitude. Je me nomme Sarah, milord. Sarah Moorehouse.

J'ai l'habitude.

Étaient-ce les mots eux-mêmes ou la légèreté avec laquelle elle les avait prononcés? Matthew examina son interlocutrice avec un regain d'intérêt. Oui, il pouvait comprendre pourquoi les regards masculins glissaient sur elle – un état de fait contre lequel elle s'était visiblement endurcie. À son corps défendant, il éprouva une certaine sympathie à son égard et se reprocha sa négligence: agaçante ou non, cette femme était son invitée, et l'idée d'avoir oublié son nom comme tant d'autres goujats avant lui le contrariait.

Pour une raison inexplicable, il se sentit soudain moins pressé de partir. Sans doute parce qu'il voulait en savoir plus sur elle et les raisons qui l'avaient poussée à surveiller le parc depuis sa fenêtre au beau milieu de la nuit.

— Que dessinez-vous? s'enquit-il en posant les yeux sur le carnet de croquis qu'elle tenait à la main.

— Votre fontaine.

Elle contempla la statue au centre.

— Flora, la déesse romaine, n'est-ce pas ?

Matthew haussa les sourcils, surpris. S'il ne connaissait pas grand-chose aux plantes, il était en revanche féru de mythologie. Ce qui était aussi le cas de Sarah Moorehouse, apparemment.

— Vous êtes la première à l'identifier, mademoiselle Moorehouse.

— Vraiment ? Pourtant sa tête ornée d'une couronne de rose est un indice. Et où installer la déesse des fleurs sinon au milieu d'un parc ?

— Où, en effet ?

— Bien qu'il s'agisse d'une divinité mineure de la mythologie romaine, elle a toujours été ma préférée.

— Pourquoi ?

— Parce qu'elle est également la déesse du printemps, une saison chère à mon cœur, car elle symbolise le renouveau du cycle de la vie. Je célèbre sa fête chaque année.

— Les Floralies ?

Elle parut surprise.

— Vous connaissez la fête des Floralies ?

— Oui, même si je ne l'ai jamais célébrée. Et que faites-vous à cette occasion ? s'enquit-il, intrigué.

— C'est un peu idiot, franchement. Juste un petit pique-nique privé dans le jardin.

Idiot ? En vérité, Matthew trouva cela plutôt charmant.

— Privé ? Vous voulez dire toute seule ?

— Non, fit-elle en secouant la tête. J'invite quelques amis choisis.

Deux fossettes se dessinèrent sur ses joues, et une lueur malicieuse dansa dans ses yeux comme elle ajoutait :

— Bien sûr, ces invitations sont très convoitées. N'importe qui ne peut pas s'asseoir sur la couverture de la famille Moorehouse et partager le festin préparé par mes soins.

— Par *vos* soins ?

Elle acquiesça.

— J'adore cuisiner.

— Je croyais que c'était le jardinage votre passion.

— Il est possible d'avoir plusieurs passions, milord. Et puis, il me faut bien trouver une utilisation à toutes les herbes et les baies que je cultive.

« Singulier qu'une jeune femme de l'aristocratie sache où se trouvent les cuisines », songea-t-il. Avant de se souvenir que *Mlle* Moorhouse n'appartenait pas à la noblesse. Quelle profession exerçait son père déjà ? Régisseur ? Médecin ? Oui, quelque chose comme ça. Sa sœur avait acquis son titre par mariage.

— Est-ce que vous cuisinez… bien ?

— Disons que, pour l'instant, personne n'est encore mort, répondit-elle avec un sourire étincelant.

Le son de son propre rire le surprit. Il y avait si longtemps qu'il n'avait pas ri…

— Pour les Floralies, par exemple, que préparez-vous ?

— Le menu change selon les années et les convives. Cette année, je m'étais concocté des chaussons à la viande, des scones à la confiture de mûres et des tartelettes aux fraises en dessert.

— Cela semble délicieux. Et vos invités, qu'ont-ils mangé ?

— Des carottes crues, du pain rassis, un os de jambon, du lait tiède et un seau d'eau sale.

— Ça a l'air moins… goûteux. Et vous m'assurez que personne n'est encore mort ?

Elle s'esclaffa.

— Ce sont des plats de choix quand vous comptez parmi vos hôtes des lapins, des oies, ma chienne Desdémone, une portée de chatons et un cochon.

— Je vois. Vous avez des amis très originaux.

— Ils sont surtout fidèles, et toujours heureux de me voir. Surtout quand j'apporte des tartelettes aux fraises.

— Aucun cheval parmi eux ?

Elle secoua la tête, et Matthew crut déceler une drôle de lueur dans ses prunelles.

— Non. Ils me font peur.

— Vous avez peur des chevaux ? s'étonna-t-il.

— À moins de dix mètres, oui.

— Cela ne doit pas vous faciliter les choses pour monter.

— En effet. L'équitation ne fait vraiment pas partie de mes passions.

Il désigna le carnet de croquis du menton.

— Je peux voir votre dessin ?

— Oh... Ce n'est qu'une esquisse. Je commençais tout juste.

— Peu importe... À moins que cela ne vous gêne, bien entendu.

Quitte à poursuivre la conversation, il préférait aborder un sujet inoffensif plutôt que de la voir s'orienter de nouveau vers la botanique.

Mlle Moorehouse pinça un peu les lèvres, mais s'exécuta néanmoins, sans doute par crainte de l'offenser. Un instant, il regretta d'avoir insisté. Si le dessin était affreux – ce qui expliquait probablement pourquoi elle manifestait si peu d'enthousiasme à le lui montrer –, il serait obligé de feindre un minimum d'intérêt avant de pouvoir le lui rendre et prendre congé.

Il saisit le carnet qu'elle lui tendait à contrecœur, et l'ouvrit. Il y eut un long silence.

— C'est très beau, commenta-t-il finalement, incapable de dissimuler son étonnement.

— Merci, fit-elle, l'air gênée.

— C'est cela que vous appelez une « esquisse ? » Je serais curieux de voir ce que vous considérez comme un travail fini. C'est incroyable comme vous avez su rendre l'expression de ses traits, s'extasia-t-il en se rapprochant. On s'attend presque à la voir sourire.

En se tournant vers elle, il remarqua pour la première fois son nez fin et droit sous les lunettes cerclées de métal. Elle avait une petite tache de fusain sur la joue droite.

Leurs regards se croisèrent. Ils étaient quasiment à la même hauteur, constata-t-il, un peu surpris. Habituellement, les femmes lui arrivaient à peine au menton.

Mlle Moorehouse cilla derrière ses verres. Elle aussi semblait étonnée.

— Vous êtes grand, lâcha-t-elle à brûle-pourpoint.

À peine eut-elle prononcé ces paroles qu'elle pinça les lèvres, comme pour les rattraper. En dépit de la faible lumière, il vit ses joues s'empourprer.

— Je me disais la même chose à votre sujet, avoua-t-il en souriant. C'est agréable de ne pas avoir à me courber en deux pour discuter avec vous.

Elle émit un petit rire.

— C'est exactement ce que je pensais.

Elle avait un joli sourire, remarqua-t-il. Qui creusait deux fossettes aux coins de ses lèvres.

— Vous avez su rendre l'expression à la fois joyeuse et sereine de la déesse Flora.

— Je la sens profondément heureuse. Ce qui est normal puisqu'elle est dans son élément : au cœur d'un jardin empli d'arbres et de fleurs. Passer son existence dans un endroit magnifique, entourée de tout ce que l'on aime...

— ... est une bénédiction, termina-t-il en la dévisageant avec intérêt.

Si personne ne l'en avait informé, Matthew n'aurait jamais deviné qu'elle était la sœur de lady Wingate. Contrairement à la vicomtesse, Mlle Moorehouse n'avait rien d'une beauté. Ses traits n'étaient pas suffisamment harmonieux pour cela : ses yeux, encore grossis par ses verres, étaient trop grands, son nez trop petit, son menton trop volontaire et ses lèvres trop pleines. Quant à ses cheveux, ils manquaient de brillance et semblaient indomptables. Il essaya de se remémorer ce qu'on lui avait raconté à son sujet, mais se souvint juste qu'elle n'était pas mariée et accompagnait lady Wingate. Deux informations qui lui avaient suffi pour imaginer une vieille fille austère au visage fermé.

Or, elle n'était ni vieille ni austère, et son regard intelligent s'illuminait de malice dès qu'elle souriait. Une malice si bon enfant et dénuée de duplicité qu'il éprouvait une certaine difficulté à se détourner de ses grands yeux de biche.

« Ce qui ne l'empêche pas d'être une fouineuse », se rappela-t-il néanmoins.

— Un endroit magnifique, entourée de tout ce que l'on aime, répéta-t-elle, songeuse. Qui pourrait désirer plus ?

Moi, eut-il envie de répondre en pensant à ce qu'il cherchait en vain depuis un an. À ce qu'il désirait plus que tout, et désespérait de trouver un jour.

La paix.

Un mot simple, mais une chose extrêmement difficile à obtenir.

Se rendant soudain compte qu'il fixait Mlle Moorehouse depuis un bon moment, il se racla la gorge.

— Votre carnet contient-il d'autres esquisses ? demanda-t-il pour dissimuler son embarras.

— Oui, mais…

Elle se tut en le voyant ouvrir une page au hasard. Sous une fleur minutieusement reproduite à l'aquarelle, elle avait écrit dans une calligraphie élégante : *narcissus sylvestris*. Ce qui, s'il se fiait au dessin, devait correspondre à l'appellation latine de…

— Jonquille, murmura-t-il. Très joli. Vous êtes aussi talentueuse à l'aquarelle qu'au fusain.

— Merci.

Une fois encore, le compliment parut la surprendre. Il se demanda pourquoi. N'importe qui regardant ces dessins aurait sans doute dit de même.

— J'ai chez moi une centaine de croquis d'espèces différentes.

— Une autre de vos passions ?

Elle sourit.

— On dirait.

— Et qu'en faites-vous ? Vous les encadrez et les accrochez au mur ?

— Oh, non ! Je les conserve dans mes carnets en attendant d'en avoir suffisamment pour éditer un ouvrage d'horticulture.

— Vraiment ? Vous visez haut.

— Je ne vois pas de raison de me limiter.

Il la dévisagea. Il faisait assez jour à présent pour qu'il distingue la couleur de ses prunelles. Elles n'étaient pas bleues, comme il l'avait d'abord cru, mais d'un brun doré chaleureux. Outre de l'intelligence, il y décela une pointe de bravade, comme si elle le défiait de mettre en doute sa capacité à réaliser son souhait. Ce qu'il n'avait nullement l'intention de faire. Car il était évident que Mlle Moorehouse, en plus d'une fouineuse, était une de ces célibataires un peu effrayantes que rien n'arrêtait dans leur détermination.

— Pourquoi rester à terre quand on peut voler jusqu'aux étoiles ? commenta-t-il.

La remarque la fit ciller, puis son sourire revint.

— Exactement.

Se rendant compte qu'il était de nouveau en train de la fixer, il reporta vivement son attention sur le carnet de croquis. Il en feuilleta quelques pages couvertes de représentations de fleurs inconnues aux noms imprononçables et d'autres dont il connaissait l'aspect pour avoir passé des heures à creuser dans chaque recoin du parc.

Il tressaillit soudain en découvrant non pas une fleur, mais un homme. Nu. Et très généreusement doté. Selon l'inscription au-dessous, celui-ci se nommait Franck N. St...

Avec un petit cri, Mlle Moorehouse lui arracha le carnet des mains et le ferma d'un coup sec qui résonna dans le silence.

Matthew se sentit à la fois amusé et intrigué. Il ne s'était pas attendu à trouver ce genre de représentation dans le carnet de croquis d'une femme à l'air aussi insignifiant. Manifestement, il avait eu tort de se fier aux apparences. Était-ce pour cette raison qu'elle était debout cette nuit ? Pour dessiner en toute tranquillité des scènes érotiques ? Bon sang, se pouvait-il que le Franck qui lui avait servi de modèle fût un domestique du manoir ? L'un des gardiens du parc s'appelait justement Franck...

Non, c'était impossible. Elle n'était arrivée que la veille. Si au moins il avait pu distinguer les traits de l'homme, mais son visage était à peine esquissé – contrairement à tout le reste...

— Un de vos amis ? s'enquit-il.

Elle redressa le menton.

— Et si c'était le cas ?

Force était de reconnaître qu'elle avait du cran.

— Je dirais que vous avez su le rendre à son avantage. Même si, à mon avis, votre mère serait choquée.

— Ma mère ? répéta-t-elle avec un ricanement. Encore faudrait-il qu'elle s'intéresse à mes dessins. Ce qui ne risque pas d'arriver.

Reculant de quelques pas, elle enchaîna :

— C'était très agréable de discuter avec vous, milord, mais je ne voudrais surtout pas vous empêcher de poursuivre votre promenade matinale

— Ah, oui, ma promenade...

Soudain, Matthew était beaucoup moins pressé de prendre congé. Il avait envie de jeter un coup d'œil aux autres pages du carnet, de voir s'il pouvait découvrir de nouveaux aspects de cette femme à la personnalité si contrastée.

— Bonne journée, mademoiselle Moorehouse, répondit-il néanmoins. À ce soir au dîner.

Sur quoi, il la salua d'un hochement de tête, auquel elle répondit par une petite révérence.

Tandis qu'il se dirigeait vers les écuries, Danforth sur les talons, Matthew réfléchit à cette rencontre inopinée. Deux faits lui apparurent alors : premièrement, Mlle Moorehouse possédait des compétences en horticulture qui pourraient lui être utiles dans ses recherches. Deuxièmement, elle l'avait poliment congédié dans son propre parc, comme si elle en était la propriétaire et lui, un vulgaire valet. Et il s'était exécuté sans protester ! Bon sang. Il n'arrivait pas à savoir s'il en était agacé ou admiratif. Raison de plus, décréta-t-il, pour rester vigilant et obtenir d'elle les informations recherchées tout en gardant ses distances.

Après avoir regardé lord Langston disparaître sur le sentier, Sarah poussa un profond soupir.

Dieu du ciel, le marquis était vraiment un très bel homme ! D'un point de vue purement esthétique, il aurait tout à fait pu incarner l'Homme parfait. À tel point qu'elle avait senti son pouls s'accélérer d'une manière aussi inhabituelle que désagréable quand il s'était approché d'elle.

Désagréable, vraiment ?

D'un geste impatient, elle remonta ses lunettes sur son nez. De toute manière, là n'était pas la question. Car au-delà des apparences, le marquis était un fourbe et un menteur. Un expert en fleurs et plantes, lui ? À en juger par ses commentaires sur ses croquis et son air ahuri quand elle avait parlé de compost, il était à peine capable de différencier une rose d'un pissenlit. Alors, cultiver des fleurs à éclosion nocturne !

Ce qui la ramenait à la question initiale : Que fabriquait lord Langston sous l'orage en pleine nuit une pelle à la main ?

Même s'il ne déterrait pas des cadavres – une supposition qu'elle s'empressa de chasser de son esprit –, il se livrait de toute évidence à une activité suspecte. Et puisqu'il envisageait d'épouser l'une de ses amies, elle devait à tout prix découvrir de quoi il s'agissait.

4

Après un long galop à travers bois, Matthew monta se changer et gagna la salle à manger. Trouverait-il Mlle Moorehouse en train de déjeuner sur la grande table en acajou verni ? se demanda-t-il. À cette pensée, il accéléra inexplicablement le pas. Pour découvrir la pièce déserte.

— Quelqu'un est-il déjà descendu ? s'enquit-il tandis que Walters, le valet de pied, lui servait une tasse de café brûlant.

— Juste une de ces dames, milord. J'ai oublié son nom, mais elle porte des lunettes. Et possède un solide appétit. Elle a particulièrement apprécié les scones à la confiture de mûres.

— Ce qui prouve qu'elle a bon goût, murmura Matthew pour lui-même.

La scène de Mlle Moorehouse mordant dans un scone s'imposa à lui. Elle lui souriait, les fossettes aux commissures de ses lèvres bleuies par la confiture. Il s'imagina se pencher vers elle et lécher la gelée sucrée de la pointe de la langue.

Sa tasse de café à la main, il s'immobilisa. Seigneur, d'où lui venait cette vision ridicule ? La pluie de cette nuit devait lui avoir engourdi le cerveau. Ou alors cela faisait trop longtemps qu'il n'avait pas couché avec une femme. Oui, ce devait être ça. Comment expliquer autrement qu'un bas-bleu fouineur et sans grâce éveille en lui une pensée aussi sensuelle ?

Et pourtant, force était de l'avouer, quelque chose chez Mlle Moorehouse avait capté son attention. Quelque chose qui n'avait rien à voir avec son goût pour l'horticulture ou sa curiosité.

Le visage de la jeune femme dansa de nouveau devant ses yeux. C'était à cause de ces satanées fossettes, décida-t-il. Et de ces immenses yeux dorés qu'agrandissaient encore ses lunettes. Derrière l'intelligence qui y brillait, il avait perçu de la… vulnérabilité. Au point d'avoir la gorge nouée en y repensant. Ce qui était aussi incompréhensible qu'ennuyeux.

S'obligeant à chasser Mlle Moorehouse de son esprit, il avala son café et se rendit dans son bureau. Là, il passa plusieurs heures à étudier les comptes du domaine en attendant le retour de Daniel. Finalement, il posa sa plume en soupirant. Malgré les économies qu'il s'était imposées, sa situation financière s'était encore dégradée. Ce qui ne lui laissait plus le choix.

Un coup frappé à la porte le tira de ses sombres réflexions.

— Lord Surbrooke demande à vous voir, milord, annonça le majordome.

Enfin !

— Merci, Tildon. Faites-le entrer.

Matthew rangea les livres de comptes dans le tiroir. Il venait de glisser la clé dans la poche de son gilet quand Daniel apparut.

— Voilà donc où tu te cachais ! s'exclama celui-ci en se dirigeant directement vers le coffret à liqueurs. Tu as raté le meilleur.

— Le meilleur ?

— Nous avons joué au whist et au backgammon dans le grand salon.

— Que diable faisais-tu dans le grand salon ? J'attends ton rapport du village.

— J'y suis allé parce que je te cherchais. Tu n'y étais pas – ce qui n'est pas très poli vis-à-vis de tes invités, soit dit en passant. Une chose en entraînant une autre, je me suis retrouvé à jouer au whist puis au backgammon.

— Je croyais que tu détestais autant l'un que l'autre, s'étonna Matthew en rejoignant son ami installé devant la cheminée avec un verre de cognac.

— C'était avant que ta maison soit remplie de jolies femmes.

— Au cas où tu l'aurais oublié, ces jolies femmes sont censées être là pour *moi*, lui rappela sèchement Matthew.

— Il faut bien que quelqu'un veille à tes intérêts pendant que tu te terres ailleurs. Surtout quand tu as eu l'étrange idée d'inviter Berwick et Logan Jennsen, sans parler de Thurston et d'Hartley, tous grands séducteurs devant l'Éternel. Qu'est-ce qu'il t'est passé par la tête de leur proposer de venir ici ?

— Une partie de campagne avec des femmes pour seules convives aurait semblé un peu bizarre, non ? À l'origine, j'avais juste pensé à toi et à Jennsen, mais j'ai reçu une lettre de Berwick la semaine dernière où il me faisait part de son intention de passer quelques jours au manoir. Je ne pouvais pas refuser d'accueillir une aussi vieille connaissance sans paraître grossier.

— Et Thurston et Hartley ?

— Ils l'accompagnaient.

— Mmm… Eh bien, sache que tous trois tournent autour de tes jeunes invitées comme des vautours au-dessus d'une charogne.

— Au moins s'en occupent-ils, ce qui me laisse le temps de continuer mes recherches, rétorqua Matthew avec un ricanement amer. De toute manière, avec mon titre, je ne risque pas grand-chose. Entre un marquis et un comte, les femmes hésitent rarement.

59

— Exact. Malgré tout, j'ai préféré empêcher les vautours de proposer à leurs proies de les épouser sur-le-champ. Tu pourras me remercier plus tard. Moi, ton meilleur ami, toujours prêt à voler à ton secours.

— Merci, tu es vraiment une âme charitable, railla Matthew qui se servit un verre avant de s'asseoir.

Daniel leva les yeux au ciel.

— Je te sens sarcastique, Matthew. Tant pis pour toi, tu n'en seras que plus désolé quand je t'aurai relaté ce que j'ai appris en jouant au whist avec tes invitées. Car ma petite enquête devrait t'aider à prendre une décision rapide.

— Parfait. Tout ce qui peut me faire gagner du temps est le bienvenu. Mais avant, je veux savoir ce qui s'est passé au village. As-tu parlé à Tom ?

Daniel secoua la tête.

— Non. Comme il n'était pas à la forge, je suis allé chez lui. Mais il n'y avait que sa femme, et elle ignorait où il se trouvait. À en juger par ses yeux rouges et ses paupières gonflées, elle avait dû passer une bonne partie de la nuit à pleurer.

— Tu sais quand elle l'a vu pour la dernière fois ?

— Hier soir. Apparemment, Tom souffre de maux de tête et sort souvent se promener le soir ; l'air frais lui fait du bien. En ne le voyant pas rentrer avant la nuit, Mme Willstone a pensé qu'il s'était abrité de l'orage et ne s'est pas inquiétée. C'est seulement ce matin qu'elle a commencé à se poser des questions. Pluie ou non, Tom est toujours de retour à l'heure pour ouvrir la forge.

— Sauf ce matin, apparemment.

— En effet. Elle m'assurait qu'elle n'avait aucune idée de l'endroit où se trouvait son mari quand son frère est arrivé. C'est un ancien soldat nommé Billy Smithe. Il vient de s'installer chez eux et aide Tom à la forge.

— Est-ce que ce Billy en savait plus sur la disparition de son beau-frère ?

— Pas vraiment, même si, pour lui, il ne faisait aucun doute que Tom était parti courir la gueuse et allait refaire surface d'un moment à l'autre.

— Il t'a déclaré ça devant sa sœur ? s'écria Matthew, effaré.

— Oui. Elle ne voulait pas le croire, mais il l'a traitée de naïve. Il a dit qu'il n'était à Fladersham que depuis quinze jours, mais avait déjà entendu suffisamment de rumeurs à propos de Tom pour savoir à qui il avait affaire. Visiblement, il compte lui faire passer le goût des petites virées nocturnes dès qu'il le reverra. Ce dont je ne le blâme pas, ajouta David en faisant tourner le cognac au fond de son verre.

— Moi non plus. T'ont-ils dit autre chose ?

— Non. Mais Mme Willstone t'enverra un message dès le retour de son mari. Je lui ai raconté que tu voulais qu'il te forge une barrière. Sinon, aucun des villageois n'avait vu Tom depuis la veille.

Matthew réfléchit en contemplant son cognac, puis il regarda son ami.

— Merci.

— De rien. Alors, qu'en penses-tu ? Tu crois toujours que c'est Tom que tu as vu cette nuit ?

— J'en suis sûr. Même si cela ne signifie pas forcément qu'il m'épiait.

Peut-être le forgeron était-il simplement passé près du cimetière par hasard, songea Matthew. Peut-être avait-il effectivement mal à la tête ou besoin d'assouvir une envie moins avouable. Dans un cas comme dans l'autre, cela n'expliquait pas son absence à la forge ce matin... Pour en savoir plus, il faudrait attendre qu'il réapparaisse.

— Alors ? le pressa Daniel, le tirant de ses pensées.

— Alors quoi ?

— Tu ne veux pas savoir ce que j'ai découvert d'autre à propos de tes invitées ?

— Si, bien sûr.

Visiblement satisfait d'avoir de nouveau capté son attention, Daniel reprit :

— Avant de t'en faire part, j'aimerais avoir tes impressions sur les charmantes jeunes femmes que tu as invitées à ta partie de campagne – qui, si je puis me permettre, serait plus joyeuse avec ta participation.

Ignorant cette dernière remarque, Matthew haussa les épaules.

— Elles sont… tout à fait convenables.

— Certes. Mais j'imagine qu'après une soirée en leur compagnie, tu as une opinion un peu plus précise sur chacune. Lady Emily, par exemple…

Matthew considéra brièvement la question avant de répondre :

— Elle est très jolie.

— Lady Julianne ?

— Très belle.

— La vicomtesse de Wingate ?

— Sublime.

Daniel l'étudia un instant par-dessus le bord de son verre.

— C'est tout ce que tu as à dire ?

Nouveau haussement d'épaules.

— J'ai parlé du temps avec lady Emily. Elle déteste le froid et la pluie, et le soleil lui donne des taches de rousseur. Avec lady Julianne, nous avons discuté du dernier festival de Gloucester. Elle a trouvé la musique merveilleuse alors que je me suis à moitié endormi dans mon fauteuil. Sinon, la vicomtesse m'a confié qu'elle aimait les chiens, à condition qu'ils ne sautent pas partout et ne prennent pas trop de place sur le canapé. Comme tu peux le constater, rien d'exceptionnel, résuma Matthew en allongeant les jambes devant lui. En tout cas, rien qui fasse pencher la balance d'un côté ou de l'autre. Alors si tu as une information susceptible de m'aider à choisir, je suis preneur.

Daniel acquiesça.

— Très bien. Mais avant tout, laisse-moi te dire que tu t'y prends mal. Tu veux te marier…

— Je *dois* me marier. Nuance. Et pas avec n'importe quelle femme.

— Exactement. Il te faut une riche héritière. C'est pourquoi, au lieu de ces jeunes filles assez adorables pour éprouver le cœur et la patience d'un homme, tu aurais dû choisir des candidates plus âgées. *Beaucoup* plus âgées. Le genre de femme qui ne change pas de tenue toutes les demi-heures et t'est reconnaissante du moindre signe d'attention au lieu de bouder dès qu'elle se sent négligée. Selon moi, l'épouse idéale pour un homme dans ta situation doit avoir une centaine d'années et au moins cent mille livres de dot. Si, en plus, elle ne parle pas l'anglais, c'est parfait. Et ne te préoccupe pas de son aspect physique. Souviens-toi de cette phrase, cher ami : « La beauté s'évanouit avec la flamme des chandelles. Dans le noir, toutes les femmes se ressemblent. »

Sur cette pensée profonde, Daniel leva son verre et le vida d'un trait.

— Tu oublies juste qu'il me faut également un héritier, lui rappela tranquillement Matthew. Ce que me donnera difficilement une épouse d'une centaine d'années. Cela dit, je ne te savais pas aussi expert dans ce domaine. D'autant que tu n'es pas marié toi-même.

— On peut être célibataire et connaître les qualités nécessaires à une bonne épouse. Crois-moi, tu ne seras pas heureux avec une gamine qui s'attend que tu lui baises les pieds à chaque minute.

— Je n'ai l'intention de baiser les pieds de personne. J'ai besoin d'argent, de beaucoup d'argent, et vite. Pour cela, je compte choisir l'héritière la moins gênante, celle qui ne changera en rien ma manière de vivre. Ainsi, je pourrai rembourser les dettes du domaine et essayer de le rendre prospère.

— Je t'ai déjà proposé de te prêter…

Matthew leva la main pour interrompre son ami.

— Merci, Daniel. Je suis très touché par ton offre, mais non. Mes créances sont bien trop importantes. Même pour un homme aussi fortuné que toi.

— Tu veux dire les créances de *ton père*.

Matthew haussa les épaules.

— Elles sont devenues miennes à sa mort.

— « Les pères ont mangé des raisins verts et les dents des enfants ont été agacées », marmonna Daniel avec un rictus amer. Néanmoins, rien ne t'oblige à te presser autant. Essaie au moins de dénicher une héritière qui te plaise un peu.

— Je n'en ai plus le temps.

— Dans ce cas, tu aurais dû chercher plus activement au lieu de te terrer ici depuis un an dans l'espoir de découvrir une chose qui n'existe peut-être pas.

— Le pire, c'est que tu as probablement raison. Soit ça n'existe pas, soit je ne mettrai jamais la main dessus. Malgré tout, je ne peux pas renoncer. C'est ma liberté qui est en jeu. Et puis…

— … il s'agit d'une des dernières volontés de ton père, acheva Daniel à sa place. Pour l'amour de Dieu, Matthew, jusqu'à quand comptes-tu gâcher ta vie pour satisfaire les désirs d'un égoïste qui a consacré les vingt dernières années de sa vie à faire en sorte que tu te sentes coupable ?

Plongeant son regard dans celui de son ami, il ajouta :

— Cette prétendue mission n'avait d'autre but que de te garder sous sa coupe après sa mort. Tu n'es pas responsable de ce qui est arrivé. Tu as passé toutes ces années à payer pour un *accident*, à essayer de te faire pardonner un crime que tu n'as pas commis.

Matthew se raidit sous la vague de culpabilité qui le submergea. Malgré lui, les souvenirs affluèrent ; il ferma les paupières pour ne plus les voir.

— Ton père est mort, Matthew, lui rappela la voix de Daniel. Il n'y a plus d'excuses à chercher, plus rien à faire sinon vivre ta vie. Comme *tu* le souhaites.

Matthew rouvrit les yeux et contempla le feu dans la cheminée en songeant à l'enfer qui l'attendait s'il ne respectait pas sa parole.

— Je ne serai jamais libre si je n'honore pas ma promesse. Fouiller le domaine…

— À la recherche d'une chose qui n'existe peut-être pas.

— Et me marier avant un an.

— Une exigence stupide.

— Pas pour mon père qui désirait plus que tout un héritier. Je te rappelle que je suis le dernier Davenport mâle.

En prononçant ces mots, Matthew sentit son estomac se contracter. Il repoussa l'image de James.

— C'était la dernière et unique requête de mon père.

— Une requête aussi insensée que les centaines qu'il t'a faites durant sa vie, commenta Daniel. Il est *mort*, Matthew. Il n'en saura rien.

En proie à un maelström d'émotions, Matthew posa les coudes sur ses genoux et enfouit le visage entre ses mains.

— Si tu savais le nombre de fois où je me suis dit la même chose. Mais chaque fois, ma satanée conscience s'est réveillée pour m'assurer que si, il saurait. J'ai donné ma parole et je la tiendrai. Sans compter qu'un bon mariage représente sans doute mon dernier espoir de sauver le domaine.

Daniel laissa échapper un soupir résigné.

— Très bien. Dans ce cas, il est temps de te confier les résultats de ma petite enquête. Commençons par lady Emily.

— Qu'as-tu découvert à son sujet ?

— Elle ne convient pas. Grâce à une conversation très intéressante avec Logan Jennsen, qui, comme tu le sais, connaît la situation financière de tout le monde en Angleterre, j'ai appris que, bien qu'il ait réussi à le dissimuler jusqu'alors, le père de lady Emily est au bord de la faillite. En fait, sa situation n'est guère plus brillante que la tienne.

— Diantre ! Tu as raison, c'est le genre de chose qu'il vaut mieux savoir avant qu'après. Et lady Julianne ?

— Bien qu'elle n'ait pas cent ans, elle apparaît comme une bonne candidate. J'ai même l'impression que tu devrais concentrer ton attention sur elle. C'est la fille unique de Gatesbourne, et le comte est prêt à offrir une fortune pour lui obtenir un titre. Surtout si celui-ci lui est donné par un pair du royaume jeune et assez bien de sa personne plutôt que par un vieux barbon dont la seule vue fera fondre en larmes sa chère enfant.

— Ça fait toujours plaisir de savoir qu'on est plus désirable qu'un vieux barbon, commenta Matthew avec flegme.

— De plus, poursuivit Daniel sans relever, d'après mes premières observations, lady Julianne est timide et facilement malléable. Tu ne devrais donc avoir aucune difficulté à la cantonner dans un coin reculé du manoir si tu le souhaites.

— Quelque chose sur lady Wingate ?

À cette question, une lueur s'alluma dans le regard bleu de Daniel, si fugitive que Matthew ne l'aurait pas remarquée s'il n'avait aussi bien connu son ami.

— Lady Wingate serait un mauvais choix pour deux raisons : premièrement, elle ne possède pas assez de fortune pour te sauver de la ruine.

Matthew fronça les sourcils.

— Je croyais qu'elle avait hérité de son mari.

— D'après Jennsen, Wingate lui a laissé leur maison de Mayfair et de quoi vivre confortablement.

Mais à part cette propriété acquise quelques années avant sa mort, tous ses biens étaient attachés au domaine familial de manière inaliénable. Certains pensent même qu'il a acheté Mayfair dans l'unique but de soustraire sa femme à la rapacité de son frère au cas où il disparaîtrait. Et à en juger par le comportement dudit frère, ajouta Daniel d'un ton pincé, le vicomte a bien fait.

— Je vois, fit Matthew. Et quelle autre raison la rend inéligible ?

— Lady Wingate semble décidée à rester fidèle à son défunt mari. En discutant avec elle cet après-midi, j'ai pu me rendre compte que, bien qu'il soit mort depuis trois ans, elle éprouve toujours les mêmes sentiments envers lui. Elle en parle comme d'un homme d'exception et semble satisfaite à l'idée de vivre dans son souvenir.

Matthew considéra son ami ; ce dernier fixait le fond de son verre d'un air sombre.

— On dirait que tu la désapprouves.

Daniel haussa les épaules.

— Ça me paraît un sacré gaspillage.

— De toute évidence, elle l'aimait profondément.

— Oui. Assez pour gâcher le restant de sa vie à le vénérer. Et d'après ce qu'on raconte, le vicomte était aussi entiché qu'elle, précisa Daniel avec une pointe de mépris. Que Dieu me préserve d'une telle folie ! Je préfère continuer à butiner en gardant mon cœur pour moi. Et toi, Matthew ? Tu t'imagines te donner ainsi, corps et âme, à une femme ?

Surpris d'entendre son ami aborder ce genre de sujet, Matthew réfléchit à la question.

— J'ai connu nombre de jolies femmes, déclara-t-il finalement, mais aucune ne m'a jamais inspiré la dévotion que tu décris. En conséquence, j'ai tendance à penser qu'un homme qui a la chance de ressentir un amour aussi profond et s'en détourne est un imbécile. En ce qui me concerne, je n'ai, hélas, pas le temps de me mettre en quête de cette femme idéale qui, de toute façon, n'existe probablement pas.

— Dans ce cas, lady Julianne est celle qu'il te faut.

Matthew se remémora les traits de la jeune héritière. Oui, lady Julianne était jolie. Et s'il en jugeait par la rapidité avec laquelle la mère de la jeune fille avait accepté son invitation, il n'aurait aucun mal à en faire son épouse. Il lui suffirait de la courtiser et d'agiter son titre de marquis devant elle pour conclure l'affaire. Alors pourquoi ressentait-il une telle lassitude à l'idée de la séduire ?

Il lâcha un soupir.

— Une seule candidate valable sur trois !

— C'est ta faute. Tu aurais dû mieux te renseigner avant de lancer tes invitations.

— Tu as raison. Malheureusement, j'étais trop préoccupé par mes recherches pour songer à autre chose. Pour l'instant, je vais suivre tes conseils et me concentrer sur lady Julianne. Sinon, vois-tu d'autres jeunes filles que je pourrais inviter à nous rejoindre ?

Daniel considéra un moment la question, puis répondit :

— Lady Prudence Whipple et Mlle Jane Carlson. Elles manquent un peu de charme et de conversation, mais leur fortune est considérable.

— Parfait. Je vais demander qu'on leur envoie une invitation sur-le-champ.

Fort de sa décision, Matthew se leva et gagna la porte-fenêtre. Un peu plus loin sur la terrasse, ses hôtes prenaient le thé autour de la grande table ronde en fer forgé, discutant et riant. Ne manquaient à l'appel que Daniel et...

Matthew fronça les sourcils. Où était Mlle Moorehouse ? Un mouvement un peu plus loin attira son attention, et comme si le pouvoir de sa pensée avait suffi à la matérialiser, il reconnut la jeune femme.

Debout au milieu de la pelouse, elle jouait avec Danforth. Le chien s'élança à toute allure derrière le morceau de bois qu'elle venait de lui jeter, l'attrapa d'un bond et revint le déposer à ses pieds. Puis il roula sur le dos pour lui présenter son ventre.

Malgré la distance, Matthew distinguait le sourire radieux de Mlle Moorehouse. Il eut presque l'impression d'entendre son rire lorsqu'elle s'agenouilla dans l'herbe et, sans se soucier de tacher sa robe, caressa Danforth.

— Et Mlle Moorehouse ? interrogea-t-il.

— Qui ? demanda Daniel, qui n'avait pas bougé de son fauteuil.

— La sœur de lady Wingate.

Matthew entendit son ami se lever. L'instant d'après, Daniel s'immobilisait près de lui et suivait la direction de son regard.

— La vieille fille à lunettes ? Celle qui reste toujours à l'écart à gribouiller sur son carnet de croquis ?

« La fouineuse avec de grands yeux de biche, des fossettes et une bouche pulpeuse », faillit-il rectifier.

— C'est ça. As-tu des informations à son sujet ?

Daniel le contempla d'un air perplexe.

— Que veux-tu savoir ? Et surtout pourquoi ? Elle accompagne lady Wingate et n'a rien d'une riche héritière. Son père est médecin.

— Cela n'a pas empêché Wingate d'épouser sa sœur aînée et d'en faire une vicomtesse.

— Certes, acquiesça posément Daniel comme s'il s'adressait à un enfant. Mais Mlle Moorehouse qui, par ailleurs, est sans doute très sympathique, est loin de posséder les attraits de sa sœur. Ni son élégance si j'en crois l'activité à laquelle elle se livre en cet instant. J'ai du mal à imaginer un marquis trépignant d'impatience à l'idée d'en faire son épouse. D'autant qu'elle n'a pas un sou.

— Ne t'inquiète pas, là n'est pas mon intention. Ce qui m'intéresse, c'est ce qu'elle cache.

Après avoir relaté à Daniel sa conversation matinale avec Mlle Moorehouse, Matthew conclut :

— Cette femme dissimule un secret, et je veux découvrir lequel.

— Je te comprends. Mais méfie-toi tout de même. Tu connais aussi bien que moi ce genre de vieille fille prête à tout pour trouver un mari. Tu es probablement le premier à avoir discuté plus de cinq minutes avec elle, et je suis prêt à parier cent livres qu'elle est déjà amoureuse.

Sarah perçut la présence du marquis à l'instant où il sortit sur la terrasse en compagnie de lord Surbrooke. Bien qu'elle continuât à jouer avec Danforth comme si de rien n'était, son regard revenait sans cesse vers son hôte. Si encore il l'avait ignorée ! Mais chaque fois, elle avait l'impression que lui aussi avait les yeux posés sur elle. Finalement, se sentant rougir malgré elle, elle lui tourna le dos. Mais même ainsi, elle entendait encore la voix grave et profonde de lord Langston s'élever au-dessus des murmures indistincts de ses invités.

Bien décidée à ne pas céder à la tentation de se retourner, elle prit le bâton dans la gueule du Danforth et le lança le plus loin possible. Puis, ses jupons rassemblés dans une main, elle s'élança derrière le chien et ne s'arrêta qu'après avoir tourné à l'angle du manoir.

Soulagée sans vraiment comprendre de quoi, elle s'accroupit pour caresser Danforth.

— Tu n'as vraiment rien d'un chien féroce, s'esclaffa-t-elle quand il se coucha sur le dos, les pattes en l'air. Dommage que ma petite Desdémone ne soit pas avec moi, vous auriez fait une jolie paire.

— On joue les entremetteuses, mademoiselle Moorehouse ?

Sarah sentit son cœur bondir dans sa poitrine en reconnaissant la voix derrière elle. Elle voulut regarder par-dessus son épaule, mais le soleil aveuglant l'en empêcha. Ramenant les yeux sur Danforth, elle répondit :

— Je disais juste à Danforth qu'il s'entendrait bien avec ma chienne.

Le marquis s'accroupit près d'elle.

— Et pourquoi donc ? s'enquit-il en flattant son chien.

Il avait de belles mains, nota Sarah. Larges, et étonnamment hâlées pour un homme de sa condition. Des mains qui savaient se montrer tendres à en juger par la douceur avec laquelle il caressait Danforth. Difficile de les imaginer commettre un acte répréhensible. Et pourtant, se rappela-t-elle, il avait quelque chose à cacher. Quelque chose qui l'obligeait à sortir la nuit armé d'une pelle.

— Ils ont le même genre de caractère. Elle me manque beaucoup.

— Vous auriez dû l'amener.

Sarah ne put réprimer un rire.

— La voiture était déjà à peine assez grande pour ma sœur et moi, et nos bagages, je n'ose imaginer ce que cela aurait donné avec un chien de quarante kilos en plus.

— Vous ne prenez pas le thé avec les autres. Pourquoi ?

Elle tourna la tête vers lui, et tressaillit en rencontrant ses yeux noisette semés de taches d'or. Il avait un regard profond et intelligent. Un regard vif, où elle crut pourtant déceler une trace de lassitude. Quelle en était la raison ? s'interrogea-t-elle. Un excès de soucis ? De la culpabilité ? En relation avec ses activités nocturnes ?

Autant de suppositions impossibles à vérifier. Ce qui était certain, en revanche, comprit-elle devant son air interrogateur, c'était qu'il venait de lui poser une question. Laquelle? Elle n'en avait aucune idée. Cette plongée soudaine dans les yeux du marquis lui avait fait perdre le fil de la conversation.

Comme chaque fois qu'elle était embarrassée, elle s'empourpra.

— Je suis désolée, s'excusa-t-elle. Que disiez-vous?

— Pourquoi n'avez-vous pas rejoint les autres pour le thé?

— Il fait trop beau pour rester assis à une table. En fait, je m'apprêtais à aller voir vos plantations quand je suis tombée sur Danforth. Il m'a suppliée de jouer avec lui et je n'ai pas pu refuser.

Un léger sourire étira les lèvres du marquis.

— Il vous a *suppliée*?

— Il a filé à toute allure, est revenu avec ce bâton et l'a déposé à mes pieds en gémissant. Personnellement, c'est le genre d'invitation à laquelle je suis incapable de résister.

— La plupart des femmes sont rebutées par sa taille.

— Je crains de ne pas ressembler à «la plupart des femmes».

Le marquis fit la moue et hocha la tête, manifestement d'accord. Ce qui la blessa profondément...

Après une ultime caresse à Danforth, il lui tendit la main. Sarah contempla cette belle main bronzée quelques secondes, consciente de l'emballement aussi soudain qu'inexpliqué de son cœur. Comme dans un rêve, elle leva lentement la sienne. La sensation de leurs paumes nues l'une contre l'autre, de ses longs doigts serrés autour des siens l'enflamma. Il avait la peau si tiède, sa main était si large, si forte... En contraste, la sienne lui semblait presque délicate.

Il tira doucement pour l'aider à se redresser. Lorsqu'il la lâcha, Sarah ferma le poing comme pour conserver la chaleur presque magique de leur contact.

— Vous faites quelques pas avec moi ? proposa-t-il.

Elle dut déglutir avant d'articuler :

— Avec plaisir.

Ils marchèrent en silence un long moment, puis le marquis demanda :

— En quoi vous sentez-vous différente de la plupart des femmes ?

Sarah haussa les épaules.

— Je me fiche de me salir en me promenant dans le jardin ou en jouant avec mes animaux. J'ai horreur de la broderie, j'aime marcher sous la pluie, je me moque d'avoir des taches de rousseur sur le nez, je chante comme une casserole et je suis incapable d'entretenir une conversation mondaine.

— Pardonnez-moi, mais je dois vous contredire sur le dernier point. C'est la deuxième fois que nous discutons ensemble aujourd'hui, et je constate avec plaisir que vous n'avez toujours pas évoqué le temps qu'il fait.

Sarah l'examina, se demandant s'il était sérieux. Apparemment, il l'était.

— Dans ce cas, permettez-moi de vous dire que le plaisir est partagé. Vous non plus n'avez pas abordé ce sujet. Ce qui est un soulagement.

— En effet.

— À quoi bon parler du temps ? De toute manière…

— On n'y peut rien, achevèrent-ils en chœur.

Sarah cilla. Et sourit.

— Exactement.

Le regard du marquis se posa sur sa bouche. Elle sentit une vague de chaleur l'envahir. Puis il remonta vers ses yeux et murmura :

— En quoi encore vous différenciez-vous des autres femmes ? Par exemple, n'aimez-vous pas faire les boutiques ?

Elle lâcha un petit soupir.

— Oh si. Surtout les librairies. J'adore l'odeur du cuir et du vieux papier.

— Et à part les librairies ?

— Les pâtisseries. Et les merceries. Je dois avouer une faiblesse pour les bonnets.

— Les bonnets ? Vous voulez dire ce qu'on met sur la tête ?

— Je n'en connais pas d'autres. Et vous ?

— Euh, non… C'est juste que je ne vous ai pas vue en porter.

— J'en avais un en sortant, mais je l'ai retiré pour jouer avec Danforth.

Lissant ses boucles indisciplinées, elle ajouta :

— C'est le seul moyen que j'ai trouvé pour rester à peu près coiffée.

Comme il examinait ses cheveux, Sarah dut se retenir pour ne pas plaquer les mains sur sa tête.

— Je pensais que vous étiez châtaine, observat-il, mais sous le soleil, vous avez des mèches plus claires. Vous frisez beaucoup.

À en juger par sa moue, il ne s'agissait pas d'un compliment. Malgré son envie de répliquer qu'elle savait que ses cheveux étaient un désastre et pouvait se passer de ses remarques blessantes, Sarah se contenta de déclarer d'un ton dégagé :

— Affreusement. Quand je les lâche, ils ressemblent à un nid de corneilles. Je me bats avec eux chaque matin, mais ils finissent toujours par gagner.

— Vous les avez hérités de votre mère ?

— Oh, non. Ma mère est très belle. Carolyn lui ressemble beaucoup.

Pressée de changer de sujet, elle décida qu'il était temps de passer à un petit test d'horticulture.

— Dites-moi, milord… commença-t-elle.

Avant de s'arrêter net quand leurs épaules se frôlèrent. Soudain, elle eut l'impression qu'une myriade d'épingles brûlantes lui picotaient le bras. Elle glissa un coup d'œil à Langston. Il marchait en regardant droit devant lui, l'air de rien.

Comme elle demeurait silencieuse, il demanda :

— Que je vous dise quoi, mademoiselle Moorehouse ?

Seigneur, elle avait recommencé ! C'était horriblement humiliant de perdre ainsi le fil de la conversation. De quoi parlait-elle déjà ? Ah oui, le test !

— Je voulais savoir si vos straffes préféraient l'ombre ou le soleil direct.

— Pardon ?

— Vos straffes. Dans votre jardin.

— Ah, oui. Euh… Que préfèrent les vôtres ?

— L'ombre. Le soleil fait brunir les feuilles.

— J'ai fait la même expérience. Rien de pire que ces feuilles brûlées et sèches.

— Tout à fait d'accord. Et vos tortlingers ? Elles se dessèchent également ?

— Désolée, mais c'est Paul qu'il vous faut interroger à ce sujet. C'est lui qui s'occupe des tortlingers.

Ils contournèrent le manoir et aperçurent le groupe sur la terrasse.

— Peut-être serait-il temps de rejoindre les autres, suggéra le marquis. Vous venez ?

— Merci, mais, si cela ne vous ennuie pas, je préférerais me promener encore un peu. J'aimerais jeter un coup d'œil à vos daturas.

— Cela ne me dérange nullement, mademoiselle Moorehouse. Nous nous verrons au dîner.

Tandis que Langston se dirigeait vers la terrasse, Sarah emprunta l'un des sentiers qui conduisaient aux jardins. Dès qu'elle fut à l'abri derrière une haie, elle s'arrêta et observa son hôte entre les feuilles.

— Ainsi vos straffes ont besoin d'ombre, marquis ? Et votre jardinier s'occupe des tortlingers ? Eh bien, on dirait que vous êtes tombé tête la première dans le piège, monsieur l'expert en horticulture, murmura-t-elle pour elle-même. Car personnellement, je n'ai jamais entendu parler ni des unes ni des autres.

De toute évidence, elle ne s'était pas trompée : le marquis cachait quelque chose.

Restait à découvrir quoi.

Durant le dîner, Sarah se retrouva de nouveau à l'extrémité de la table, face au marquis. Selon un plan de table respectant les règles d'alternance entre les hommes et les femmes, elle était placée entre M. Logan Jennsen et lord Berwick. Âgé d'une trentaine d'années, les yeux bleus et les cheveux blonds, ce dernier possédait une beauté classique qui lui valait de grands succès auprès des femmes. Il lui sourit aimablement, s'enquit courtoisement de sa santé, émit un commentaire poli sur le temps qu'il faisait, puis se tourna promptement vers sa compagne de droite, c'est-à-dire vers Carolyn.

Sarah réprima un soupir de soulagement. À présent, elle pouvait se concentrer sur son assiette sans se sentir obligée de faire la conversation. Elle prit une cuillerée de soupe et, selon son habitude, la savoura longuement en identifiant les différents ingrédients : crème fraîche, brocolis, persil, thym, une pointe d'estragon...

— Êtes-vous coutumière de ce genre de chose, mademoiselle Moorehouse ?

Prise de court, elle avala rapidement sa soupe et regarda celui qui s'était adressé à elle.

M. Jennsen, avait-elle remarqué à plusieurs occasions, se mêlait assez peu aux autres. D'ordinaire, il restait un moment dans un coin du salon à observer les gens, puis finissait par s'éclipser discrètement. Était-ce par choix ou non ? Sarah n'aurait su le dire, même s'il était certain que beaucoup le considéraient avec un certain mépris. Après tout, il était américain et homme d'affaires, deux défauts impardonnables aux yeux d'aristocrates anglais vivant de leurs rentes. Mais comme il était impossible d'ignorer un homme aussi riche, il était néanmoins de toutes les fêtes, où chacun réussissait l'exploit de s'entretenir avec lui tout en gardant ses distances. Bien qu'ils n'eussent été présentés l'un à l'autre que la veille, Sarah avait ressenti lors des quelques soirées où elle l'avait croisé, une certaine sympathie à son égard – celle d'une exclue envers un autre exclu, sans doute.

Jennsen était aussi brun que lord Berwick était blond. Grand et robuste, il avait des traits anguleux et un nez cassé qui ajoutait un certain caractère à son visage. S'il ne pouvait être qualifié de beau, son regard pénétrant et son front haut et intelligent lui conféraient un attrait indéniable.

De toute évidence, c'était bien à elle qu'il s'adressait puisqu'il l'avait interpellée par son nom – un fait d'autant plus surprenant qu'Emily, magnifique dans sa robe de mousseline vert pâle, était assise en face de lui.

Sarah s'essuya les lèvres avec sa serviette avant de répondre :

— Je ne suis pas sûre de comprendre ce que vous désignez par « ce genre de chose », monsieur Jennsen.

— Ces parties de campagne.

Il se pencha vers elle pour ajouter dans une bouffée de linge propre et de savon :

— Ces dîners à mourir d'ennui.

Elle lâcha un petit rire devant ce commentaire si choquant et cependant si juste.

— La soupe ne vous plaît pas ?

— Elle est verte, répondit-il en baissant les yeux sur son assiette.

— Je crains que ce ne soit toujours le cas des brocolis.

— Ah, je comprends mieux! Je déteste les brocolis.

— Voilà qui est fort dommage étant donné le menu de ce soir : soufflé de brocolis, ragoût de brocolis, suivi de brocolis sautés à la crème et de brocolis flambés pour le dessert.

Il prit un air horrifié.

— Vous n'êtes pas sérieuse?

— Non. Mais votre expression valait vraiment la peine.

Il la considéra un instant avant de s'esclaffer.

— Je le sentais, dit-il.

— Quoi? Que je plaisantais?

— Non. Que vous étiez… différente.

Sarah soupira intérieurement. Deux fois dans la journée, cela commençait à faire beaucoup!

Sans doute laissa-t-elle paraître sa contrariété, car M. Jennsen précisa :

— Dans ma bouche, il s'agit d'un compliment, mademoiselle Moorehouse. Vous avez le sens de l'humour et ne craignez pas de dire ce que vous pensez.

— J'ai l'impression que vous souffrez du même mal, monsieur Jennsen.

— En effet. D'où le plaisir que j'éprouve à me retrouver assis à côté de vous ce soir. Hier, j'étais placé entre la mère de lady Julianne et la tante de lady Emily, toutes deux obsédées par le mariage de leur descendance. Je vous en supplie, sauvez-moi d'un autre repas passé à parler pour ne rien dire. Rien que du bla-bla, des heures à discuter du temps ou de mariage.

Il secoua la tête.

— Je me demande comment font les Britanniques pour supporter ces bavardages insipides pendant des soirées entières.

— C'est un art qu'on nous inculque très tôt, expliqua-t-elle. Si bien que lorsque nous atteignons l'adolescence, nous pouvons discourir sur le temps qu'il fait ou le mariage durant des heures.

— Je vois. Dans ce cas, par quel miracle avez-vous échappé à cet enseignement ?

Un instant, Sarah songea à éluder la question, puis, trouvant ridicule de se dissimuler derrière des platitudes face à un homme aussi direct, elle répondit :

— Mes parents avaient fondé tous leurs espoirs matrimoniaux sur Carolyn. Pendant qu'ils s'évertuaient à lui enseigner l'art de discuter du temps qu'il fait, j'ai eu le loisir de me consacrer à d'autres activités.

— Comme de jouer avec les chiens et vous promener dans les jardins.

En la voyant hausser les sourcils, Jennsen ajouta :

— Je vous ai vue tout à l'heure pendant que nous prenions le thé sur la terrasse. Vous et ce chien monstrueux sembliez beaucoup vous amuser.

— En effet. Pas vous ?

— Beaucoup moins que vous, j'en ai peur. Non seulement j'étais, une fois encore, assis entre deux chaperons, mais en outre, j'ai horreur du thé.

— Ni les brocolis ni le thé, fit-elle, moqueuse. Y a-t-il une chose que vous aimiez, monsieur Jennsen ?

— Les asperges. Le café. J'apprécie ce qui sort de l'ordinaire, poursuivit-il en la contemplant par-dessus son verre. L'inattendu. Les gens qui ont le sens de l'humour et n'ont pas peur de dire ce qu'ils pensent. Et vous, qu'est-ce qui vous plaît ?

— Les carottes. Le cidre chaud. Les gens qui, comme moi, sont un peu mis à l'écart. Et ceux qui ont le sens de l'humour et n'ont pas peur de dire ce qu'ils pensent.

Jennsen eut un sourire amusé.

— Il semblerait que j'aie trouvé une âme sœur. Merci, mon Dieu. Moi qui croyais devoir écouter Thurston et Berwick discuter de chasse au renard toute la soirée.

— C'est donc ce que font les hommes durant les parties de campagne : monter à cheval, chasser et se vanter de leurs exploits ou de leurs succès au jeu. Remarquez, si vous préférez, il vous reste le piquet et le whist avec les chaperons, plaisanta-t-elle.

Il frissonna.

— Très peu pour moi, merci.

— Dans ce cas, vous devriez jouer aux cartes avec lady Julianne et lady Emily. Ce sont toutes deux de très bonnes joueuses – tout comme ma sœur, d'ailleurs. Et, bien qu'elles n'aient probablement pas eu l'occasion de vous le prouver pour l'instant, leur conversation est loin de se limiter au temps qu'il fait. C'est juste qu'il est indispensable de passer par ce sujet avant d'en aborder d'autres plus intéressants.

— Tels que… ?

— Les boutiques. La mode.

— Que Dieu me vienne en aide !

— L'opéra. La chasse. Ou le mariage, ajouta-t-elle avec un sourire narquois. Mais dans ce cas, les chaperons se joindront à vous.

— Vous me poignardez, commenta-t-il en remuant sa soupe sans enthousiasme. Cela dit sans vouloir offenser qui que ce soit. En vérité, ce sont surtout Thurston et Hartley qui m'ennuient à mourir. Même les chaperons sont moins assommantes. Quant à votre sœur et à ses amies, elles se sont montrées charmantes.

— Je n'en doute pas. Elles sont toutes très jolies.

— Certes. Surtout votre sœur.

Sarah sourit.

— Oui. À l'intérieur comme à l'extérieur.

— Si c'est vraiment le cas, il s'agit d'une beauté rare. Et qui a beaucoup de chance d'avoir une sœur aussi admirative.

— C'est moi qui ai de la chance, contra Sarah. Carolyn a toujours été mon idole. Et ma meilleure amie.

Ils furent interrompus par l'arrivée d'un valet, qui enleva les bols de soupe et les remplaça par une assiette de chiffonnade de jambon aux pois et à la crème.

— Encore du vert, murmura Jennsen.

— Ne vous inquiétez pas, chuchota Sarah en retour. Plus que neuf plats, et le repas sera terminé.

Elle ne put réprimer un sourire en l'entendant pousser un gémissement.

— Rappelez-moi pourquoi je suis ici et non devant un bon dîner dans ma maison de Londres.

— Je n'en ai aucune idée. Pourquoi êtes-vous venu à cette partie de campagne?

— Langston m'a invité. Sur le moment, j'ai été un peu surpris vu que nous nous connaissons à peine. Puis j'ai pensé que ce devait être pour parler affaires. Comme il s'agit de l'un de mes sujets de conversation préférés, je vais encore supporter le vert dans mon assiette quelque temps.

Lui lançant un regard de biais, il enchaîna :

— Je suppose que vous êtes là en tant qu'épouse potentielle?

Sarah faillit en recracher sa bouchée de pois à la crème.

— Épouse potentielle!? Seigneur, non! Je n'ai jamais songé à cela.

— Pourquoi pas? Vous êtes déjà engagée?

Elle le dévisagea, certaine qu'il plaisantait. Mais non, il avait l'air sérieux.

— Jamais, répéta-t-elle, avant de demander à voix basse : Vous pensez que le marquis de Langston cherche à se marier?

— C'est la rumeur qui court à Londres. En découvrant cette assemblée de jolies jeunes femmes, hier à mon arrivée, j'en ai déduit qu'elle était fondée.

Il se tut un instant pour lui sourire. Un sourire en coin, mais plein de charme, estima-t-elle. Qui révélait de belles dents blanches.

— Donc, vous n'êtes pas déjà engagée, reprit-il. Malgré les légumes, ce dîner devient décidément de plus en plus agréable.

À présent, elle était certaine qu'il se moquait d'elle.

— Je suis ici uniquement pour accompagner ma sœur.

— Et moi, je suis ici pour... Eh bien, je ne sais plus très bien. Néanmoins, pour la première fois depuis mon arrivée, je suis *content* d'être là.

S'emparant de son verre, il le leva vers elle en déclarant :

— Je porte un toast à l'inattendu. Et aux nouvelles rencontres, ajouta-t-il en souriant.

À son corps défendant, Matthew regarda une fois encore vers l'autre extrémité de la table. Bon sang ! Que se passait-il donc entre Mlle Moorehouse et Logan Jennsen ? Ce maudit Américain la dévorait des yeux comme s'il s'était agi d'un chou à la crème. Chaque fois qu'il jetait un coup d'œil dans leur direction, ces deux-là riaient, se souriaient ou conversaient à voix basse.

— Méfie-toi. Si tu continues à le fixer avec cette expression, Jennsen risque de te demander des explications devant tout le monde, murmura Daniel à sa gauche. Tu sais combien les gens manquent de manière de l'autre côté de l'Atlantique.

— Je ne le fixe avec aucune expression en particulier, se défendit Matthew.

Dieu du ciel, Jennsen et Mlle Moorehouse étaient-ils vraiment en train de porter un toast ?

— Bien sûr. Tu as toujours cette grosse ride entre les sourcils et cet air dégoûté. Ce que j'aimerais savoir, c'est pourquoi tu ne les fixes avec aucune expression en particulier. C'est Jennsen ou Mlle Moorehouse qui te met de mauvaise humeur?

Matthew s'arracha à sa contemplation pour répondre :

— Je ne suis pas de mauvaise humeur. Juste… inquiet. Jennsen monopolise Mlle Moorehouse depuis le début du repas. La pauvre doit s'ennuyer à mourir.

— Ce n'est pas l'impression qu'elle me donne, fit Daniel en regardant la jeune femme. Elle paraît beaucoup s'amuser au contraire.

Matthew reporta les yeux sur elle. Oui, manifestement, elle passait un très bon moment.

— Jennsen aussi semble content, poursuivit Daniel.

Oui, cela ne faisait aucun doute. Matthew serra les dents.

— De toute évidence, tu n'apprécies pas beaucoup ce type, alors pourquoi l'as-tu invité ?

En réalité, Matthew éprouvait plutôt de la sympathie pour Jennsen. Du moins jusqu'à ces cinq dernières minutes.

— Pour les mêmes raisons que celles pour lesquelles tout le monde l'invite. Il est riche.

— Je ne vois pas en quoi cela peut t'être utile. Tu comptes lui voler son argent ?

— Pas vraiment.

— Mmm… Et tu es conscient, j'imagine, qu'aussi fortuné soit-il tu ne peux lui demander sa main.

— Tout à fait, merci. Je lui ai proposé de se joindre à nous parce qu'il possède une sorte de génie pour la finance. Je pensais me rapprocher de lui afin de solliciter son avis concernant des investissements.

Tel était, en effet, son plan. À présent, toutefois, il avait surtout envie de renvoyer Jennsen dans le Nouveau Monde avant qu'il recommence à reluquer Mlle Moorehouse.

Trop tard. Il la reluquait de nouveau. Matthew sentit un muscle tressaillir sur sa joue.

— Diantre! Tu es aussi sombre qu'un ciel d'orage. Si je ne te connaissais pas aussi bien, je croirais que tu es jaloux de l'attention que Mlle Moorehouse porte à Jennsen, comme...

Comme son ami s'interrompait, Matthew tourna de nouveau la tête vers lui. Daniel le contemplait, éberlué.

— Mieux vaut ressembler à un ciel d'orage – ce qui, soit dit en passant, ne me semble pas être mon cas – qu'à une carpe qui gobe les mouches, répliqua-t-il.

Daniel referma vivement la bouche. Puis il murmura :

— Tu as perdu l'esprit. Elle n'est même pas... même pas...

— Quoi ? le pressa Matthew, incapable de réprimer le tremblement dans sa voix.

— Même pas riche.

— Je le sais. D'ailleurs, je t'ai déjà dit que je n'étais pas intéressé.

Une petite voix au fond de lui le traita de menteur. Il l'envoya au diable.

— Bon sang, mon vieux, je n'imagine même pas pour quelle raison tu le serais. Surtout avec une beauté comme lady Julianne juste à côté. Lady Julianne qui, je te le rappelle, *est* la riche héritière dont tu as besoin. Et ne ressemble en rien à... une vieille fille.

Daniel plissa les yeux, l'air songeur, avant de reprendre :

— Pourtant, quelque chose chez Mlle Moorehouse t'a séduit – et ce ne sont pas seulement les secrets qu'elle te cache. Autrement, tu ne fusillerais pas Jennsen du regard comme tu le fais en ce moment. Et tu ne la contemplerais pas avec cet air gourmand.

— Tu racontes vraiment n'importe quoi, riposta Matthew d'un ton guindé.

« Menteur », répéta la petite voix.

— Si tu le dis.

— Je suis juste… surpris de l'amabilité dont Mlle Moorehouse fait montre envers Jennsen, c'est tout.

— Surpris ? Qu'une femme célibataire, surtout aussi commune, se délecte de l'attention que lui porte un homme séduisant, libre et riche à millions ?

— Bien qu'elle ne soit pas mariée, Mlle Moorehouse n'est pas… sans attaches. Son cœur est engagé auprès d'un certain Franck.

En prononçant ces mots, Matthew serra un peu plus fort son verre de vin.

— Comment le sais-tu ? s'étonna Daniel.

— J'ai vu un dessin de lui dans son carnet.

— Et ses sentiments sont partagés ?

Matthew repensa au caractère très intime de l'esquisse dudit Franck.

— Je pense, oui. Je me demande qui est ce Franck, ajouta-t-il en fronçant les sourcils.

Daniel lâcha un ricanement.

— Seigneur, j'aurai tout entendu ce soir. Comment as-tu pu te mettre dans un tel pétrin ?

— Un peu de compassion pour mes problèmes financiers et maritaux serait la bienvenue, tu sais.

— Oh, je compatis, tu peux me croire ! Que la chance soit avec toi, mon ami, fit Daniel en levant son verre. À mon avis, tu vas en avoir besoin.

Sarah jeta un coup d'œil dans le couloir et sortit sans bruit de sa chambre. Le cœur battant à tout rompre, elle s'efforça de marcher d'un pas tranquille, une expression innocente sur les traits. Elle avait déjà une excuse toute prête au cas où elle croiserait quelqu'un après s'être retirée pour la nuit : elle allait restituer à sa sœur le mouchoir qu'elle avait oublié de lui rendre un peu plus tôt dans la soirée. La chambre de Carolyn se trouvait dans la direction opposée ? Décidément, elle n'arrêtait pas de se perdre dans cet immense manoir. Mais qu'à cela ne tienne, elle rebrousserait chemin sur-le-champ.

Heureusement, l'étage semblait désert. Ces messieurs achevaient la soirée dans le fumoir devant un verre de cognac tandis que les femmes, y compris les chaperons, avaient regagné leurs chambres où elles dormaient à poings fermés. Du moins, Sarah l'espérait-elle. Car à 1 heure pile, le Cercle littéraire féminin de Londres était censé se réunir dans sa chambre.

Ce qui lui laissait tout juste deux heures pour se procurer la chemise de Franck N. Stein.

Grâce à une petite conversation avant dîner avec la précieuse Mary, Sarah savait où se situaient les appartements du marquis de Langston. Elle avait également appris qu'à 23 heures, Dewhurst, son valet, descendait prendre un thé dans la cuisine. Le marquis étant dans le fumoir avec les autres, elle n'aurait qu'à se faufiler dans sa chambre, chiper une chemise dans la commode et ressortir aussi vite qu'elle était entrée.

Arrivée devant la porte, elle frappa néanmoins un petit coup, histoire d'être certaine qu'il n'y avait personne. Si on lui répondait, elle pourrait toujours dire qu'elle croyait qu'il s'agissait de la chambre de sa sœur. Elle espérait cependant que ce serait Dewhurst et non Langston qui ouvrirait, car ce dernier lui avait paru de fort méchante humeur pendant le dîner. Chaque fois qu'elle avait croisé son regard – ce qui s'était produit beaucoup plus souvent qu'elle ne l'aurait souhaité –, il fronçait les sourcils.

Comme personne ne venait, elle tourna la poignée. Après un dernier coup d'œil derrière elle pour s'assurer qu'on ne l'observait pas, elle se glissa dans la pièce.

Une fois la porte refermée, elle dut s'appuyer au battant en attendant que les battements de son cœur se calment. Puis elle prit une profonde inspiration, et fut aussitôt submergée par *son* odeur. Un mélange de linge frais et de bois de santal. Le genre de parfum à faire se pâmer de volupté la majorité des femmes – à laquelle, Dieu merci, elle n'appartenait pas.

Elle balaya la pièce du regard. Une grande baignoire de cuivre fumante était installée face à la cheminée où brûlait un bon feu. Juste devant, un canapé de cuir faisait face à deux fauteuils assortis. Au centre trônait le lit, immense, recouvert d'une courtepointe bleu marine rabattue avec soin sur des draps immaculés. Le regard de Sarah s'attarda sur le bureau d'acajou où s'empilaient plusieurs volumes en cuir relié. Elle faillit s'y diriger quand, dans un sursaut de bon sens, elle se rappela la raison de sa visite. Réprimant un soupir, elle marcha dans la direction opposée, vers la table de toilette et la commode.

Dans quel tiroir le marquis rangeait-il ses chemises ?

Le premier, constata-t-elle. Il y avait là une bonne vingtaine de chemises empilées avec soin et fraîchement amidonnées. D'un geste vif, elle saisit la première en retenant un grand rire joyeux. Tout avait été tellement facile ! Presque trop.

Elle referma le tiroir et serra sa prise contre elle. Une fois encore, le parfum de lord Langston lui monta aux narines. Elle s'immobilisa, baissa les yeux sur le vêtement immaculé. Il y avait quelque chose d'éminemment intime à le toucher, le presser contre son sein. Comme en transe, elle le leva vers elle et y enfouit le visage.

L'image du marquis s'imposa à elle. Elle le revit tandis qu'il marchait à son côté cet après-midi : ses cheveux bruns chatoyaient au soleil, son sourire dessinait de fines rides autour de ses yeux noisette, sa voix profonde...

— Ce sera tout, Dewhurst, déclara la même voix profonde dans le couloir. Bonne nuit.

— Bonne nuit, milord.

Seigneur Dieu !

Sarah releva la tête si brusquement que ses lunettes glissèrent au bout de son nez. Elle chercha une cachette autour d'elle, mais ne repéra aucun placard. En désespoir de cause, elle se précipita vers les doubles rideaux de velours grenat. Elle venait à peine de se glisser derrière quand la porte s'ouvrit.

La main sur la bouche de peur de laisser échapper un souffle, elle s'obligea à retrouver son sang-froid. Et sentit aussitôt la contrariété l'envahir. Quel diable d'homme ! Pourquoi n'était-il pas dans le fumoir avec les autres ?

Elle l'entendit soupirer. Des craquements de cuir lui indiquèrent qu'il venait de se laisser tomber dans un fauteuil ou sur le canapé. Ceux-ci tournant le dos aux fenêtres, Sarah risqua un coup d'œil.

Installé dans l'un des fauteuils, le marquis se tenait de profil par rapport à elle. Les coudes sur les genoux, il avait le front dans les mains et semblait soucieux. Malheureux, même. Il arborait la même expression abattue que Carolyn lorsqu'elle ne se savait pas observée, se rendit compte Sarah. Qu'est-ce qui pouvait le rendre aussi triste ? se demanda-t-elle, compatissante.

Finalement, il se redressa et entreprit d'enlever ses bottes. Puis il se leva, et elle comprit avec une frayeur mêlée de fascination qu'il allait se déshabiller.

Les yeux écarquillés, elle retint son souffle en le voyant ôter sa veste. Sa cravate. Sa chemise.

Dieu du ciel ! Les membres du Cercle littéraire féminin de Londres avaient sans conteste choisi d'emprunter sa chemise au bon candidat : le marquis avait un torse magnifique. Sarah serra un peu plus fort le rideau tandis qu'elle admirait les larges épaules de lord Langston, suivit du regard le mince filet de poils bruns qui plongeait sous sa ceinture.

Elle était encore perdue dans sa contemplation lorsqu'il déboutonna sa culotte. Sans lui laisser le temps de dire ouf ! il s'en débarrassa.

Sarah crut que les yeux allaient lui sortir des orbites.

La perfection du corps du marquis n'avait d'équivalent que celui de la scandaleuse statue qu'elle avait découverte le mois dernier en se promenant dans le jardin d'hiver de lady Eastland. Elle avait été si impressionnée qu'elle en avait réalisé un croquis de mémoire – celui-là même que lord Langston avait trouvé dans son carnet ce matin. Celui sous lequel elle avait écrit Franck N. Stein, car elle le considérait comme l'incarnation de l'Homme parfait.

Ce qui était une erreur.

Il ne pouvait exister de plus beau spécimen masculin que le marquis, elle en était sûre à présent. Rien, pas même cette statue de taille humaine, ne l'avait préparée à la vue d'un homme aussi splendide en chair et en os.

Elle parcourut d'un regard gourmand le corps puissant, le ventre plat, les hanches étroites et les longues jambes, puis s'arrêta sur son sexe, hypnotisée.

Bonté divine, on étouffait dans cette pièce !

Avant qu'elle ait eu le temps de reprendre sa respiration, il se tourna, offrant à sa vue ses fesses fermes. Seigneur, il n'y avait pas chez lui un seul centimètre carré qui ne fût sublime !

Une envie folle de se rapprocher, de l'examiner de plus près, de laisser sa main courir sur sa peau s'empara d'elle. Elle serra davantage le rideau dans son poing pour y résister. Les verres de ses lunettes s'embuèrent. En s'apercevant que la cause en était son propre souffle, elle s'adossa au mur et ferma la bouche.

Avec une grâce féline, le marquis se dirigea vers la baignoire de cuivre. Quand il l'enjamba, Sarah rouvrit les lèvres malgré elle et, bouche bée, se prépara à regarder l'Homme parfait prendre son bain.

6

Sarah sentit son corps s'embraser. Si elle avait été capable de détacher les yeux du marquis de Langston, elle les aurait baissés pour s'assurer que sa robe n'était pas en feu. Elle était vissée sur place, hypnotisée par la vision magnifique qui s'offrait à elle.

Malheureusement, sa conscience choisit de s'éveiller à cet instant pour lui gâcher son plaisir.

« Arrête immédiatement ! lui ordonna-t-elle. Tu n'as pas honte de t'insinuer ainsi dans l'intimité de ce pauvre homme ? »

Ce pauvre homme ? Avec les atouts qu'il possédait ? Non, décida Sarah, il n'était sûrement pas à plaindre. Et puis, elle ne s'insinuait dans rien du tout, elle se contentait d'admirer discrètement. Afin de mieux le voir, justement, elle se pencha un peu. Seigneur ! Lord Langston était vraiment parfait. Partout.

La petite voix intérieure voulut encore protester, mais elle la fit taire aussitôt. Parce que, de toute façon, elle n'avait pas d'autre choix que de regarder pour savoir à quel moment la voie serait libre. En outre, elle était une scientifique à sa manière. Certes, son champ d'investigation était plus l'horticulture que l'anatomie, mais un esprit curieux n'a pas de limites, sa soif de connaissances s'étend à tous les domaines.

« Tu as vu où sa soif de connaissance à conduit le Dr Frankenstein ? » interrogea la petite voix.

Les deux situations n'étaient pas comparables, répliqua-t-elle. Le Dr Frankenstein n'aurait pas eu tous ces ennuis si sa création avait – même vaguement – ressemblé au marquis. Elle parcourut une fois encore le corps nu de ce dernier et réprima un soupir.

Elle sentait son expertise en anatomie masculine se développer à la vitesse grand V – en parallèle avec sa fascination pour ce domaine de recherches.

Le marquis s'immergea lentement dans l'eau fumante, avant d'appuyer la tête contre le rebord de la baignoire et de fermer les yeux.

Ses traits se détendirent, même si la ride soucieuse entre ses sourcils persista, trahissant une agitation intérieure. Quels soucis l'empêchaient de s'abandonner dans un moment aussi propice au délassement ? ne put s'empêcher de se demander Sarah.

Elle aurait voulu s'approcher de lui, repousser délicatement la mèche brune qui lui retombait sur le front et caresser ce beau visage tourmenté, cette bouche charnue…

Comme pour la tenter davantage, il entrouvrit les lèvres. Bien qu'elle essayât de corriger cette manie – à quoi bon manger des yeux ce qui lui était inaccessible ? –, Sarah était souvent attirée par la bouche des hommes. Et celle-ci était vraiment superbe. Bien dessinée, ferme sans être dure.

Elle s'imagina en suivre le contour du bout des doigts, assise sur le rebord de la baignoire, puis se pencher pour y déposer un baiser. Le souffle court, elle ferma les paupières. Quel goût avaient ses lèvres ? Et sa peau ?

Une nouvelle vague de chaleur la submergea, avant de se concentrer dans son ventre. Elle connaissait cette sensation. Elle l'avait souvent éprouvée seule dans son lit, se languissant de… quelque chose. Elle bougea légèrement et serra les cuisses l'une contre l'autre, mais le feu refusait de se calmer.

Le poing serré autour du rideau, elle vit alors Langston s'emparer du pain de savon sur la petite tablette près de lui et s'en frotter le cou, les bras et le torse. Puis ses mains disparurent, et elle pesta contre cette maudite baignoire qui la privait de la suite du spectacle. Dans l'espoir d'en voir un peu plus, elle se dressa sur la pointe des pieds, sans résultat.

Une fois entièrement savonné, le marquis s'enfonça dans l'eau pour se rincer. Puis il réapparut, visage et cheveux mouillés, et se mit debout.

Elle pensait que rien ne pouvait être plus beau que lord Langston nu. Mais, manifestement, elle s'était trompée.

Lord Lanston nu *et* mouillé était encore plus époustouflant.

L'eau ruisselait le long de son corps, formant de petites rigoles qui scintillaient à la lueur des flammes. Seigneur! Elle ne savait plus où regarder, dans quel ordre déguster le fabuleux banquet qui s'offrait à sa vue. Il leva les bras, rejeta la tête en arrière et lissa ses cheveux humides sur son crâne.

Cette fois, elle eut l'impression d'avoir sauté dans le foyer brûlant de la cheminée. Cette vision était si captivante, si stimulante, si… *excitante*. Les jambes en coton, elle dut s'appuyer au mur pour ne pas défaillir. Dieu du ciel, une telle réaction était totalement humiliante! Surtout pour quelqu'un qui se vantait de ne pas être semblable à ces femmes fragiles qui tombaient en pâmoison pour un oui ou pour un non.

S'efforçant de recouvrer son sang-froid, elle se redressa et voulut reculer derrière le rideau quand une latte du parquet craqua sous son poids.

Le cœur battant, elle se pétrifia. Puis, constatant que rien ne se passait, elle risqua un coup d'œil:

lord Langston avait saisi une serviette et s'essuyait vigoureusement, l'air tranquille.

Ouf! Visiblement, il n'avait rien entendu. Seigneur, elle n'osait imaginer la honte qui serait la sienne si le marquis la découvrait en train de l'espionner derrière le rideau de sa chambre. Rien qu'à cette idée son estomac se noua.

Avec soulagement, elle le vit enfiler un peignoir. Il allait sans doute se rendre dans la pièce contiguë qui abritait sa garde-robe, et elle pourrait en profiter pour s'éclipser. Tout en regrettant déjà le spectacle magnifique auquel elle venait d'assister, elle se réjouit à la perspective de l'immortaliser dans son carnet de croquis.

Langston noua la ceinture du peignoir, puis se dirigea vers son bureau, dont il ouvrit un tiroir. Bonté divine, que faisait-il? Avec la chance qui la caractérisait ce soir, il allait peut-être s'installer dans son fauteuil pour rédiger son courrier de la semaine.

Heureusement, il se contenta d'en tirer un objet qu'elle ne put identifier, avant qu'il ne se détourne et fonce... droit sur elle!

L'instant d'après, il lui tenait le bras d'une main, tandis que, de l'autre, il lui appuyait un couteau contre la gorge. Elle le vit écarquiller les yeux comme il la reconnaissait.

— Mademoiselle Moorehouse, dit-il d'une voix glaciale, puis-je savoir ce que vous faites derrière mon rideau?

La stupéfaction initiale passée, elle sentit une bouffée de colère monter en elle.

— Et puis-je savoir ce que *vous* faites avec un couteau sur ma gorge?

— Je crains que ce ne soit une façon courante d'accueillir les voleurs. Si vous comptez continuer à entrer par effraction dans la chambre des gens, je vous conseille de vous familiariser avec cette sensation.

— Je ne suis pas entrée par effraction. La porte n'était pas fermée à clé. À présent, je vous serais reconnaissante de bien vouloir écarter ce couteau et me lâcher.

Il la dévisagea sans bouger.

— Vous m'espionniez.

À ces mots, elle sentit ses joues s'empourprer.

— Pas du tout, se défendit-elle. Je… j'attendais le moment où je pourrais sortir sans être vue.

Ce qui était la vérité. Même si elle devait reconnaître qu'elle n'avait pas manqué une miette du spectacle. Mais ce diable d'homme n'avait qu'à rester vêtu s'il ne voulait pas que les femmes le contemplent. Ou alors s'enlaidir. Prendre trente kilos. Porter un masque de monstre.

— Êtes-vous armée ? s'enquit-il.

— Bien sûr que non !

D'un pas, il combla l'espace qui les séparait. Sarah réprima un soupir en percevant la chaleur de son corps tout contre le sien. Une goutte d'eau tombée des cheveux du marquis s'écrasa sur son décolleté et roula dans l'échancrure de sa robe.

Il la regarda disparaître, puis plongea les yeux dans les siens pour demander :

— Qu'avez-vous dans la main ?

Dans la main ? Elle serra les doigts, et se rendit compte qu'elle tenait toujours la chemise du marquis. Seigneur, elle l'avait totalement oubliée !

— Juste une chemise.

Il haussa un sourcil.

— Quel genre de chemise ?

Bon sang, elle arrivait à peine à respirer, à réfléchir, avec lui si près – et ce n'était pas la sensation de la lame sur sa gorge qui était en cause !

Elle s'humecta les lèvres avant de répondre d'une voix étranglée :

— Je vous répondrai quand vous aurez reposé ce couteau.

Le sentant hésiter, elle le fixa sans ciller – ce qui lui fut d'autant moins facile que ses lunettes avaient glissé sur son nez et qu'elle voyait flou.

Alors, sans la quitter des yeux, il abaissa son arme. Elle retint un soupir de soulagement. Tandis qu'il posait sa lame sur un guéridon tout proche, elle porta la main à son cou. Un frisson la parcourut, bientôt remplacé par une vague de fureur.

— Vous auriez pu me trancher la gorge.

— Estimez-vous heureuse que je ne l'aie pas fait.

— Quel genre d'homme faut-il être pour menacer ses invités de la sorte ?

— Quel genre de femme faut-il être pour se dissimuler derrière les rideaux de son hôte pour l'espionner pendant son bain ? rétorqua-t-il du tac au tac.

Un point pour lui, admit-elle. Même si elle n'avait aucune intention de le reconnaître devant lui. D'ailleurs, elle n'aurait pas eu à se cacher ainsi s'il avait été là où il était censé être.

Redressant le menton, elle déclara :

— N'essayez pas de me faire croire que vous avez eu peur que je vous attaque, milord.

— Je ne sais que penser, mademoiselle Moorehouse. Mais vous n'avez toujours pas répondu à ma question : que faisiez-vous derrière ce rideau ?

— Vous non plus ne m'avez pas dit quel genre d'homme menaçait ses invités d'un couteau.

Il fronça les sourcils, visiblement agacé. Tant mieux. Lui aussi commençait à l'énerver.

Reculant d'un pas, il croisa les bras et, la fixant d'un œil froid, déclara :

— J'attends vos explications.

Sarah prit une profonde inspiration pour répliquer quand une bouffée de savon au bois de santal s'insinua dans ses narines. Elle demeura bouche bée, submergée par la précision des souvenirs liés à ce parfum. Soudain, le marquis nu et ruisselant se tenait de nouveau là devant elle.

— Alors, insista celui-ci face à son silence. Que comptiez-vous faire de cette chemise ? Me l'offrir ? Ou...

Sans lui laisser le temps de répondre, il plaqua les mains sur le mur, l'emprisonnant entre ses bras tendus.

— ... vous êtes-vous introduite ici subrepticement pour me regarder prendre mon bain ?

Cette attaque la sortit de sa torpeur.

— Voilà une suggestion tout à fait ridicule, milord, répliqua-t-elle. Quant à cette chemise, ce ne pourrait être un cadeau puisqu'elle vous appartient déjà.

— De plus en plus intéressant, commenta-t-il, caustique. Si je comprends bien, vous ne vous êtes pas contentée de vous introduire dans ma chambre pour m'épier, vous avez également essayé de voler mes habits.

— Pas vos habits, rectifia-t-elle. Juste l'une de vos chemises.

— Décidément, mademoiselle Moorehouse, vous possédez un véritable talent pour couper les cheveux en quatre.

— Uniquement parce que vous en avez un pour choisir des termes imprécis. Ainsi, je n'ai pas essayé de *voler* votre chemise, je l'ai juste empruntée.

— Dans quel but ?

— Une chasse au trésor que nous avons organisée entre femmes. Un jeu tout à fait inoffensif.

— Je vois. Donc, vous aviez prévu de me rapporter ma chemise.

— Bien entendu.

— Quand ? Lors de mon prochain bain ?

« Si seulement cela avait été possible ! » songea Sarah avant de chasser une fois encore l'image du marquis dénudé. Du moins d'essayer. Sans succès, du reste.

— Certainement pas. J'avais prévu de revenir pendant votre absence. D'ailleurs, vous n'étiez pas censé être là ce soir. Si vous étiez resté dans le fumoir comme prévu, un tel incident ne serait jamais arrivé.

— À vous entendre, on croirait que tout est ma faute.

— En effet.

Matthew la dévisagea un long moment, abasourdi. Cette fille possédait un aplomb incroyable. Et une logique délirante. Mais là n'était pourtant pas le plus perturbant. Non, ce qui le consternait le plus, c'était lui-même. Il aurait dû être contrarié ou mécontent, or cet échange le ravissait. À tel point qu'il continuait à l'emprisonner entre ses bras au lieu de reculer et de lui ordonner de sortir.

Toute cette histoire était ridicule. Avec ses airs de sainte-nitouche, sa coiffure à la diable, ses lunettes et son franc-parler, Mlle Moorehouse n'avait vraiment rien de commun avec les femmes qui l'attiraient d'ordinaire. Et pourtant, le simple fait de se trouver à quelques centimètres d'elle lui faisait battre le cœur à coups redoublés. D'ailleurs, à quoi bon se le cacher ? Pendant qu'il se délassait dans la baignoire avant de la découvrir derrière le rideau, il pensait à elle. Il l'imaginait s'approchant de lui, le caressant, l'embrassant. Et voilà qu'elle était là.

Mais dans quel but ? N'avait-elle pas forgé cette histoire de chasse au trésor de toutes pièces ? Certes, elle semblait l'innocence même, mais après tout, elle paraissait également sage, ce qui ne l'empêchait pas de dessiner des hommes nus. Comptait-elle le croquer lui aussi dans son carnet ? Bien qu'à son corps défendant, il dut reconnaître qu'il trouvait l'idée terriblement excitante.

Comme il inspirait longuement afin de tenter de se ressaisir, il perçut un délicat parfum de fleurs qui lui donna l'envie soudaine d'enfouir le visage dans le cou de la jeune femme.

Furieux contre lui-même, il recula d'un pas, et la dévisagea. Que trouvait-il de si émouvant dans ces traits irréguliers, ces cheveux emmêlés, cette bouche… pulpeuse, qui appelait les baisers ? Dans ces immenses yeux dorés où, derrière les lunettes, brillait une lueur de défi ? De toute évidence, Mlle Moorehouse n'était nullement déstabilisée par la situation. Et quelque chose dans ce calme et ce sang-froid le faisait enrager tout en lui donnant envie de se jeter sur elle pour lui faire l'amour, ici même, sur-le-champ.

Diantre, cette situation devenait vraiment ridicule ! Et insupportable. Il était grand temps de flanquer cette enquiquineuse à la porte !

Alors pourquoi se rapprochait-il davantage d'elle ? À croire que son corps se mouvait de son propre chef, refusant d'obéir aux ordres envoyés par son cerveau.

Dieu merci, leur proximité parut troubler quelque peu sa compagne. Il crut même déceler une note d'appréhension dans ses prunelles, et en éprouva un immense soulagement. Finalement, Mlle Moorehouse n'était peut-être pas aussi sereine qu'elle le paraissait.

— Vous ne manquez décidément pas de culot, mademoiselle Moorehouse, lâcha-t-il. J'aimerais cependant vous donner un conseil : la prochaine fois que vous vous essaierez au vol, veillez à ne pas faire grincer le parquet.

La contrariété qu'il lut sur ses traits lui procura une intense satisfaction.

— Je vous ai dit que ce n'était pas du vol. Insister comme vous le faites me semble très inconvenant de votre part, milord.

— Puisque vous abordez le sujet, permettez-moi de vous rappeler qu'il est très inconvenant pour une jeune femme de regarder un homme nu à son insu.

La réplique fit mouche. Malgré la pénombre, il lui sembla que Mlle Moorehouse rougissait. Puis elle pinça les lèvres, et levant le menton, rétorqua :

— Je n'avais pas le choix.

— La plupart des femmes se seraient évanouies à une telle vue.

— Je ne suis plus une gamine, milord. En outre, je n'ai jamais été sujette aux vapeurs.

— Il est vrai que le spectacle n'avait rien de nouveau pour vous.

La remarque la fit ciller.

— Pardon ?

— Votre ami Franck. Si je me fie au dessin qui figure dans votre carnet de croquis, vous l'avez vu, lui aussi, dans le plus simple appareil.

Une sensation désagréable s'empara de lui tandis qu'il prononçait ces paroles. D'où lui venait cette soudaine amertume dans la voix. À croire qu'il était… jaloux ?

— Oh. Euh… en effet, balbutia-t-elle.

— Dans des circonstances comparables ?

Elle fronça les sourcils.

— Que voulez-vous dire ?

— Étiez-vous également occupée à lui voler – pardon – à lui *emprunter* sa chemise ? Ou était-ce à l'occasion d'une rencontre plus… intime ?

Comme elle demeurait silencieuse, il se rapprocha. À présent, il percevait la chaleur de son corps, sentait sa poitrine le frôler chaque fois qu'elle inspirait. Il eut l'impression qu'un volcan bouillonnait dans son ventre, prêt à entrer en éruption. Enfer et damnation, que lui arrivait-il ? Cette femme devait être un démon pour l'affoler à ce point alors qu'elle ne lui plaisait même pas. Il avait la sensation d'être possédé, incapable de résister à son besoin de la toucher, de l'embrasser, ou d'étouffer cette rage qui s'emparait de lui dès qu'il pensait à ce satané Franck.

— J'imagine que votre mère apprécierait peu votre « chasse au trésor », reprit-il d'une voix doucereuse.

Elle s'humecta les lèvres ; le petit bout de langue rose qui pointa entre ses dents lui parut absurdement fascinant.

— Elle s'en moquerait totalement, assura-t-elle. Je pourrais me promener nue dans la cuisine qu'elle ne s'en apercevrait pas.

La vision de Mlle Moorehouse nue sur la grande table de bois de la cuisine du manoir s'imposa à lui. Mal à l'aise, il se racla la gorge avant de murmurer :

— Je vous demande pardon ?

— Désolée, milord. J'ai parfois tendance à employer des images trop directes et des termes malvenus, comme l'adjectif « nue ». Pardonnez-moi si j'ai heurté votre sensibilité et vos chastes oreilles.

— Vous n'avez rien heurté du tout, se défendit-il, agacé. Je cherchais juste à comprendre ce que signifiait cette remarque. Comme la nudité semble vous obséder...

— Absolument p...

Mlle Moorehouse laissa échapper un petit cri surpris quand, détachant une main du mur, il se mit à jouer avec une mèche échappée de son chignon. De l'autre main, il entreprit d'ôter tranquillement les épingles qui retenaient ses cheveux. Parfaitement immobile, elle le laissa faire sans protester, se contentant de le fixer de ses yeux immenses où se lisait un mélange d'émerveillement, d'incompréhension et d'étonnement.

Il la sentit frissonner, entendit son souffle s'accélérer, et éprouva une satisfaction amère à l'idée que le démon dont il était la proie l'habitait elle aussi.

À mesure qu'il libérait les longues mèches, le délicat parfum de fleurs s'intensifia, aussi enivrant que des vapeurs d'opium. Quand il eut ôté toutes les épingles, il glissa les doigts dans les boucles indomptables de Sarah, puis effleura le bord de ses lunettes en demandant :

— Je peux ?

Sans lui laisser le temps de répondre, il les lui enleva.

— Vous ressemblez à la Vénus de Botticelli, souffla-t-il.

Une lueur incrédule s'alluma dans les prunelles de la jeune femme.

— Voulez-vous que je vous prête mes lunettes ? ironisa-t-elle.

— Ce n'est pas nécessaire, merci. Je n'en ai pas besoin pour voir votre beauté.

À ces mots, elle laissa échapper une espèce de gémissement incrédule et le dévisagea comme s'il sortait d'un asile d'aliénés.

— Vous avez *vraiment* besoin de lunettes, insista-t-elle.

En guise de réponse, il secoua la tête et enroula délicatement une mèche autour de son poignet avant de déclarer :

— Vos cheveux sont superbes…

Elle fit mine de protester, mais il l'en empêcha d'un doigt posé sur sa bouche.

—… et vous sentez merveilleusement bon. Comme un jardin sous le soleil. Et vos yeux…

Il plongea les siens dans les profondeurs mordorées, regrettant une fois encore qu'il n'y eût pas plus de lumière.

— … ont la couleur de la boue, dit-elle platement.

— … ressemblent à une perle de miel auréolée de chocolat, corrigea-t-il. Personne ne vous a donc jamais dit que vous aviez de beaux yeux ?

— Jamais, affirma-t-elle sans hésiter.

— Même pas votre ami Franck ?

Elle marqua un temps d'arrêt avant de répondre :
— Non.

Cet homme était un imbécile, décréta Matthew.

— Eh bien, voilà qui est fait, dit-il, avant de fixer sa bouche. Quant à vos lèvres, elles sont… sublimes.

Elle demeura muette un long moment, se contentant de le dévisager, une expression indéchiffrable sur les traits. Puis sa lèvre inférieure trembla légèrement, et un voile assombrit son regard. Bien qu'elle continuât à lever le menton, il sentit qu'une partie du courage dont elle avait fait preuve jusqu'alors l'avait désertée.

— Je vous en prie, milord, cessez ce jeu, dit-elle d'un ton posé. Je regrette de vous avoir dérangé dans votre intimité, telle n'était pas mon intention. À présent, si vous voulez bien m'excuser…

Elle lui tendit sa chemise.

Elle le remerciait poliment, comme dans le parc. Mais cette fois, comprit-il, c'était pour se protéger. Car à en juger par son air blessé, il était évident qu'elle pensait qu'il se moquait d'elle, et même si une part de lui l'aurait souhaité, rien n'était plus éloigné de la vérité.

— Vous pouvez garder la chemise, mademoiselle Moorehouse. Je ne voudrais pas que vous soyez disqualifiée de la chasse au trésor par ma faute.

— Merci. Je veillerai à ce que vous la retrouviez en parfait état.

Elle désigna les lunettes qu'il avait gardées dans la main.

— Si vous voulez bien me les rendre, je vais partir.

C'était précisément ce que sa raison lui ordonnait de faire. Mais son corps désirait qu'elle reste. Pour vérifier si elle était aussi douce et délicieuse qu'elle le paraissait. Juste une caresse, un baiser… afin d'apaiser la curiosité qui le dévorait.

Sans cesser de la fixer, il tendit le bras pour poser les lunettes près du couteau sur le guéridon. Il vit ses yeux s'agrandir de surprise.

— Que faites-vous ? s'enquit-elle.

— Je mets vos lunettes de côté.

— Je crains de ne pouvoir m'en passer, milord. Même à cette distance, ajouta-t-elle en indiquant l'espace qui les séparait, je vous vois flou.

— Dans ce cas, je vais me rapprocher.

Il s'avança et, tout en lui caressant les cheveux, demanda :

— Est-ce mieux ainsi ?

Elle avala sa salive.

— Euh, en fait, je me sens un peu... oppressée. Voulez-vous quelque chose en particulier ?

— Oui, répondit-il en baissant les yeux sur sa bouche.

Il réprima un gémissement gourmand. Ses lèvres étaient si appétissantes, si tentantes...

— Je veux vous embrasser.

Elle fronça les sourcils.

— Vous vous moquez de moi.

— Pas du tout.

— Ne soyez pas ridicule.

— Telle n'est pas mon intention.

— Ce matin, vous ne vous souveniez même pas de mon nom.

— Je le sais maintenant, mademoiselle Sarah Moorehouse.

— Vous devez avoir perdu l'esprit.

— Je ne crois pas. Et vous ?

Il lui prit le visage entre les mains et lui caressa la joue du pouce. Le petit son étranglé qui sortit de la gorge de la jeune femme ne fit qu'accroître son désir.

— Je... je ne vois pas une seule raison justifiant que vous m'embrassiez.

S'approchant à quelques centimètres de ses lèvres, il murmura :

— Ne vous inquiétez pas, j'en ai suffisamment pour nous deux.

Sur quoi, il s'empara de sa bouche, qui s'épanouit telle une fleur sous la sienne.

Il sut instantanément qu'il ne s'était pas trompé. Elle était aussi douce, aussi délectable qu'il l'avait escompté. Plus encore. Glissant le bras autour de sa taille, il la pressa contre lui, enivré par son parfum, son goût de fleur et de miel. Il y avait si longtemps qu'il n'avait pas touché une femme. Si longtemps...

Il aurait peut-être pu résister si elle était restée passive, mais une fois le premier instant de surprise passé, elle lui entoura le cou de ses bras et répondit fougueusement à son étreinte.

Alors, le corps en feu, il la plaqua au mur et s'écrasa contre elle.

Le plaisir qui l'envahit lui fit perdre toute notion de temps et d'espace. Il était comme envoûté par la sensation de leurs deux corps qui se mouvaient l'un contre l'autre. Leurs bouches avides se dévoraient de baisers, tandis que ses mains couraient sur le corps de Sarah, le galbe de ses hanches, de ses seins...

De la pointe de la langue, il suivit l'angle de sa mâchoire, la courbe de son cou, le désir décuplé par la sensation des doigts de Sarah crispés sur sa nuque. Lorsqu'elle commença à se frotter contre lui, il faillit perdre tout contrôle.

« *Arrête !* » s'ordonna-t-il. Il devait absolument mettre un terme à cette folie avant qu'il ne soit trop tard et qu'il ne lui arrache ses vêtements pour apaiser le brasier qu'elle avait allumé en lui.

« Tu cherches une épouse, lui rappela une petite voix intérieure. Et cette femme, qui n'est pas une riche héritière, ne fait pas partie des élues. »

En outre, il ne lui faisait pas totalement confiance – même si, pour l'instant, il était trop troublé pour se souvenir pourquoi.

Il lui saisit néanmoins la main et la glissa sous son peignoir. Un gémissement rauque monta en lui lorsqu'elle lui caressa le torse, puis descendit lentement vers son ventre en traçant des arabesques ensorcelantes. À cet instant, un bruit pénétra le brouillard dans lequel il s'enfonçait voluptueusement – un son grave, profond, qui ressemblait à...

Un aboiement ?

Bon sang de bois ! Dans un effort surhumain, il redressa la tête, et se figea, captivé par la vision de Mlle Moorehouse. Le visage empourpré, elle semblait en proie à la même fièvre que lui, perdue dans la même brume sensuelle. Un souffle rauque et irrégulier s'échappait de ses lèvres entrouvertes, et ses paupières étaient à demi closes. Il se tourna légèrement et jeta à Danforth un regard qui aurait fait filer n'importe quel autre chien vers la porte, la queue entre les jambes. Au lieu de quoi, Danforth les contempla, Mlle Moorehouse et lui, d'un air intrigué, puis vint s'asseoir sur ses pieds nus.

Quand Matthew reporta son attention sur elle, Mlle Moorehouse le regardait, affichant une expression aussi effarée que lui. Elle avait toujours la main sur son torse, juste au-dessous de son cœur qui battait à tout rompre.

— Seigneur Dieu... lâcha-t-elle dans un souffle.

S'il avait été capable d'articuler une parole, il n'aurait rien dit d'autre.

— Je n'aurais jamais imaginé... reprit-elle. Même dans mes rêves les plus fous.

Elle poussa un long soupir ravi.

— Ô mon Dieu.

Il fronça les sourcils. À l'entendre, on aurait cru que c'était son premier baiser. Ce qui était peu probable dans le cas d'une femme qui dessinait des hommes nus. Cependant, il émanait d'elle une innocence troublante.

Avant qu'il ait le temps de l'interroger à ce sujet, elle battit des paupières, se détacha du mur, et baissa les yeux vers le sol.

— Je suppose que cette forme floue n'est autre que Danforth, dit-elle.

En entendant son nom, le chien agita la queue en jappant joyeusement.

Matthew s'éclaircit la voix.

— Je le crains.

— Comment est-il entré ?

— Je lui ai appris à ouvrir les portes. Ce que je regrette amèrement, ajouta-t-il en adressant un regard noir à Danforth. Ce maudit chien a le don d'arriver au mauvais moment.

Ou arrivait-il au contraire à point nommé ? Si Matthew en croyait sa raison, Danforth l'avait sauvé en mettant fin à une situation qui n'aurait jamais dû se produire. Son corps, en revanche, chantait une tout autre chanson… Un seul regard à Mlle Moorehouse lui donna envie de l'enlacer de nouveau pour la couvrir de baisers.

Elle remit un semblant d'ordre dans ses cheveux en bataille.

— J'ai l'impression que je devrais dire quelque chose, mais je ne trouve pas quoi, avoua-t-elle avec un naturel désarmant.

Sans réfléchir, il lui remit une mèche derrière l'oreille.

— Vous êtes… splendide.

Elle hocha gravement la tête.

— Oui, ça me semble bien. Vous êtes splendide.

— Merci, fit-il en souriant. Mais c'était de vous que je parlais.

Elle le considéra un instant, visiblement perplexe, puis secoua la tête.

— Non. Je sais que c'est faux. Et ce qui vient de se passer n'aurait jamais dû arriver. Je n'aurais pas dû pénétrer dans votre chambre et vous n'auriez pas dû…

— Vous embrasser ?

— C'est ça, acquiesça-t-elle dans un soupir.

Sur quoi, elle secoua de nouveau la tête et attrapa ses lunettes sur le guéridon. Après les avoir chaussées, elle le regarda. Une froideur effroyable avait remplacé la flamme qui brillait un instant plus tôt au fond de ses prunelles.

— Je vous prie de m'excuser, milord. J'ignore ce qui m'a pris. C'est la première fois que je… me conduis ainsi. Je pense que nous devrions oublier cet épisode.

— Vraiment ?

— Pas vous ?

— Je suis d'accord sur le fait que nous devrions *essayer* de l'oublier. Mais je serais surpris que nous y parvenions.

— Fadaises. On peut quand on veut. À présent, je dois partir.

Elle effectua un pas de côté pour s'échapper, et ramassa la chemise tombée durant leur étreinte. Elle dut tirer dessus pour déloger Danforth qui était assis sur la manche. Puis cette femme qui, un peu plus tôt, répondait fiévreusement à ses caresses, quitta la pièce sans même se retourner.

Après son départ, Matthew contempla longuement la porte close, sidéré. Mlle Moorehouse oublierait peut-être cet « épisode » comme elle le nommait, mais lui savait déjà qu'il en garderait un souvenir brûlant.

Restait maintenant à trouver ce qu'il allait faire de cela.

7

En attendant l'arrivée des membres du Cercle littéraire féminin de Londres, Sarah se planta devant le grand miroir de sa chambre et étudia son reflet. Elle avait enfilé un peignoir blanc sur sa chemise de nuit en coton et tressé ses cheveux en une natte épaisse. Elle était comme d'habitude : ordinaire. Pourtant, tout au fond d'elle-même, elle se sentait très différente.

Elle frôla sa bouche d'un doigt léger. Ses paupières se fermèrent et un soupir de volupté franchit ses lèvres entrouvertes. Jamais, au grand jamais, elle n'aurait imaginé à quel point il était merveilleux d'être embrassée ou simplement touchée par un homme.

La délicieuse sensation du corps du marquis pressé contre le sien, de sa bouche sur la sienne, de leurs langues entremêlées dans un baiser fougueux perdurait en elle. Elle avait l'impression de percevoir encore sous ses doigts le contact brûlant de son torse musclé, d'entendre son souffle rapide, de sentir sa virilité palpiter contre son ventre. À ce souvenir, une douce chaleur l'envahit, et elle serra les cuisses pour tenter de calmer la pulsation presque douloureuse de son entrejambe. En vain.

C'était comme si son corps gardait l'empreinte de leur étreinte. Ce qu'elle avait ressenti entre les bras du marquis de Langston était tellement fantastique. Il lui avait paru si fort et si doux à la fois... Et il l'avait serrée contre lui et embrassée avec une passion qu'elle n'aurait jamais crue possible même dans ses fantasmes. Et pourtant, ces derniers ne manquaient pas de créativité...

Mais pourquoi ? Pourquoi le marquis avait-il fait cela ? Elle rouvrit les yeux pour se contempler de nouveau, et secoua la tête, incrédule. La femme qui lui faisait face dans le miroir ne possédait aucun attrait susceptible d'inspirer une telle ferveur à un homme. Peut-être avait-il trop bu, bien qu'elle n'eût pas détecté d'effluves ni de goût d'alcool. Ou alors, il pensait à une autre, plus belle qu'elle mais inaccessible. C'était la seule explication plausible. À moins que...

L'aurait-il embrassée dans l'unique but de lui faire oublier qu'il l'avait menacée avec un couteau ? Car elle s'était certes introduite dans sa chambre en catimini, mais sa réaction n'en semblait pas moins exagérée. Sauf s'il avait quelque chose à cacher. Et justement, elle le soupçonnait de dissimuler un secret... avant qu'il ne la détourne de cette pensée par son baiser.

Elle lâcha un nouveau soupir. Même s'il pensait à une autre ou essayait de la divertir, cela ne changeait rien à l'exaltation qu'elle avait éprouvée. À présent, elle connaissait cette magie qu'évoquaient les autres femmes. Cet enchantement auquel Carolyn avait si souvent fait allusion. C'était enivrant, bouleversant et, craignait-elle, inoubliable. Sa sœur et ses amies allaient-elles deviner ce qui s'était passé ? Le feu qui couvait en elle était-il visible de l'extérieur ?

Elle se rapprocha du miroir. Non, décida-t-elle, elle ressemblait toujours à la Sarah de tous les jours avec ses lunettes et son allure banale.

Un coup léger à la porte la tira de sa contemplation. Elle alla ouvrir et trouva Carolyn, Julianne et

Emily dans le couloir ; chacune tenait un paquet dans les bras.

— On dirait que vous avez toutes rempli votre mission, commenta-t-elle après avoir refermé derrière elles.

— Oui, acquiesça Emily, le regard brillant d'excitation. Et toi ? As-tu réussi à chiper une chemise au marquis ?

Une chemise et autre chose, songea Sarah en rougissant.

Elle s'éclaircit la voix.

— Tout s'est bien passé pour chacune d'entre vous ?

— Il m'a fallu moins d'une minute pour entrer dans la chambre de lord Thurston et en ressortir une cravate à la main, annonça fièrement Emily. C'était presque trop facile.

— Même chose pour moi, déclara Julianne.

Elle posa les bottes de lord Berwick près du lit où se trouvait déjà la cravate.

— Je n'ai croisé personne, même si j'ai cru m'évanouir dix fois.

— Prendre des culottes dans l'armoire de lord Surbrooke n'était pas plus difficile que de cueillir des marguerites, assura Carolyn en déposant son trésor sur le lit.

— Et toi, ça a été ? interrogea Emily.

Sarah sentit ses joues s'empourprer davantage.

— Aucun problème, affirma-t-elle.

Du moins, aucun qu'elle souhaitât partager avec ses amies. Elle ajouta la chemise aux autres larcins en s'efforçant de chasser de son esprit la vision de son propriétaire nu et ruisselant au sortir du bain.

— Eh bien, nous avons pratiquement tout ce qu'il nous faut pour fabriquer notre Homme parfait, reprit-elle. Il ne nous reste plus qu'à nous procurer des chiffons ou de la mousse pour donner un peu de corps à M. Franck N. Stein.

— On pourrait aller en acheter au village, suggéra Julianne. Ces messieurs ont prévu un tournoi de tir à l'arc demain, autant en profiter. Je meurs d'envie d'aller faire les boutiques.

— Voilà une phrase que nous devrions apprendre à notre Homme parfait, commenta Sarah en riant. «Je meurs d'envie d'aller faire les boutiques.»

Ses compagnes s'esclaffèrent, et Emily proposa :

— Si nous dressions la liste de ce que devrait dire et faire l'Homme parfait?

L'idée remporta un franc succès. Sarah reprit donc sa place devant le secrétaire tandis que les autres s'installaient sur le lit.

— Je vous écoute, fit-elle, la plume à la main.

Julianne toussota, puis prit une grosse voix pour répondre :

— Je n'ai pas envie de passer la journée au club, chérie. Je préfère rester avec vous.

— Une autre danse, mon amour? lança Emily

— Vous êtes la plus belle femme que je connaisse, renchérit Sarah.

— La femme la plus intelligente et la plus intéressante, ajouta Emily.

— Je pourrais parler avec vous des heures durant, soupira Julianne.

— Vous êtes fatiguée, chérie? Allongez-vous sur le canapé, je vais vous masser les pieds.

La suggestion de Carolyn leur arracha un éclat de rire.

Quand Sarah eut écrit toutes les propositions, Emily reprit :

— J'adore prononcer ton nom.

Aussitôt, Sarah revit le marquis en peignoir, les cheveux humides, en train de la dévorer des yeux en murmurant : «Je le sais maintenant, mademoiselle Sarah Moorehouse.»

— Vos cheveux sont superbes, dit Julianne.

Le porte-plume trembla dans la main de Sarah. Elle ferma les yeux afin de mieux se souvenir de la voix de lord Langston prononçant les mêmes mots.

— Vos yeux également, renchérit Emily.

Personne ne vous a donc jamais dit que vous aviez de beaux yeux ?

— Vous sentez bon, ajouta Carolyn.

— Comme un jardin sous le soleil…

Les paroles du marquis de Langston s'échappèrent des lèvres de Sarah presque malgré elle. Elle jeta un coup d'œil à ses compagnes qui hochèrent la tête en signe d'approbation.

Le visage en feu, elle baissa la tête et se remit à écrire frénétiquement.

— À mon avis, il devrait également dire des trucs comme «Je veux vous embrasser, j'en ai tout le temps envie», affirma Julianne.

Sarah tressaillit en reconnaissant les propos exacts du marquis. *Je veux vous embrasser.* Elle avait entendu cette phrase il y avait à peine une heure. Et, oui, cela lui avait semblé parfait.

— Ainsi que «je vous aime», ajouta Carolyn. Rien de plus doux n'a jamais résonné à mes oreilles.

Sarah perçut la mélancolie dans la voix de sa sœur. Émue, elle murmura :

— Je t'aime, Carolyn.

Carolyn sourit.

— Moi aussi, je t'aime, petite sœur.

La gorge serrée, Sarah remonta ses lunettes, puis demanda :

— Et quelles sont les choses que devrait faire notre Homme parfait ?

— Tu veux dire, à part nous accompagner dans les boutiques, discuter et danser avec nous, et nous répéter combien nous sommes belles et uniques ? railla Emily.

Une fois encore, les mots de lord Langston résonnèrent dans la tête de Sarah. *Vous êtes splendide.* Elle dut s'éclaircir la voix pour répondre :

— Oui, à part ça.

— Des fleurs, décréta Julianne. Il devrait nous offrir des fleurs.

— Et organiser des surprises romantiques, affirma Emily.

— Prendre le temps de découvrir ce que nous aimons et nous l'offrir, fit Carolyn. Cela n'a pas besoin d'être luxueux ou élaboré, juste adapté.

Son expression devint pensive.

— De tous les cadeaux que j'ai reçus d'Edward, mon préféré est une fleur qu'il a cueillie dans le jardin où nous avons échangé notre premier baiser, avant de la faire sécher entre deux pages de son recueil préféré des poèmes de Shakespeare. Cela n'avait aucune valeur marchande, précisa-t-elle avec un sourire rêveur, mais pour moi ce présent n'a pas de prix.

Sarah nota la suggestion de sa sœur sur sa liste, puis se redressa.

— D'autres propositions?

— Je crois que, cette fois, notre homme est vraiment parfait, décréta Julianne. Il ne nous reste plus qu'à le confectionner.

— Que diriez-vous de nous y atteler demain après-midi? proposa Sarah. Vous n'aurez qu'à me retrouver ici.

— Tu ne viens pas avec nous? s'étonna Carolyn.

— Si ça ne vous dérange pas, je préférerais me promener dans le parc pour réaliser quelques croquis. Il est tellement beau. Peut-être que certains de ces messieurs seraient ravis d'accompagner d'aussi charmantes jeunes femmes au village, ajouta-t-elle avec un sourire mutin.

Emily leva les yeux au ciel.

— Il y a peu de chances. Je suis sûr qu'ils trouveront beaucoup plus drôle de chasser ces pauvres renards. J'étais assise près de lord Thurston, hier soir. Sa conversation est ennuyeuse à périr. Il a parlé de chevaux et de fusils tout au long du dîner.

— En tout cas, il n'est pas désagréable à regarder, intervint Julianne. En fait, tous les hommes présents sont plutôt séduisants. Et M. Jennsen m'a paru très intéressé par toi, Sarah.

— Je l'ai également remarqué, renchérit Carolyn. Il te mangeait des yeux.

Ce fut au tour de Sarah de lever les yeux au ciel.

— Il était juste poli. Et reconnaissant de ne pas avoir à discuter chasse au renard avec Thurston et Berwick.

— Lord Langston et lord Surbrooke sont plutôt sympathiques, avoua Emily. Mais cela risque de changer si maman et tante Agatha continuent à jouer aussi peu subtilement les entremetteuses.

— Un jeu qui englobe également lord Berwick, lord Thurston et lord Hartley, lui rappela Julianne.

Elle réfléchit un instant avant de reprendre :

— Croyez-vous que l'un de ces messieurs puisse être l'Homme parfait ?

Emily secoua la tête.

— Non. Un tel homme n'existe pas. C'est d'ailleurs pour cette raison que nous avons dû l'inventer. Mais ne serait-ce pas merveilleux si c'était le cas ? ajouta-t-elle avec un long soupir.

Après avoir acquiescé en précisant que c'était néanmoins impossible, Sarah rassembla les vêtements et les bottes, et les cacha dans sa malle en bas de l'armoire. Sur quoi, les jeunes femmes fixèrent l'heure à laquelle elles se retrouveraient le lendemain pour «donner naissance» à Franck N. Stein et se souhaitèrent bonne nuit.

Sarah s'apprêtait à se coucher quand un coup léger fut frappé à sa porte. Elle ouvrit et se trouva face à Carolyn.

— Excuse-moi, Sarah, tu dois être fatiguée, mais…

Sa sœur lui prit la main et entra avant de poursuivre :

— Je voulais te dire combien je suis contente que tu sois là, avec moi.

— Je suis exactement là où j'ai envie d'être, assura Sarah.

— Je sais, et cela me touche encore davantage. Ces quelques jours avec toi, Julianne et Emily, et nos aventures du Cercle littéraire féminin de Londres, c'est exactement ce dont j'avais besoin. Mais bien sûr, tu l'avais deviné, ajouta Carolyn en souriant.

— J'espérais que tu t'amuserais, je dois l'avouer.

— Et j'espérais la même chose pour toi.

Carolyn la considéra un moment, avant de reprendre :

— Ce séjour te fait du bien, cela saute aux yeux. Je me doutais que t'éloigner du quotidien et de notre mère te permettrait de déployer un peu tes ailes. Et j'étais sûre que tu adorerais le parc du manoir.

— Veux-tu dire que tu es venue ici pour *moi*, alors que je croyais le faire pour *toi* ? s'enquit Sarah, incrédule.

— Il paraît que les grands esprits se rencontrent, non ?

— Tu as raison, acquiesça Sarah. Cependant, tu n'as aucune raison de t'inquiéter à mon sujet, Carolyn. Je vais très bien.

— Je m'en rends compte. Tu es... lumineuse. Cela fait vraiment plaisir à voir.

Sarah rosit d'émotion et de tendresse. Sans lui laisser le temps de répliquer, Carolyn l'embrassa sur la joue et murmura :

— Bonne nuit, ma Sarah. Fais de beaux rêves.

Puis elle s'éclipsa en refermant doucement la porte derrière elle.

Sarah lâcha un long soupir. De toute évidence, sa « luminosité » intérieure irradiait suffisamment pour être remarquée – du moins par Carolyn qui la connaissait mieux que quiconque. Heureusement, sa sœur en ignorait la cause. Mal à propos, la question de Julianne lui revint à l'esprit : « Croyez-vous que l'un de ces messieurs puisse être l'Homme parfait ? »

Elle secoua la tête, agacée. Non, l'homme parfait n'existait pas. Il n'était que le produit de leur imagination. Même si… le marquis de Langston était vraiment parfait quand il s'agissait d'embrasser. S'il avait prononcé plusieurs des phrases inscrites sur leur liste. Et s'il était beau, plein d'esprit, intelligent et – elle était bien placée pour le savoir – « scandaleusement passionné ». Car elle ignorait tout de sa gentillesse, de sa patience, de sa générosité, de son honorabilité ou de son honnêteté. Elle avait même plus qu'un doute sur ces deux derniers points eu égard aux mensonges qu'il racontait concernant ses sorties nocturnes. En outre, il ne portait pas de lunettes – attribut indispensable selon elle de l'Homme parfait.

Du reste, songea-t-elle avec une pointe d'amertume, peu importait qu'il fût l'Homme parfait puisque, de toute manière, il ne lui appartiendrait jamais.

Ce qui comptait, c'était qu'il soit suffisamment convenable pour ses amies Julianne et Emily. Ce dont elle avait bien l'intention de s'assurer…

— Joli tir, Berwick, lança Matthew après que la flèche de son invité se fut enfoncée dans le cercle du blason valant neuf points.

Lord Berwick abaissa son arc.

— Merci. Je crois que je me retrouve en tête de classement.

— Exact, sauf que Jennsen a encore une flèche, lui rappela Matthew.

Après avoir été témoin du calme et de la détermination de Jennsen durant ce tournoi de tir à l'arc, il comprenait mieux ses succès financiers. Bien que moins expérimenté que ses adversaires,

Jennsen les avait éliminés les uns après les autres sans jamais perdre son sang-froid. Même lorsque son tir se montrait défaillant, l'assurance tranquille dont il faisait preuve ébranlait ses concurrents, qui commettaient alors des erreurs stupides. Peu à peu, l'atmosphère s'était crispée, passant d'une aimable rivalité à une tension glaciale, surtout au cours des deux dernières parties. Harley et Thurston avaient laissé libre cours à leur contrariété à plusieurs reprises, et ce dernier avait même brisé l'une de ses flèches sur sa cuisse.

Les scores étaient extrêmement serrés. Daniel avait gagné le premier set, Matthew le deuxième, Hartley avait remporté le troisième au tie-break contre Thurston, Jennsen le quatrième et Berwick le cinquième. Ils avaient décidé ensemble que celui-ci serait le dernier, et le moment était venu de décocher l'ultime flèche.

— Il faut au moins dix points à Jennsen pour gagner, déclara Thurston avec un regard torve en direction de l'Américain. Quelqu'un est-il prêt à parier sur le score final ?

Logan Jennsen le regarda froidement, puis se tourna vers Berwick.

— Je vous parie cinq livres que je mets dans le mille.

Berwick haussa un sourcil dubitatif, puis répondit en souriant :

— Je relève le pari.

— J'en suis, intervint Hartley en adressant un coup d'œil peu amène à l'Américain. Je mise sur Berwick.

— Moi aussi, annonça Thurston.

Il pivota vers Daniel.

— Et toi, Surbrooke ?

Daniel sourit.

— Cinq sur Jennsen, dit-il.

— Tu vas le regretter, commenta Berwick, visiblement agacé.

Ce qui lui valut un haussement d'épaules.

— Et toi, Langston ? interrogea Berwick. Sur qui mises-tu ?

— En tant qu'hôte, il serait impoli de faire preuve de partialité, répondit Matthew dans l'espoir d'apaiser la tension. Je resterai donc neutre et me contenterai de souhaiter bonne chance à nos deux concurrents.

Cependant, s'il avait misé, son choix se serait porté sur Jennsen. Il suffisait d'observer l'Américain pour deviner qu'il avait l'habitude d'obtenir ce qu'il voulait. Et dans l'immédiat, il voulait remettre Berwick à sa place et moucher ses deux compagnons.

D'après certaines rumeurs, la rapidité avec laquelle Jennsen avait quitté son pays natal n'était pas due au seul désir de développer ses affaires en Europe. Son passé, disait-on, comportait quelques zones d'ombre. Jusqu'alors Matthew s'était moqué de ces racontars, mais devant la ténacité froide et la maîtrise dont l'homme faisait preuve en cet instant, il commençait à se demander s'il n'y avait un peu de vrai dans cette histoire.

Avec la même tranquillité que lors des sets précédents, Jennsen banda son arc et tira. Une fraction de seconde plus tard, la pointe de sa flèche se fichait au centre de la cible. Une étincelle de triomphe brillait dans ses yeux quand il pivota vers Berwick. Les deux adversaires échangèrent un long regard glacial, puis Berwick entérina son échec d'un petit mouvement guindé de la tête.

— Je paierai ce que je vous dois au manoir, déclara-t-il d'un ton sec.

À contrecœur, Thurston et Hartley annoncèrent au gagnant qu'ils feraient de même.

Ce à quoi Jennsen se contenta d'opiner brièvement.

— Merci pour ce fort beau tournoi, messieurs. C'était très plaisant, déclara Daniel avec un enjouement destiné à détendre l'atmosphère. À présent, que diriez-vous d'un petit cognac ?

— Avec plaisir, acquiesça Thurston entre ses dents. Puis un whist avec vos charmantes invitées, Langston, ajouta-t-il à l'adresse de Matthew.

— Excellente idée, approuva Hartley. Des jeunes femmes adorables, toutes les trois. Dommage que vous n'en ayez pas invité plus.

Matthew faillit lui rétorquer que le rapport hommes/femmes n'aurait pas été aussi déséquilibré sans son arrivée impromptue en compagnie de Thurston et de Berwick.

— Surtout lady Julianne, renchérit ce dernier. C'est l'une des plus belles femmes que j'aie jamais vues.

Matthew se retint de lever les yeux au ciel. Bon sang ! Un rival était la dernière chose dont il avait besoin pour capter l'attention de lady Julianne.

— Vous avez dit « toutes les trois », s'étonna Jennsen, or, j'en compte quatre. Vous avez cependant raison, elles sont toutes adorables.

— Quatre ? répéta Hartley, perplexe. Vous n'incluez quand même pas lady Gatesbourne ou lady Agatha ?

Matthew se raidit. Il avait parfaitement compris, lui, à qui Jennsen faisait allusion.

— Non, Mlle Moorehouse, corrigea Jennsen en se tournant vers Matthew, qu'il dévisagea avec une expression indéchiffrable.

— Mlle Moorehouse ? s'exclama Hartley, incrédule. Vous plaisantez, je suppose. Ce n'est que la compagne de voyage de lady Wingate.

— Et elle n'a rien d'adorable, intervint Thurston avec une moue hautaine.

— Sauf peut-être dans l'obscurité, renchérit Berwick.

— Je ne suis pas du tout d'accord, contra Jennsen. Mais j'ai toujours cru que la beauté était dans l'œil de celui qui regarde. N'est-ce pas votre avis, Langston ?

Matthew serra les mâchoires. De toute évidence, Jennsen profitait de cet échange pour lui signifier son droit de propriété sur Mlle Moorehouse. Ce qui aurait dû le laisser froid – d'autant que cela faisait un concurrent de moins pour lady Julianne. Alors, pourquoi était-il aussi contrarié ? Que cachait cette rage qui montait en lui ? De la jalousie... ?

Soutenant le regard de Jennsen, il répondit :

— En effet. Je pense que la beauté est dans l'œil de celui qui regarde.

Ce qui était parfait, à condition qu'il garde les yeux fixés sur lady Julianne.

Après avoir bu un cognac dans le fumoir, Matthew déclina l'invitation de ses compagnons à jouer au billard et regagna son bureau. Là, il essaya de se concentrer sur les comptes de la propriété, sans grand succès.

De toute façon, il savait déjà que réduire ses dépenses comme il s'efforçait de le faire chaque jour un peu plus ne représentait qu'une solution très temporaire. Pour le sortir de la situation financière dramatique dans laquelle il s'enlisait, il lui fallait soit épouser une riche héritière, soit découvrir enfin ce qu'il cherchait en vain depuis un an. Et même si, par miracle, sa quête aboutissait, la loyauté l'obligerait néanmoins à prendre une épouse. Sans tarder. Ce qui le ramenait à l'option « riche héritière. »

Ses pensées étaient aussi tumultueuses que la maison était calme. Or, ce n'étaient pas les chiffres ni l'inquiétude qui le tourmentaient ainsi, mais bien plutôt le souvenir de sa dernière rencontre avec Mlle Moorehouse. Leur baiser l'avait remué plus profondément que tous ceux qu'il avait pu échanger avec d'autres femmes. Peut-être justement parce que Sarah Moorehouse ne ressemblait à aucune autre, songea-t-il. Et qu'en dépit de son manque d'expérience évident, elle était spontanée, dépourvue de duplicité ou de vanité – ce qu'il trouvait irrésistible. En plus de ses yeux de biche, de ses courbes voluptueuses et de sa bouche délicieuse, bien sûr…

Il se passa la main dans les cheveux en soupirant. Seigneur ! Il n'arrivait pas à penser à autre chose qu'elle depuis qu'elle était sortie de sa chambre. Au point que ses performances au tir à l'arc s'en étaient ressenties. Si encore il avait compris la cause de son engouement ! Mais éprouver un tel désir pour une femme si différente des beautés blondes et éthérées qui le charmaient jusqu'alors le plongeait dans des abîmes de perplexité. Et comme si cela ne suffisait pas, il fallait qu'il ait un rival !

Sauf que, contrairement à lui, Logan Jennsen était tout à fait en droit de courtiser Mlle Moorehouse. Ce qui n'avait d'ailleurs aucune importance, se rappela-t-il, puisqu'il n'avait pas l'intention de lui faire la cour. Car même en éliminant le facteur « riche héritière », elle n'était pas son genre. Sauf qu'il n'arrivait pas à la chasser de son esprit. Bonté divine, ces pensées qui n'arrêtaient pas de tourner en rond allaient le rendre fou !

Il essaya pour la millième fois de se concentrer sur ses chiffres quand un aboiement familier lui fit redresser la tête. Son regard glissa vers la porte-fenêtre ouverte sur le parc ensoleillé. Danforth devait être sorti faire la sieste sur la terrasse. Le bienheureux !

Un autre aboiement résonna, suivi d'un doux rire familier. Matthew se figea sur son siège.

— Assis ! Là !

La voix flûtée de Mlle Moorehouse lui parvint.

Comme envoûté, Matthew se leva et marcha dans sa direction. Il n'avait pas atteint la porte-fenêtre que Danforth vint à sa rencontre en remuant la queue, avant de lui souhaiter la bienvenue dans un concert de jappements, puis de s'asseoir sur ses pieds.

Mlle Moorehouse apparut derrière lui en courant.

— Reviens ici, tête de mule. Je n'ai pas fi...

Elle se tut abruptement en découvrant pourquoi il s'était échappé.

Matthew eut l'impression que son cœur allait exploser. Il la contempla. Elle portait une robe grise sans fioritures et un bonnet retenu par des cordons noués sous le menton. Des mèches folles s'en échappaient. À en juger par ses joues roses et sa poitrine qui se soulevait rapidement, elle avait dû courir depuis l'extrémité de la terrasse.

Elle s'humecta les lèvres et remonta ses lunettes avant de le saluer d'une petite révérence.

— Je vous prie de m'excuser, milord. Je pensais que tous les messieurs participaient au tournoi de tir à l'arc.

— Nous avons terminé. Je pensais quant à moi que toutes les dames étaient descendues au village.

— J'ai préféré profiter de votre parc. Cela ne vous ennuie pas, j'espère ?

« Non, tant que vous ne m'abreuvez pas de noms de fleurs en latin et ne me demandez pas de nouvelles de mes tortlingers », faillit-il lui répondre.

— Absolument pas.

Elle balaya le bureau du regard, sourcils froncés.

— Ce n'est pas le fumoir ?

— Non, il s'agit de mon bureau.

Elle s'empourpra.

— Oh, je suis désolée ! Je vous assure que je n'avais pas l'intention de vous déranger.

Raté, songea-t-il. Elle le dérangeait bel et bien. Et il aurait dû la congédier sur-le-champ et retourner à sa comptabilité.

Au lieu de quoi, il s'entendit dire :

— Vous ne me dérangez nullement. En fait, je m'apprêtais à sonner pour qu'on m'apporte le thé. Voulez-vous vous joindre à moi ?

Seigneur ! Que lui prenait-il de lancer une telle invitation ? D'autant qu'il n'avait aucune intention de prendre le thé avant cet instant. À croire qu'il n'était plus maître de ses paroles.

Elle le considéra un moment, comme si elle essayait de deviner ce qu'il avait derrière la tête, puis murmura :

— Avec plaisir. Merci.

Ce que Danforth approuva d'un jappement joyeux. Sans doute parce que le mot « thé » était synonyme de « biscuit » dans son cerveau de chien.

Après tout, ce n'était pas si grave, se rassura Matthew. N'avait-il pas prévu de passer un peu de temps en compagnie de Mlle Moorehouse afin de profiter de ses connaissances en horticulture ? Tant qu'il parvenait à empêcher la conversation de dévier sur les straffes ou les tortlingers, il ne risquait rien. Il faudrait d'ailleurs qu'il interroge Paul à ce sujet pour ne pas se faire piéger une seconde fois…

— Je vous en prie, asseyez-vous, dit-il en désignant les fauteuils face à la cheminée.

Le temps de donner à Tildon l'ordre de servir le thé, et il rejoignait Mlle Moorehouse devant le feu.

Toujours debout, elle examinait le tableau accroché au mur, et il sentit son estomac se nouer comme chaque fois qu'il le contemplait.

— Votre famille ? s'enquit-elle.

— Oui, fit-il brièvement.

— J'ignorais que vous aviez des frères et sœurs.

— Plus maintenant. Ils sont morts tous les deux.

Son ton était plus tranchant qu'il ne l'aurait souhaité. Mais s'il ne se passait pas un jour sans qu'il pensât à James et à Annabelle, il avait néanmoins perdu l'habitude de parler d'eux à qui que ce fût.

Percevant le poids du regard de Mlle Moorehouse sur lui, il pivota vers elle. Elle le fixait d'un air grave.

— Je suis désolée, souffla-t-elle.

— Merci, répondit-il machinalement.

Des années de pratique lui avaient appris à dissimuler, puis à vivre avec la douleur. La culpabilité, en revanche, était toujours aussi aiguë.

— C'était il y a longtemps.

— Peu importe le temps écoulé, on ne guérit jamais de la perte d'un être cher.

Il plissa le front, surpris d'entendre des mots en accord si profond avec ses propres sentiments.

— Vous semblez savoir de quoi vous parlez.

— En effet. J'avais quatorze ans quand Delia, ma meilleure amie, est morte. Elle me manque toujours et me manquera jusqu'à la fin de mes jours. Et j'aimais Edward, le mari de Carolyn, comme mon propre frère.

Il hocha la tête. Oui, elle le comprenait.

— Votre amie, dans quelles circonstances est-elle morte ?

Il vit son regard s'embuer à cette question. Elle mit quelques secondes avant d'expliquer d'une voix blanche :

— Nous étions à cheval. Je lui ai proposé de faire la course. La monture de Delia a fait un faux pas juste avant l'arrivée et l'a désarçonnée. Elle s'est brisé la nuque en tombant.

Il perçut immédiatement la culpabilité dans son ton. Comment aurait-il pu en être autrement ? Ce sentiment ne lui était-il pas aussi familier que son propre reflet ?

— Je suis désolée pour vous, moi aussi, dit-il avec empathie.

— Merci.

— Je comprends mieux maintenant votre crainte des chevaux.

— Je ne suis jamais remontée depuis. Ce n'est pas vraiment la peur qui m'en empêche, plutôt...

— L'envie de ne pas réveiller des souvenirs douloureux, termina-t-il à sa place.

Elle le considéra avec attention.

— Cette fois, c'est vous qui semblez parler d'expérience.

Il eut un instant d'hésitation. C'était une chose qu'il n'avait jamais confiée à personne. Mais le regard triste de Mlle Moorehouse eut raison de ses réticences.

Il se racla la gorge, et avoua :

— En effet. C'est du reste pour cette raison que je ne vais plus au bourg.

Bien qu'elle n'émît aucun commentaire, il sut qu'elle avait deviné l'existence d'un lien entre le village et la mort de ses frère et sœur. Alors, il commença son récit, conscient de son écoute à la fois discrète et attentive.

Peu à peu, il eut l'impression que quelque chose s'épanouissait au fond de lui. Il aimait cette façon qu'elle avait de ne pas essayer de combler ses silences par des phrases conventionnelles ou des questions, comme tant d'autres femmes. Il émanait d'elle une patience tranquille et une assurance irrésistibles.

— J'avais onze ans. Au lieu de rester étudier mes mathématiques au manoir comme on me l'avait ordonné, je suis allé rendre visite à Martin, mon meilleur ami. C'était le fils du boucher. Mon père m'avait demandé de ne pas descendre au village parce que les gens y tombaient malades. Il ne voulait pas que quelqu'un de notre famille soit contaminé.

Il lâcha un long soupir, puis les mots s'écoulèrent hors de sa bouche tel le poison d'une plaie.

— Sauf que j'avais appris que Martin avait la fièvre. Je voulais lui apporter un médicament que le médecin m'avait prescrit un jour que j'étais malade. Alors, j'ai désobéi. Le lendemain matin, j'étais fiévreux à mon tour. Deux jours plus tard, ce fut au tour de James et d'Annabelle. Ni eux ni Martin n'en ont réchappé.

Il se tut, hors d'haleine. Il se sentait vide, les jambes en coton. Par sa faute, son frère et sa sœur étaient morts ; il les avait tués. Il ne comprendrait jamais par quel affreux coup du sort lui seul avait survécu, mais, curieusement, confier son terrible secret à quelqu'un lui procura un certain soulagement. Finalement, on avait peut-être raison de dire que la confession apaisait les âmes.

Il sortit brusquement de ses pensées quand Sarah Moorehouse lui saisit la main et la pressa doucement.

— Vous vous sentez responsable, dit-elle, le regard brillant d'une telle compréhension, d'une telle compassion, qu'il en eut le cœur serré.

— Si j'avais écouté mon père...

Il n'acheva pas sa phrase, incapable qu'il était de prononcer les mots fatidiques. *Ils seraient toujours vivants.*

— Je comprends. Je ressens exactement la même chose. On nous avait interdit de faire la course. Si je n'avais pas insisté...

Elle poussa un soupir.

— La douleur est...

— ... toujours là, achevèrent-ils en chœur.

Elle hocha la tête.

— Je suis vraiment désolée pour vous.

— Et moi pour vous.

Il marqua une longue pause, avant de reprendre, hésitant :

— Vous arrive-t-il de... parler avec votre amie ?

Jamais il n'avait osé poser une telle question à quiconque de peur d'être expédié à l'asile sur-le-champ.

— Souvent, répondit-elle. Je me rends très souvent sur sa tombe. Je lui apporte des fleurs et je lui raconte ce qui s'est passé depuis ma dernière visite. Et vous, parlez-vous à votre frère et à votre sœur ?

— Quasiment tous les jours, avoua-t-il avec l'impression qu'on lui ôtait un énorme poids de la poitrine.

Elle esquissa un sourire, puis, comme si elle lisait dans ses pensées, déclara :

— Je me croyais folle. Cela fait du bien de savoir que je ne suis pas la seule à agir ainsi.

— En effet, reconnut-il.

« Presque autant que d'être près de vous et de vous tenir la main », se retint-il d'ajouter.

— À présent, je comprends d'où vient cette tristesse dans votre regard, murmura-t-elle.

Sans doute se rendit-elle compte de la surprise qu'avaient provoquée ses paroles, car elle enchaîna :

— J'observe beaucoup les gens. C'est lié à mon goût pour le dessin, probablement. Et parce qu'il faut bien s'occuper pendant les bals.

— Vous ne dansez pas ?

Un ombre glissa sur le visage de Mlle Moorehouse, si fugitive qu'il se demanda s'il ne l'avait pas imaginée.

— Non. Je vais aux bals uniquement pour accompagner ma sœur. De toute manière, les hommes préfèrent les cavalières belles et élégantes.

Elle avait lancé cette dernière phrase d'un ton détaché, et Matthew mit quelques secondes avant d'en comprendre le sens.

Aucun homme ne l'invitait.

Soudain, il la revit à l'une de ces soirées, assise seule dans un coin tandis que les autres jeunes femmes virevoltaient sur la piste. Et lui évoluait avec elles, totalement indifférent à la présence insipide de Mlle Moorehouse. Une bouffée de honte le submergea, ainsi que le sentiment curieux d'être passé à côté de l'essentiel. Car bien qu'elle ne possédât pas une beauté classique, Mlle Moorehouse n'avait rien d'insipide.

Il toussota avant de demander :

— Vous trouvez mon regard triste ?

Elle acquiesça.

— Triste et...

— Quoi ?

— Énigmatique, répondit-elle après une brève hésitation. Mais tout le monde a des secrets, n'est-ce pas ?

— Vous aussi ?

— Surtout moi, milord, assura-t-elle, malicieuse. Je suis, de toute évidence, une femme très mystérieuse.

— Et moi un homme tout aussi mystérieux.

— Comme je le soupçonnais.

Le ton était léger, pourtant Matthew se demanda si Mlle Moorehouse ne parlait pas plus sérieusement qu'il n'y paraissait.

Lui lâchant la main, elle reporta son attention sur le tableau.

— Votre frère était beaucoup plus jeune que vous.

— Grands dieux non ! Il avait presque dix ans de plus que moi.

Les sourcils froncés, elle examina la peinture, avant de se tourner vers lui, l'air surpris.

— Vous voulez dire que vous êtes...

Elle s'interrompit, les joues en feu.

— Le petit grassouillet à lunettes. Oui, il s'agit bien de moi. Dans toute la gloire de mes six ans. Le grand jeune homme est mon frère James.

— Vous vous ressemblez incroyablement. Ce qui n'était pas du tout le cas à l'époque.

— Vers seize ans, j'ai commencé à m'allonger, perdant un peu d'épaisseur par la même occasion.

Certes, extérieurement, il ne ressemblait plus guère à l'enfant timide, bizarre et renfermé qu'il était autrefois, songea-t-il, mais au fond de lui, il s'en sentait encore très proche. Il portait toujours en lui la douleur du petit garçon qui, malgré ses efforts, n'était jamais parvenu à capter l'attention de son père, entièrement fixée sur James. Même après la mort de ce dernier, il n'avait rien obtenu d'autre que des reproches et des piques lui rappelant chaque jour qu'il avait tué le fils préféré. Comme s'il avait besoin de cela! Comme si la culpabilité ne le rongeait pas déjà à chaque seconde!

— La transformation est... étonnante, commenta-t-elle. Vous ne portez plus de lunettes?

— Vers vingt ans, je n'en ai plus eu besoin. Le médecin m'a expliqué qu'il arrivait parfois que la vision se modifie durant la croissance. Dans le bon ou le mauvais sens. La mienne a évolué dans le bon.

— Vous avez de la chance, milord. La mienne a empiré.

La tête inclinée, il la détailla quelques secondes, comme il l'aurait fait pour une œuvre d'art.

— Les lunettes vous vont bien. Il m'arrive encore de devoir en porter pour lire des petits caractères.

— Ô mon Dieu!

Elle avait poussé la même exclamation, la veille, après qu'il l'eut embrassée. Ce souvenir suffit à lui faire poser les yeux sur sa bouche... Grossière erreur, comprit-il aussitôt en sentant le désir affluer dans ses veines. Ses lèvres délectables étaient légèrement entrouvertes, comme sur un appel muet et irrésistible.

L'embrasser de nouveau était une très mauvaise idée. Mais, Seigneur, il en mourait d'envie! Là, maintenant, en plein jour, alors qu'il distinguait clairement ses traits, pouvait voir la moindre de ses réactions.

Au moment où il allait céder à cette impulsion, on frappa à la porte. Réprimant un juron, il se détourna et aboya:

— Entrez.

Tildon apparut.

— Le thé est servi sur la terrasse, milord.

Matthew attendit que le majordome sorte avant de pivoter de nouveau vers Mlle Moorehouse. Probablement devait-il rendre grâce au ciel de cette perturbation. Sans elle, nul doute qu'il l'aurait enlacée. Ce qui aurait été totalement incompatible avec ses projets.

Oui, il fallait qu'il se concentre sur son objectif : la connaître mieux afin de savoir si elle représentait une menace ou non. Pas si elle embrassait bien.

Ça, il le savait déjà.

Elle embrassait bien.

Fabuleusement bien.

Il se tortilla discrètement, de plus en plus serré à l'entrejambe. Bon sang, cette excitation involontaire était insupportable ! Il devait absolument cesser de contempler la bouche de Mlle Moorehouse et recouvrer son sang-froid.

Aussi, désignant la terrasse, il lui offrit son bras en déclarant :

— Nous y allons ?

8

Sarah devait en apprendre plus sur le marquis.

Ce qui impliquait de ne pas s'appesantir sur ce qu'elle ressentait en sa présence.

Assise à la table en fer forgé, elle contempla la théière en argent sur la nappe immaculée. Outre le thé, Tildon avait apporté un assortiment de toasts croustillants au concombre et au cresson, des scones à la confiture de fraises et des biscuits tout juste sortis du four.

Pourtant, aussi appétissants fussent-ils, ce n'étaient pas ces mets qui la faisaient saliver, mais bien plutôt le marquis, dont la troublante proximité la détournait sans cesse de son objectif.

Elle *devait* en apprendre plus sur lui.

De préférence quelque chose qui le rendrait moins irrésistible. Un détail qui n'affolerait pas ses sens comme le fait de découvrir qu'il embrassait merveilleusement bien. Ou ne lui serrerait pas le cœur à l'instar de l'histoire de la mort de son frère et de sa sœur. Quelque chose qui ne la ferait pas fondre chaque fois qu'elle le voyait ou pensait à lui.

Mais comment se débarrasser de la sympathie qu'elle éprouvait à son égard alors qu'elle connaissait le poids de sa douleur ? Qu'elle portait la même en elle? Et lui aussi savait; il la *comprenait*. Ce qui le rendait encore bien plus attirant que ses manières ou son physique.

Même si elle devait avouer ne pas être totalement insensible à ce dernier. Après tout, elle était myope, pas aveugle. Juste avant que Tildon les interrompe, elle avait cru que le marquis allait l'embrasser de nouveau. Or, au lieu de l'épouvanter, cette perspective avait fait s'emballer son cœur. Elle avait dû faire appel à tout son sang-froid pour ne pas lui sauter au cou et le dévorer de baisers.

Elle l'examina tandis qu'il remerciait Tildon puis contournait la table pour venir s'asseoir près d'elle. Et lâcha un soupir. Une chaleur qui n'avait rien à voir avec le soleil l'envahit.

— Vous vous sentez bien, mademoiselle Moore-house?

Avec un tressaillement de surprise, elle leva les yeux vers lui. Il la dévisageait.

Flûte. Elle devait être écarlate à présent.

— Très bien, merci, répondit-elle d'un ton guindé.

— Vous me semblez un peu… rouge.

— C'est le soleil, mentit-elle, de plus en plus mal à l'aise.

— Vous préféreriez prendre le thé à l'intérieur?

«Oui, de préférence dans votre chambre pendant votre bain», aurait-elle aimé répondre.

Un cri d'horreur lui monta aux lèvres. Elle serra les dents pour le retenir. Seigneur Dieu, c'était de pire en pire! Il fallait absolument qu'elle oublie cette étreinte. Et son espoir de le revoir nu. Elle devait…

Quoi? Que devait-elle faire déjà? Ah oui, essayer de découvrir ce qu'il cachait. Parfait. Car quelle que fût sa sympathie pour lui, il n'en restait pas moins qu'il dissimulait des secrets. Autrement, il n'aurait jamais inventé cette histoire de fleurs à éclosion nocturne. Et comme elle ne pouvait pas l'interroger directement à ce sujet, il fallait l'encourager à parler, et à se trahir par inadvertance.

Pour ce faire, le mieux était de gagner sa confiance en se livrant à lui et en le flattant. Deux attitudes, avait-elle noté, auxquelles les hommes résistaient difficilement.

S'emparant de sa tasse en porcelaine, elle fit remarquer :

— La différence entre l'adulte que vous êtes devenu et l'enfant sur le tableau est stupéfiante, milord.

— Tous les enfants passent par un stade ingrat, j'imagine, dit-il en haussant les épaules.

— Pas tous. Ma sœur, par exemple. Elle a toujours été aussi belle qu'aujourd'hui.

— Votre sœur est plus âgée que vous, non ?

— Oui. De six ans.

— Alors, comment savez-vous qu'elle était belle, enfant ?

— Ma mère me l'a dit. Et répété un nombre incalculable de fois. Sans doute espérait-elle par ce rappel m'aider à passer ce « stade ingrat » comme vous l'appelez, dans lequel je stagne depuis la naissance.

Elle but une gorgée de thé, avant de reprendre :

— Ma mère me soupçonne de rester moche dans le seul but de la contrarier. Selon elle, je serais déjà moins « disgracieuse » si je me passais de lunettes et acceptais de rester assise pendant des heures pour qu'elle me lisse les cheveux au fer. Ce qui, bien sûr, ne me rendrait pas moitié aussi belle que Carolyn, mais au moins aurais-je essayé.

Sa tasse de thé à mi-chemin entre la soucoupe et ses lèvres, le marquis se figea, sourcils froncés.

— Elle ne vous dit pas vraiment cela, n'est-ce pas ?

— Bien sûr que si. Très souvent. Enfant, cela m'accablait. Surtout parce que j'avais peur que Carolyn, que j'adorais, me déteste un jour pour les mêmes raisons.

Après une autre gorgée, elle ajouta :

— Ce qui était impossible, évidemment. Carolyn est bien trop gentille pour cela. Elle m'a toujours aimée de manière inconditionnelle. Du reste, elle supportait très mal le favoritisme dont elle était l'objet.

— Vous évoquez l'attitude de votre mère avec un recul surprenant, nota-t-il en la fixant par-dessus sa tasse.

— Elle aurait pu se montrer plus diplomate, mais elle n'a jamais rien dit d'autre que la vérité. Il suffit d'avoir des yeux pour se rendre compte que Carolyn est superbe et pas moi. Bien sûr, j'ai essayé de temps à autre de prouver à ma mère qu'indépendamment de mon physique, je ne méritais pas le statut de fille préférée.

Elle vit s'allumer une lueur intriguée dans les prunelles du marquis.

— Vraiment ? Comment ?

— Vous allez me trouver horrible.

— J'en doute. Après ce que je viens d'entendre, je ne m'offusquerais pas même si vous m'avouiez avoir versé une bassine d'eau froide sur votre mère.

Comme elle s'empourprait, il reprit :

— Vous lui avez déjà jeté un baquet d'eau à la tête ?

— Non. Encore que je doive admettre en avoir eu envie plus d'une fois.

— Je vous comprends.

— En fait, presque chaque jour, précisa-t-elle platement.

— Malgré tout, vous avez résisté. Ce qui témoigne d'une grande volonté.

— Pas vraiment. Le baquet était trop lourd pour moi.

Matthew éclata de rire. Un beau rire sonore et profond, qui révéla ses dents blanches et dessina de charmantes petites rides aux coins des yeux. L'effet était... éblouissant.

— On n'utilise pas de seaux chez vous ?

— Si. Mais je dispose de moyens beaucoup plus simples pour contrarier ma mère.

— Ah, oui ? Lesquels ?

— Eh bien, par exemple, je sors en plein soleil dans le jardin sans mettre de chapeau. Ma mère ne supporte pas que j'aie des taches de rousseur. Ou alors je feins de mal comprendre ce qu'elle me dit. Si elle déclare : « J'ai mes vapeurs », je réponds : « Peur ? De quoi ? » Elle croit que je deviens sourde, et ça la rend folle.

Avec un sourire espiègle, Sarah poursuivit :

— Je joue également à ce que j'appelle « la confusion des sens ». Ainsi, je lui dis des choses telles que : « Je ne peux pas vous entendre, je n'ai pas mes lunettes. »

Le marquis s'esclaffa.

— Ou : « Je le sens, je ne suis pas sourde, vous savez. »

— Je ne suis pas aveugle, je peux le sentir.

— Vous avez compris, approuva Sarah en riant. Alors, mère pousse un soupir à fendre l'âme, lève les yeux au ciel et marmonne quelque chose – un juron ou une prière pour se calmer, je ne saurais le dire. Cela n'a probablement rien de drôle, mais moi, ça m'amuse. À présent, vous connaissez mon plus grand secret, conclut-elle : je ne suis pas gentille.

— Ma chère mademoiselle Moorehouse, si pour vous ces quelques plaisanteries sont une preuve de méchanceté, vous devriez réexaminer vos critères. Je doute que cela fasse de vous une cliente pour l'enfer.

— Probablement pas. En tout cas, mon physique s'est souvent révélé un avantage. L'attention de ma mère étant totalement centrée sur Carolyn, j'ai joui d'une liberté dont peu de jeunes filles bénéficient.

— Vous avez un exemple ?

— Eh bien, pendant que Carolyn demeurait enfermée pour cause de leçons de maintien ou de danse, je me promenais au soleil, peignais, faisais de la barque sur le lac ou de longues randonnées dans la campagne.

Tout en s'emparant d'un biscuit, elle précisa avec un grand sourire :

— Je suis très douée pour la pêche et attraper les grenouilles.

— Curieux, mais cela ne me surprend pas, commenta le marquis. Moi aussi, je pêchais et j'attrapais les grenouilles quand j'étais petit. Voilà bien des années que je n'ai fait ni l'un ni l'autre. Et votre père ? interrogea-t-il après une pause.

— Papa est médecin. Il part souvent plusieurs jours pour soigner des gens dans les villages alentour. À la maison, il passe l'essentiel de son temps dans son bureau à lire des revues médicales. Lorsqu'on se croise, il me regarde d'un air absent, me donne une petite tape sur la tête, puis me renvoie à mes occupations, comme quand j'avais trois ans.

Le marquis opina lentement du chef, songeur.

— Je ne voyais pas beaucoup ma mère quand j'étais petit, et mes souvenirs d'elle sont assez flous. Elle était toujours très élégante, en partance pour une soirée ou une autre. J'imagine qu'elle m'aimait, même si elle ne me l'a jamais dit. Après la mort de James et d'Annabelle, je l'ai vue encore moins : soit j'étais en pension, soit je passais mes vacances chez mon ami Daniel, lord Surbrooke. J'avais quatorze ans quand elle est morte.

— Et votre père s'est éteint l'année dernière, dit doucement Sarah.

— Oui.

Un muscle tressaillit sur la joue du marquis.

— Il s'est fait attaquer sur la route. On n'a jamais retrouvé le bandit de grand chemin qui lui a tiré dessus.

— Je suis désolée. Vous devez vous sentir très… seul.

Il la dévisagea avec une expression si troublante qu'elle crut avoir été trop loin.

— Pardonnez-moi, milord, je n'avais pas l'intention de vous offenser. Parfois, je parle sans réfléchir.

— Il n'y a pas de mal. J'ai quelques bons amis et de nombreuses relations qui me permettent d'être toujours entouré, mais d'un point de vue purement familial, vous avez raison, je suis seul.

— Pourquoi ne vous êtes-vous jamais marié ?

— En effet. Pourquoi ?

— Vous êtes charmant, bien de votre personne, vous appartenez à la fine fleur de l'aristocratie et vous savez jardiner…

Et embrasser.

— … autant de qualités susceptibles de vous attirer les faveurs féminines, termina Sarah.

— Je pourrais vous retourner le compliment, mademoiselle Moorehouse.

— Que je suis séduisante et issue de l'aristocratie ? rétorqua-t-elle en riant.

— Certes, vous n'appartenez pas à la noblesse, concéda-t-il.

— Et je ne suis pas séduisante.

— Vous possédez un charme unique. Et vous êtes sans conteste une belle personne.

Elle avait pensé le flatter pour en apprendre plus, et voilà qu'à présent, il se livrait au même exercice à son égard, se rendit-elle compte. Était-il sincère ou poursuivait-il un objectif ?

Elle cherchait toujours la réponse à sa question quand il reprit :

— Ce que je veux dire, en fait, c'est que je suis surpris que *vous* ne soyez pas mariée.

Le ridicule de cette remarque la pétrifia. Cette fois, il n'y avait plus de doute : il essayait de l'amadouer dans un but précis. Ou alors, il était complètement idiot.

Deux possibilités qui lui procurèrent un soulagement aussi profond qu'inattendu. Car, quoi qu'il arrivât, elle se savait incapable de tomber amoureuse d'un intrigant ou d'un crétin.

Se sentant soudain beaucoup mieux, elle répondit :

— En quoi cela vous surprend-il, milord ?

— Chercheriez-vous les compliments, mademoiselle Moorehouse ?

— Certainement pas ! se récria-t-elle. Je suis juste curieuse de savoir en quoi le fait que je sois célibataire vous étonne.

— Cela m'étonne parce que vous semblez une jeune femme bien élevée. Et loyale.

— Comme un épagneul.

Il s'esclaffa.

— Oui, sauf que vous êtes plus grande. Et que vous sentez moins mauvais.

— J'imagine que je dois vous remercier, répliqua-t-elle en riant à son tour.

— En outre, vous êtes très intelligente.

Cette fois, elle se contenta de ricaner.

— Bien que cette remarque me touche, je me vois obligée de vous rappeler que l'intelligence n'est pas un attrait féminin très couru.

— Et savez-vous pourquoi ? interrogea-t-il.

Il se rapprocha pour poursuivre sur le ton de la confidence :

— Parce que, aussi désagréable cela soit-il à admettre, la plupart des hommes sont des imbéciles.

Sarah tressaillit, à la fois stupéfaite et ravie de l'entendre juger ses congénères en employant le même terme qu'elle. Qu'ils partagent la même opinion sur le sujet la remplit d'un délicieux bien-être. Un bien-être et une proximité d'âme presque aussi irrésistible que leur proximité physique.

Elle sentait son genou toucher le sien, si légèrement que cela aurait pu paraître accidentel. Néanmoins, la chaleur et la lueur de défi qui brillaient dans son regard lui assuraient le contraire.

« Écarte la jambe, l'exhorta une petite voix intérieure. Recule ta chaise. Mets de la distance entre vous, ce contact est déplacé. »

Mais son corps, comme mû par une volonté propre, fit exactement le contraire. Elle se rapprocha jusqu'à ce que leurs visages ne soient plus qu'à quelques centimètres l'un de l'autre.

— Dites-moi, milord, vous classez-vous dans la catégorie des imbéciles ?

— Comment réagiriez-vous si je vous affirmais que non.

— Je vous accuserais de mensonge.

Il eut un sourire amusé.

— Parce que vous me considérez comme un imbécile ?

— Parce que tout le monde se conduit comme un imbécile à un moment ou à un autre.

— Même vous ?

— Oh, surtout moi ! Je passe mon temps à dire ou à faire ce qu'il ne faut pas.

— Vraiment ? Par exemple ?

— Par exemple, en suggérant, il y a à peine une seconde, que mon hôte était non seulement un menteur mais aussi un imbécile.

« Ou en ce moment même, poursuivit-elle à part soi, en laissant mon genou contre le vôtre. »

Mais comment s'éloigner alors que le contraste entre leur conversation innocente et la pression inconvenante de leurs jambes l'une contre l'autre faisait naître en elle un tourbillon d'émotions ?

Le marquis changea de position ; elle frissonna en sentant le contact s'accentuer.

— Je trouve votre candeur rafraîchissante, murmura-t-il.

— Vraiment ? La plupart des gens détestent cela.

— J'ai toujours préféré la vérité, même brutale, aux platitudes hypocrites, affirma-t-il, de nouveau sérieux. Malheureusement, mon titre et ma position m'attirent plus souvent ces dernières. Particulièrement de la part des femmes.

— Si celles-ci vous complimentent sur votre physique ou votre manoir, vous auriez tort de les accuser de mensonge.

Il haussa les épaules.

— À votre avis, pourquoi le font-elles ?

— Parce qu'elles trouvent votre personne et votre demeure plaisantes, je suppose.

— Une fois encore, pourquoi ? Lady Gatesbourne et lady Agatha ne cessent de me couvrir d'éloges depuis leur arrivée. Elles ont loué ma personne, mon château, mon parc, ma cuisinière, mes meubles, ma cravate, mon chien...

— Vous n'allez pas nier que Danforth mérite des compliments, coupa-t-elle, narquoise.

— Certes non. Mais il se trouve que pendant que lady Gatesbourne s'extasiait sur lui, Danforth était assis sur son pied, et qu'elle avait le plus grand mal à dissimuler le dégoût que lui inspirait mon « adorable chien ». Tout crétin que je suis, je sais reconnaître une flatterie mensongère.

— Lady Gatesbourne et lady Agatha souhaitent vous faire bonne impression, milord.

— Parce que l'une a une fille à marier et l'autre une nièce. Elles se soucient peu de moi, ce qui les intéresse, c'est mon titre. Vous imaginez ce que l'on ressent à être convoité pour cette seule raison ?

— Non.

En réalité, elle n'imaginait même pas ce que l'on ressentait à être convoité tout court.

— C'est... décevant. Croyez-moi, les témoignages d'admiration de ces dames n'ont rien à voir avec le nœud de ma cravate ou la finesse de ma porcelaine.

— Pourquoi pas ? Après tout, votre service de table est *vraiment* splendide.

— Est-ce une manière de me signifier que ma demeure, mon parc, mon mobilier et moi-même ne le sommes pas ? ironisa-t-il.

Sarah ne put réprimer un éclat de rire.

— À présent, j'ai l'impression que c'est vous qui partez à la pêche aux compliments.

— Uniquement parce que vous n'êtes pas très généreuse dans ce domaine, rétorqua-t-il, malicieux.

Levant les yeux au ciel, elle déclara :

— Vous n'avez nul besoin de mes louanges. Vous avez la tête suffisamment enflée par toutes celles dont on vous abreuve.

— Il n'est pas question de besoin, plutôt d'envie, répliqua-t-il.

— Désolée, mais il me semble de mon devoir de ne pas alimenter votre vanité.

— Me permettrez-vous, dans ce cas, d'alimenter la vôtre ?

Elle lâcha un rire.

— Je vous assure que je n'ai pas de vanité à...

Elle s'interrompit abruptement comme il lui saisissait les doigts.

— Allons, chuchota-t-il en lui caressant le dos de la main. Ne me faites pas croire que votre ami Franck ne vous a jamais complimentée.

— Il... n'est pas d'un naturel très disert.

— Je vois. Le genre beau ténébreux silencieux.

— C'est cela.

— Raison de plus pour me laisser remédier à ce manque. Tout d'abord, vous êtes une artiste talentueuse.

Elle voulut protester, mais il lui mit un doigt sur la bouche pour la faire taire, et enchaîna :

— La règle lorsqu'on reçoit un compliment, mademoiselle Moorehouse, est de répondre «merci».

Il porta sa main à ses lèvres.

— Mais... commença-t-elle.

— Il n'y a pas de mais. Juste «merci».

Leurs visages se touchaient presque, constata-t-elle, incapable de penser à autre chose qu'au moment où ce «presque» s'évanouirait.

— Me... merci.

— Je vous en prie, répondit-il en souriant. Personnellement, je suis incapable de dessiner quoi que ce soit. Accepteriez-vous de réaliser une esquisse de Danforth et de moi ?

— J'en serais ravie. En fait, j'étais justement en train de le croquer quand il a foncé vers votre bureau.

— Et vous l'avez suivi.

— En effet.

— Et vous voilà maintenant ici. Avec moi.

La douceur avec laquelle il avait prononcé ces mots la fit frissonner.

— Oui, dit-elle dans un souffle.

«Avec un genou collé au vôtre et vos doigts enlacés aux miens, songea-t-elle. Et le cœur battant si fort que je suis sûre que vous l'entendez.»

Il plissa légèrement le front.

— Où est passé votre carnet de croquis ?

Toute à son émotion, elle mit quelques secondes avant de s'en souvenir.

— Je l'ai posé dans votre bureau. Sur le fauteuil près de la cheminée.

— Ah. Je comprends mieux pourquoi je ne l'ai pas vu.

— Pourquoi ?

— J'étais trop occupé à vous contempler.

Son premier réflexe fut de croire qu'il se moquait d'elle. Pourtant, il n'y avait aucune trace d'ironie dans son expression.

Une part d'elle-même, celle qu'elle gardait profondément enfouie, celle qui, secrètement, inutilement, rêvait d'être aimée et admirée, s'agita, luttant pour sortir de la prison où elle la gardait confinée depuis plus de vingt ans et se repaître de ces paroles.

Mais l'autre partie, la Sarah réaliste, pragmatique et réfractaire à tout sentimentalisme s'empressa de la renvoyer dans sa geôle. « Cesse d'écouter ce beau parleur, s'ordonna-t-elle. Il faut être stupide pour se laisser émouvoir par de telles balivernes ! »

Elle s'éclaircit la voix.

— Me contempler ? répéta-t-elle, railleuse. Pourquoi ? J'avais du fusain sur le visage ?

Le marquis secoua la tête.

— Non. C'est juste que votre peau est…

Il lui lâcha la main pour lui caresser la joue.

— … remarquable.

— Vous plaisantez. Je suis couverte de taches de rousseur.

— En effet, en plein soleil, on les voit fort bien. Mais, contrairement à ce que vous pensez, ces petites imperfections ne font que souligner la perfection de votre teint.

« Il veut forcément quelque chose, décréta-t-elle. Et il se sert de son charme pour l'obtenir. »

Mais que diable pouvait-il désirer d'elle ? Elle ne possédait rien susceptible de l'intéresser. Sur aucun plan.

Quoi qu'il en soit, elle devait rester sur ses gardes. Aussi difficile cela fût-il… Surtout lorsqu'il la fixait de cette manière. Comme si elle était un objet précieux. D'une rare beauté.

Elle vit son regard dériver vers sa bouche.

— Lorsque nous étions dans mon bureau, vous êtes-vous rendu compte à quel point j'avais envie de vous embrasser ? murmura-t-il.

Et vous ? Avez-vous perçu mon désir ? Les mots lui brûlaient les lèvres ; ils la suppliaient de les laisser les franchir. Elle serra les dents pour les en empêcher. Le cœur battant, elle secoua la tête, ce qui fit glisser ses lunettes au bout de son nez. Plus rapide qu'elle, le marquis les remit en place. Puis il lui caressa la joue.

— Vous rendez-vous compte à quel point j'ai envie de vous embrasser *maintenant* ? reprit-il.

Elle demeura sans voix. Sans souffle non plus, avec l'impression que son corps était en coton. Seigneur ! Et il ne l'avait même pas encore embrassée. À peine touchée.

Elle s'humecta les lèvres, et regretta aussitôt son geste en voyant une étincelle s'allumer dans les yeux du marquis.

— Je ne comprends pas pourquoi, milord, articula-t-elle avec difficulté.

Il lui frôla la lèvre inférieure du pouce.

— Peut-être est-ce justement la raison. Parce que cela vous semble impossible. Parce que vous ne vous y attendez pas. Je vous trouve incroyablement rafraîchissante.

— Je suis très ordinaire, je vous assure.

— Je ne suis pas d'accord avec vous. Mais quand bien même, je vous assure, moi, que vous l'êtes d'une manière rafraîchissante.

À la fois troublée et embarrassée par ces compliments, elle parvint à rétorquer :

— Vous avez dû rester trop longtemps au soleil, milord. Je suis certaine que vous n'avez qu'à lever le petit doigt pour qu'une nuée de jolies jeunes femmes viennent à vous.

Il la considéra un long moment en silence, puis, la regardant droit dans les yeux, demanda :

— Si je levais le petit doigt, mademoiselle Moore-house, viendriez-vous ?

Immédiatement. Elle n'eut que le temps de refermer la bouche avant que la réponse lui échappe. Bonté divine, cet homme avait sur elle un effet effrayant ! Elle, d'habitude si raisonnable, ne se reconnaissait plus. Elle rêvait de goûter à ses lèvres, de sentir ses mains sur elle, de le caresser…

Non, elle n'avait pas le droit. Toutes ces choses n'étaient pas pour elle. Surtout avec un tel homme – qui n'avait qu'un mot à dire pour obtenir toutes les femmes qu'il convoitait. Un homme qu'elle soupçonnait de dissimuler d'inavouables secrets…

Et pourtant, à son corps défendant, elle ne pouvait s'empêcher de désirer tout cela. Avec une intensité à la limite du supportable. C'était comme si, maintenant que le marquis l'avait réveillé, le volcan qui couvait en elle menaçait d'entrer en éruption à tout moment. Et si elle ne saisissait pas l'occasion qui s'offrait à elle de vivre des moments aussi ardents, celle-ci se représenterait-elle ? s'interrogea-t-elle.

Jamais, devina-t-elle. Jamais avec un homme pareil.

Des voix qui se rapprochaient mirent brusquement fin à ses tergiversations. Au-delà des larges épaules du marquis, elle aperçut ses amies et leurs duègnes qui traversaient la pelouse.

— Apparemment, ces dames sont rentrées, annonça-t-elle en se redressant vivement.

Il ne bougea pas d'un pouce.

— Vous alliez dire quelque chose, fit-il.

Après une hésitation, elle secoua la tête.

— Non.

— S'il vous plaît…

— Je…

— Ah, vous voici, marquis! s'exclama lady Gatesbourne de sa voix haut perchée.

Elle accéléra le pas, ce qui fit tressauter les plumes de son turban de manière assez cocasse. Quelques instants plus tard, tout le groupe prenait pied sur la terrasse.

Langston se leva et les salua en inclinant brièvement le buste.

— La promenade au village vous a-t-elle plu? s'enquit-il.

— Oh, c'était très excitant! répondit lady Agatha. Tout le monde est en émoi à cause de la nouvelle.

— Quelle nouvelle? demanda Sarah.

— Au sujet de Tom Willstone, le forgeron.

Elle nota la soudaine lueur d'intérêt dans le regard du marquis.

— Que lui est-il arrivé?

Lady Gatesbourne se tapota le front avec son mouchoir en dentelle avant d'expliquer:

— Il avait disparu depuis avant-hier soir. Finalement, quelqu'un l'a retrouvé à l'entrée du village, tôt ce matin.

— A-t-il dit où il était passé? intervint le marquis.

— Il aurait eu du mal, pépia lady Agatha. Il était mort. Assassiné.

Langston se pétrifia. Puis il regarda tour à tour Carolyn, Emily et Julianne qui, toutes, hochèrent la tête d'un air grave.

— Assassiné? répéta-t-il d'une voix blanche. Mais, comment?

— Apparemment, on l'a frappé jusqu'à ce que mort s'ensuive, répondit lady Gatesbourne avec une délectation mal dissimulée.

— Puis on l'a enterré dans une fosse de fortune sous un buisson, ajouta lady Agatha.

Sarah sentit son sang se glacer tandis qu'elle se remémorait le marquis rentrant au manoir sous la pluie battante. Une pelle à la main.

9

Matthew pénétra dans son bureau, Daniel sur ses talons. Tout en allant leur servir un cognac, il raconta à son ami ce qu'il venait d'apprendre à propos de Tom Willston.

— Nous ignorons toujours ce que faisait Tom dans la nuit d'avant-hier, en revanche, nous savons pourquoi il n'est jamais rentré chez lui, conclut-il. Je me serais peut-être plus inquiété de lui à ce moment-là si je ne l'avais pas soupçonné de m'espionner. Quelqu'un l'a assassiné, probablement peu de temps après que je l'ai aperçu.

Daniel le considéra par-dessus le bord de son verre.

— Ne me dis pas que tu te sens coupable.

— Non, je ne me sens pas coupable. Même si je regrette qu'il soit mort de cette façon.

— À ton avis, que s'est-il passé ?

— Aucune idée. Peut-être a-t-il été victime d'un voleur.

— C'est une possibilité. Certains racontaient au village que Tom portait une montre de gousset en or. Comme tu ne m'en as pas parlé, je suppose qu'on ne l'a pas retrouvée sur lui. Il y a des gens qui tuent pour moins que cela.

— C'est vrai, admit Matthew. Mais jusqu'ici pas à Fladersham. Peut-être y a-t-il un rapport entre ce meurtre et la maîtresse dont parlait ce Billy Smith, le frère de son épouse. Si cette autre femme a un mari, un frère ou même un autre amant, celui-ci ne devait pas porter Tom dans son cœur.

Daniel secoua la tête.

— Tu as raison. Ça me rappelle d'ailleurs que, durant ma visite chez les Willstone, Billy Smith avait l'air plutôt furieux contre lui.

— Si cette histoire de maîtresse est vraie, j'imagine que l'épouse de Tom l'était aussi.

— Et tout le monde sait que l'infidélité donne souvent lieu à de terribles vengeances, renchérit Daniel.

— Exact. Sauf que Tom était un solide gaillard. Il a dû falloir un sacré coup pour l'abattre.

— Lancée sur le crâne, une pierre peut faire pas mal de dégâts. Ou une pelle. Qui en plus peut servir à creuser la fosse.

— J'imagine mal une femme l'enterrer.

— Tu as dit qu'il s'agissait d'une fosse de fortune, rappela Daniel. La preuve, c'est qu'on n'a pas mis longtemps à le retrouver. Une femme doit être capable de faire cela.

— C'est possible, en effet, mais cela m'étonnerait.

— Peut-être avait-elle un complice. Peut-être s'agissait-il de l'épouse et du beau-frère.

— Peut-être. Mais…

Matthew contempla le contenu de son verre, puis leva les yeux vers Daniel pour reprendre :

— Si ça se trouve, ce n'était pas Tom qui m'espionnait, mais quelqu'un d'autre. Auquel cas, Tom aurait juste eu la malchance de le croiser en rentrant de sa petite balade.

— Et l'autre s'en serait débarrassé pour qu'il ne le dénonce pas, termina Daniel.

— Exactement. Ce qui signifierait que le pauvre bougre est mort parce qu'il se trouvait au mauvais endroit au mauvais moment.

— Et que le meurtrier sait que tu cherches quelque chose.

— Oui. Et attend simplement que je le trouve.

— Afin de te tuer à ton tour pour s'en emparer.

Matthew grimaça.

— Aussi déplaisante soit-elle, cette possibilité mérite d'être prise en compte.

— En tout cas, c'est une chance que personne ne t'ait vu rentrer de ta petite expédition avec ta pelle, conclut Daniel. Sinon, tu serais le premier sur la liste des assassins potentiels.

À cette remarque, Matthew se figea. «Je vous ai vu rentrer au manoir de ma fenêtre, lui avait dit Sarah Moorehouse. Vous aviez une pelle à la main.»

— Nom de Dieu !

— Que se passe-t-il ? s'inquiéta son ami.

— Quelqu'un m'a vu cette nuit-là.

— Qui ?

— Mlle Moorehouse.

Daniel considéra l'information un instant, puis marmonna :

— Ces vieilles filles semblent avoir la désagréable manie de passer leur temps à épier derrière les fenêtres. Que fabriquait-elle debout à une heure pareille ?

— À l'en croire, elle n'arrivait pas à dormir.

— Eh bien, il ne nous reste plus qu'à espérer qu'elle n'ajoutera pas un à un pour trouver trois.

— Tu crois qu'elle pourrait aboutir à de fausses conclusions ? fit Matthew, perplexe. Me soupçonner d'avoir tué Tom ? Non, c'est impossible. Elle ne me croirait pas capable d'une chose pareille.

En était-il si sûr ? À y repenser, elle lui avait jeté un regard bizarre quand il avait quitté la terrasse pour partir à la recherche de Daniel.

— Qui sait ce qui se passe sous le crâne d'une femme ? répliqua ce dernier. Leur cerveau est comme un nid de serpents, grouillant de pensées pleines de venin.

— Tu es trop cynique, mon ami.

— Et toi – pour des raisons qui m'échappent – pas assez. Tu n'avais jamais eu l'impression d'être espionné avant la nuit d'avant-hier, n'est-ce pas ?

— Non, jamais depuis bientôt onze mois que je creuse ces maudits trous.

— Il se pourrait que ce soit Moorehouse-la-fouine que tu aies sentie derrière sa fenêtre.

Matthew secoua la tête.

— J'étais trop loin du manoir.

— Elle s'est peut-être aventurée sous la pluie.

— Ce n'est pas ce qu'elle m'a dit.

— Peut-être n'a-t-elle pas envie que tu le saches, suggéra Daniel en haussant un sourcil.

— Pourquoi m'épierait-elle ?

— Parce qu'elle est une femme, et qu'une femme n'a pas besoin de raison particulière pour agir. Quoi qu'il en soit, vu que tu ne t'étais jamais senti observé avant l'arrivée de Mlle Moorehouse, j'aurais tendance à croire que le meurtre de Tom n'a aucun lien avec toi. Et même si quelqu'un te surveille dans l'attente que ta quête aboutisse, tu as au moins la certitude d'être en sécurité tant que tu ne trouves rien.

— Voilà qui m'est d'un grand réconfort, rétorqua Matthew, pince-sans-rire.

— Tu as l'intention de t'y remettre cette nuit ?

— Celle-là et toutes les autres jusqu'à l'expiration du délai.

— C'est-à-dire dans environ trois semaines.

— Vingt-huit jours exactement.

— Après quoi tu devras te marier.

Matthew crispa le poing autour de son verre.

— Oui.

— Donc, durant ce bref laps de temps, il te faut : trouver une épouse, lui demander sa main, obtenir l'accord de sa famille et, vu le délai dont tu disposes, te procurer une dispense de bans, énuméra Daniel.

Matthew opina du chef.

— Et comment cela avance-t-il? interrogea son ami d'un ton faussement innocent.

— Très bien, merci.

— Vraiment? As-tu fait ne serait-ce qu'une de ces choses?

— J'ai la dispense de bans. Je l'ai reçue le mois dernier.

— Bien, approuva Daniel. Il ne te reste plus qu'à trouver quelqu'un pour se tenir à tes côtés devant l'autel et s'engager à y demeurer jusqu'à ce que mort s'ensuive.

— Jusqu'à ce que la mort nous sépare, corrigea Matthew.

— Si tu veux. Sinon, as-tu passé un peu de temps en compagnie de lady Julianne?

Sans laisser à son ami le temps de répondre, Daniel enchaîna :

— Non, évidemment. Alors que, si j'ai bien compris, tu as eu un long tête-à-tête avec Moorehouse-la-fouineuse. Peux-tu m'expliquer pourquoi?

— Il n'y a rien à expliquer, riposta Matthew, sur la défensive. Et nous avons pris le *thé*. Rien à voir avec un tête-à-tête. Comme je te l'ai dit, je la soupçonne de cacher quelque chose. Je veux découvrir de quoi il s'agit.

Daniel l'examina longuement avant de déclarer, dubitatif :

— J'ignore ce que tu lui trouves, mais quoi que ce soit, je te rappelle qu'elle n'a pas le sou.

— Merci, je ne l'ai pas oublié.

— Parfait. En bon défenseur de tes intérêts, j'ai pris le petit déjeuner avec lady Julianne et sa mère ce matin. Veux-tu connaître mon opinion?

— Même si je te répondais non, j'imagine que tu me la donnerais.

Daniel sourit.

— Tu as raison. Lady Julianne est une jeune femme adorable étouffée par une mère insupportable. Elle est douce et malléable, et, si j'en juge par la gentillesse dont elle fait preuve avec sa harpie de mère, d'une patience infinie. Si tu arrives à te débarrasser de la matrone, elle devrait faire une épouse tout à fait convenable.

— Merci pour l'information. Mais si lady Julianne est tellement parfaite, pourquoi n'essaies-tu pas de la garder pour toi? s'étonna Matthew. Serais-tu intéressé par une autre?

À cette question, il vit une lueur s'allumer dans les yeux de son ami. Avant qu'il ait pu la déchiffrer, celui-ci répondit:

— D'où te vient l'idée que je cherche à me marier? Si je m'intéresse à tes invitées, c'est uniquement pour t'aider à définir celle qui répondra le mieux à tes critères. Et même si, par un coup de folie extraordinaire, il me prenait l'envie de m'enchaîner à vie à une femme, ce ne serait sûrement pas à lady Julianne. Je n'ai aucun goût pour les vierges innocentes. Au bout d'une semaine, elle m'ennuierait à mourir.

— Parce que *moi*, j'ai le droit de m'ennuyer à mourir?

— Toi, tu n'as pas le choix: il te faut une héritière riche et assez jeune pour te donner des enfants. Tu ne peux pas te permettre de jouer les difficiles. Que représente le fait de s'ennuyer à côté de tous les avantages qu'elle t'apporterait? Mais tu seras plus à même de te forger une opinion en discutant avec elle. En l'installant près de toi au dîner, par exemple.

— Au dîner?

Matthew se rembrunit. Il avait prévu de s'asseoir à côté de Mlle Moorehouse.

— Oui, le dîner. Tu sais, le dernier repas de la journée. Place lady Julianne à ta droite, et relègue-moi à l'autre bout de la table, où j'en profiterai pour percer les secrets de Mlle Moorehouse et découvrir si elle te considère comme un meurtrier. À moins que tu ne préfères l'installer de nouveau à côté de Logan Jennsen, bien sûr. Si j'en juge par leur échange d'hier, ni l'un ni l'autre ne devraient s'en plaindre.

À ces mots, Matthew se crispa.

— Je le placerai près de la jolie lady Wingate. Ça devrait le tenir tranquille, répliqua-t-il.

L'espace d'un instant, Daniel afficha l'expression de quelqu'un qui vient de mordre dans un citron.

— Assieds-le plutôt entre lady Gatesbourne et lady Agatha. Nul doute qu'elles sauront l'occuper, dit-il.

Ce à quoi Matthew acquiesça. Jennsen n'aurait que ce qu'il méritait.

Lady Julianne à sa droite et Berwick à sa gauche, Matthew trônait à l'une des extrémités de la longue table dressée pour le dîner. À l'autre bout, Logan Jennsen était en pleine conversation avec la très loquace lady Agatha, qui le régalait probablement des sinistres détails de la mort de Tom Willstone. À côté de lui, lady Gatesbourne le contemplait, les yeux brillants d'un intérêt avide. Sans doute, était-elle en train d'estimer combien de milliers de livres il pesait, devina Matthew. Elle était flanquée de Hartcourt qui, tout occupé à jouer le galant auprès de lady Emily, lui tournait presque le dos. Face à lui, Thurston, visiblement remis de sa défaite au tir à l'arc, se livrait à la même activité.

Daniel, quant à lui, s'entretenait avec Mlle Moorehouse dans le but avoué de lui soutirer des informations. Tout allait donc pour le mieux. Alors pourquoi, s'interrogea Matthew, se sentait-il aussi tendu ? Pourquoi n'arrivait-il pas à se relaxer et à entretenir un bavardage léger avec sa charmante voisine, lady Julianne? Car il avait beau faire, il ne parvenait pas à se concentrer sur la conversation. Dieu merci, Berwick s'empressait de combler les silences chaque fois que ses pensées dérivaient.

Matthew avait l'impression que son regard refusait de coopérer et se dirigeait systématiquement vers l'autre extrémité de la table, où Daniel et Mlle Moorehouse semblaient avoir des milliers de choses à se raconter. En ce moment même, elle lui souriait – un sourire délicieux, qui illuminait littéralement son visage. Ses épaules se crispèrent comme le rire profond de Daniel résonnait.

Bon sang, il ne servait à rien de nier la nature du sentiment désagréable qui le tenaillait. Il était *jaloux*! Il aurait voulu que ce sourire s'adresse à lui, pas à son meilleur ami. Il aurait voulu que ce soit lui qui rît avec elle, pas son meilleur ami.

Il se raidit davantage en voyant Logan Jennsen lancer quelques mots par-dessus la table, et Mlle Moorehouse se tourner vers lui. Seigneur, elle rayonnait! Et Jennsen – qui était censé être occupé par lady Agatha et lady Gatesbourne – la contemplait comme si elle était la huitième merveille du monde.

Maudit Américain! À lui seul, il possédait plus d'argent que la famille royale entière. Rien ne l'obligeait à épouser une riche héritière, et il se moquait visiblement de celles assises autour de la table. Non, son seul centre d'intérêt paraissait être Mlle Moorehouse – qu'il avait qualifiée d'adorable.

— Vous ne trouvez pas, Langston?

La voix de Berwick l'arracha à ses ruminations. Il tressaillit et demanda :

— Si je trouve… ?

— Que lady Julianne est particulièrement en beauté ce soir?

Matthew se tourna vers la jeune femme, et lui adressa un sourire qu'il espéra moins guindé qu'il ne le sentait.

160

— Très en beauté, en effet, acquiesça-t-il.

Ce qui était vrai. Avec sa robe couleur pêche qui rehaussait ses traits délicats, son teint d'albâtre et ses cheveux blonds, elle était tout simplement magnifique. Les prétendants devaient se presser dans le bureau de son père. D'ailleurs, Berwick semblait déjà tombé sous le charme. Même Hartley et Thurston, pourtant occupés à flatter lady Emily, lui jetaient de fréquents coups d'œil. S'il voulait arriver à ses fins, il avait intérêt à ne pas perdre de temps. Alors pourquoi diable hésitait-il ?

Une fois de plus, son regard fut irrésistiblement attiré vers le bout de la table. Vers les grands yeux innocents derrière les lunettes de myope... la chevelure rebelle... les longs doigts encore tachés de fusain... les lèvres pleines.

À cet instant, Mlle Moorehouse leva les yeux et croisa son regard. Il eut l'impression de recevoir un direct au plexus. Le bruit des conversations et le tintement des couverts s'évanouirent et, durant quelques secondes irréelles, il lui sembla qu'ils étaient seuls au monde.

Une douce chaleur l'envahit. Dieu du ciel se rendait-elle compte de l'effet qu'elle lui faisait ? Avant qu'il puisse répondre à cette question, elle le scruta d'un air perplexe, comme si elle cherchait à résoudre un problème.

— Elle a *véritablement* des doigts de fée ! fit la voix suraiguë de lady Gatesbourne, s'élevant au-dessus des autres.

Comme arrachée à une transe, Mlle Moorehouse cilla plusieurs fois puis, sans bouger la tête, tourna brièvement les yeux vers la vieille lady avant de les lever au ciel. Matthew ne put s'empêcher de sourire.

Inconsciente de la moquerie dont elle était l'objet, lady Gatesbourne continua à vanter au profit de toute la tablée les talents de sa modiste, ne s'interrompant que pour avaler une gorgée de vin. Avec un peu de chance, elle piquerait du nez dans son assiette avant le dessert, songea Matthew, effaré à l'idée que cette femme pût un jour devenir sa belle-mère.

Malgré tout, quand Mlle Moorehouse reporta son attention sur Daniel, il s'obligea à chercher un sujet susceptible de l'aider à entrer en relation avec sa voisine.

— Lady Julianne, avez-vous lu des livres intéressants dernièrement ?

La réaction de la jeune fille le laissa pantois. Que lui avait-il demandé de si extraordinaire pour qu'elle s'empourpre brusquement et bafouille d'un air affolé :

— Oh, euh, non… pas particulièrement, milord.

Les yeux baissés, elle triturait nerveusement le bord de la nappe.

Diantre, il n'aurait jamais imaginé qu'une question si innocente pût suffire à donner des vapeurs. Il s'apprêtait à enchaîner sur le temps qu'il faisait quand elle redressa la tête et débita d'une traite :

— Mais nous venons de créer le Cercle littéraire féminin de Londres.

— Nous ?

— Lady Wingate, lady Emily, Mlle Moorehouse et moi.

— Un cercle littéraire, répéta-t-il, sa curiosité soudain piquée. Vous lisez et commentez les œuvres de Shakespeare ?

Elle rougit de plus belle.

— La création de ce cercle est très récente. Mais nous n'y manquerons pas, j'en suis certaine.

Bonté divine, elle virait presque au cramoisi. Et tout cela parce qu'il avait parlé de *livres*. La pauvre avait vraiment l'air d'une timidité maladive. Néanmoins, conscient que se détourner brusquement ne ferait qu'accroître son malaise, il enchaîna :

— Dites-moi, lady Julianne, quelles sont vos activités préférées ?

— J'aime jouer du piano et chanter, répondit-elle après quelques secondes de réflexion.

— Vous jouez bien ?

— Passablement, mais j'espère m'améliorer.

Une lueur malicieuse s'alluma dans son regard comme elle ajoutait :

— Bien entendu, si vous interrogez ma mère, elle vous dira que j'ai une voix divine et possède un talent inégalé au piano.

Tiens. Lady Julianne n'était pas seulement jolie et modeste. Elle avait apparemment aussi de l'humour. Voilà qui s'annonçait prometteur, pensa Matthew.

Ce qui ne l'empêcha pas de jeter un nouveau coup d'œil à l'extrémité de la table, où Jennsen et Daniel buvaient littéralement les paroles de Mlle Moorehouse. Les doigts crispés autour de son verre, il s'obligea à reporter son attention sur lady Julianne.

— Qu'aimez-vous d'autre ?

— Lire. Broder. Monter à cheval. Danser. Les passe-temps habituels des jeunes filles de la bonne société.

En effet, oui. Et d'une banalité à pleurer.

— J'aime également chevaucher ma jument lorsque nous sommes à la campagne et promener ma chienne dans Hyde Park.

S'efforçant de garder les yeux fixés sur elle, il s'accrocha à ce point positif. Lui aussi aimait les chevaux et les chiens.

— De quelle race est-elle ?

À cette question, le visage de lady Julianne s'éclaira, et elle donna le nom d'un de ces roquets qui passent leur temps sur les coussins ou les genoux de leur maîtresse et aboient à tout propos. Exactement le genre de bestiole que Danforth méprisait.

— À mon retour à Londres, j'ai prévu d'acheter d'autres Yorkshire afin que Princesse Bouton d'or ait des compagnons, précisa-t-elle, enthousiaste.

Matthew la dévisagea par-dessus son verre.

— Votre chienne s'appelle Princesse Bouton d'or?

Lady Julianne sourit. Un sourire exquis, que la plupart des hommes trouvaient sans doute irrésistible.

— Oui. Et ce nom lui va à merveille. Je lui ai commandé plusieurs petits manteaux chez ma modiste.

Bon sang de bois! Danforth ne le lui pardonnerait jamais de laisser entrer une telle créature dans le manoir.

— Aimez-vous également les gros chiens? s'enquit-il.

— J'aime tous les chiens, même si j'ai tendance à préférer les petits. On peut les prendre sur les genoux et les promener en laisse sans risquer de tomber. Heureusement, les gros chiens n'effraient pas Princesse Bouton d'or. Elle n'hésite pas à leur aboyer après s'ils l'approchent de trop près.

Il n'en fallut pas plus à Matthew pour imaginer la princesse en question, vêtue d'un minuscule manteau de tulle assorti au nœud sur sa tête, les dents plantées dans la queue du pauvre Danforth.

Les quelques espoirs de bonheur domestique qu'il s'efforçait de nourrir s'évanouirent en fumée. Ce qui était ridicule. Car, Princesse Bouton d'or excepté, lady Julianne ferait une épouse parfaite. Belle, pleine d'esprit, modeste, malléable et sage, elle aimait les animaux et avait un père riche à millions. Que diable pouvait-il demander de plus à une femme? Rien.

Pourtant, son regard s'égara une fois encore vers le bout de la table. Et s'y fixa. Daniel, qui s'était détourné de Mlle Moorehouse, discutait à présent avec sa sœur, lady Wingate. Ce dont Jennsen avait visiblement profité pour recommencer son petit jeu avec elle, l'écoutant et la regardant comme si des flots de perles et de rubis s'écoulaient de sa bouche chaque fois qu'elle l'ouvrait.

Enfer et damnation !

Combien de temps cet insupportable dîner allait-il encore durer ?

— Alors ? interrogea Matthew dès que le dernier invité eut enfin quitté le fumoir.

Daniel s'installa dans le fauteuil face à la cheminée et allongea les jambes.

— Alors quoi ?

— Tu le sais très bien, répondit Matthew, agacé. Comment s'est passée ta conversation avec Mlle Moorehouse ?

— Très agréablement. Et la tienne avec lady Julianne ?

— Merveilleusement. Qu'as-tu découvert sur Mlle Moorehouse ?

— Beaucoup de choses intéressantes. Sais-tu qu'elle a un don pour...

— Le dessin. Oui, je sais. Parle-moi plutôt des choses que j'ignore.

— En fait, je m'apprêtais à dire qu'elle possède un don pour passionner son auditoire. Non seulement elle a un avis intelligent sur un grand nombre de sujets, mais elle sait en outre *écouter*. Te donner l'impression que ce que tu racontes l'intéresse au plus haut point.

Accoté au manteau de la cheminée, Matthew revit Mlle Moorehouse le fixer de ses yeux immenses, la tête inclinée de côté comme si elle soupesait chacun de ses mots. Comme si rien ne comptait hormis ce qu'il disait.

— Oui, j'ai remarqué, marmonna-t-il. Quoi d'autre ?

— Elle est très observatrice, note des tas de petits détails sur les gens et les choses. Elle m'a posé beaucoup de questions à ton sujet.

— Quel genre de questions ?

— En grande partie concernant ta passion pour le jardinage. Apparemment, c'est une spécialiste.

— Qu'as-tu répondu ?

— Je suis resté vague, me contentant de préciser que tu aimais les activités de plein air. À mon avis, soit elle a un faible pour toi, soit elle te soupçonne de quelque chose.

À cette remarque le cœur de Matthew s'emballa sans qu'il parvienne à déterminer quelle possibilité en était la cause.

— Rien d'autre ? insista-t-il.

— Elle aime faire la cuisine, et se sert des fruits et des légumes de son jardin qui, si j'ai bien compris, doit être de belle taille. T'a-t-elle parlé des sœurs Dutton ?

Matthew secoua la tête.

— Ce sont deux vieilles dames qui habitent à environ une heure de chez elle. L'une est presque aveugle et l'autre se déplace avec une canne. Mlle Moorehouse leur rend visite chaque jour par tous les temps pour leur apporter un repas qu'elle prépare elle-même.

— Elle t'a raconté ça ? s'étonna Matthew.

— Non, c'est sa sœur qui me l'a dit. Elle a également ajouté que Mlle Moorehouse refuse tout argent de la part des sœurs Dutton, et qu'elle livre d'autres repas à plusieurs familles de la région, parmi lesquelles une certaine Martha Browne, mère de trois enfants et en attente d'un quatrième, qui a perdu son mari il y a six mois. Selon lady Wingate, Mlle Moorehouse est un soutien inestimable pour Mme Browne et les petits, qui l'adorent.

Matthew contempla les flammes dans l'âtre. D'une certaine manière, rien de ce que venait de lui confier son ami ne le surprenait. Il n'avait aucun mal à imaginer Mlle Moorehouse dans le rôle d'une tendre protectrice.

— Il y a chez elle, reprit Daniel avec douceur, un je-ne-sais-quoi d'inhabituel. J'imagine qu'elle a dû supporter sa vie durant la comparaison avec sa sœur si belle. D'autres à sa place en auraient conçu de l'amertume, mais Mlle Moorehouse semble au contraire avoir développé une compassion particulière envers les personnes les plus démunies.

— Oui, j'ai noté cela, moi aussi.

— C'est une qualité fort attirante, et peu répandue parmi les femmes de notre classe sociale. Mais peut-être est-ce justement parce qu'elle n'est pas issue de notre classe qu'elle nous paraît tellement unique.

Unique. Oui. Cet adjectif lui convenait parfaitement.

— Elle est d'un naturel rare, poursuivit Daniel. Directe, mais sans ce côté irréfléchi qui caractérise lady Gatesbourne. Je sais reconnaître mes torts quand il le faut, et force m'est d'admettre que je me suis trompé au sujet de Mlle Moorehouse. Non seulement je n'ai découvert aucun secret inavouable chez elle – et je doute qu'elle en ait –, mais, en outre, je l'ai trouvée extrêmement rafraîchissante. Je comprends mieux pourquoi tu t'intéresses tant à elle, car je la trouve personnellement fort intéressante.

Matthew aurait aimé donner un autre nom au sentiment qui l'étreignait, malheureusement, à part « jalousie », rien ne lui venait à l'esprit. Il dut faire un effort de volonté pour ne pas s'écrier : « Elle est à moi ! »

Il secoua la tête. Diable, qu'est-ce qui ne tournait pas rond chez lui ? Une telle affirmation était ridicule. Bien sûr qu'elle n'était pas à lui. D'ailleurs, il n'en voulait pas !

« Menteur, ricana la petite voix de sa conscience. Tu la veux ! Tu la désires comme jamais tu n'as désiré aucune femme. »

Ce qui était d'autant plus malvenu qu'il ne pouvait l'avoir. C'était sur une autre qu'il devait concentrer son attention : lady Julianne, l'amie de Mlle Moorehouse.

Les mains croisées sur l'estomac, Daniel leva les yeux vers lui pour ajouter :

— De toute évidence, Jennsen aussi la trouve rafraîchissante.

Matthew serra les poings.

— Oui, je l'ai également constaté.

— Je m'en doute, vu que tu n'as pas cessé de regarder dans notre direction durant tout le repas.

— Uniquement pour m'assurer que tout se passait bien avec Mlle Moorehouse. J'ai d'ailleurs remarqué que tu avais discuté un long moment avec lady Wingate.

— C'est une excellente source d'informations concernant sa sœur. Et puis, tu me connais, je ne suis pas du genre à ignorer une jolie femme, surtout lorsqu'elle est assise juste à côté de moi. À propos de Mlle Moorehouse, continua Daniel en le scrutant, si j'en juge par la manière dont elle te regardait quand elle ne se croyait pas observée, je dirais qu'elle est... entichée. Toute nouvelle marque d'attention de ta part risquerait de lui donner de faux espoirs.

Matthew se rembrunit. Certes, sur ce dernier point, son ami avait raison, mais à la simple idée de garder ses distances avec Mlle Moorehouse, un énorme poids semblait lui oppresser la poitrine.

— Tu pourrais lui briser le cœur, Matthew, insista Daniel. Tel n'est pas ton souhait, n'est-ce pas ?

— Non.

Il devait oublier une fois pour toutes cette attirance ou quoi que ce fût d'autre qu'il éprouvait pour Mlle Moorehouse.

— Parfait, fit son ami. Maintenant raconte-moi comment cela s'est passé avec lady Julianne.

— Fort bien. Elle est charmante, modeste, gentille et elle adore les animaux.

— *Et* c'est une héritière, lui rappela Daniel. Elle semble être la candidate idéale.

— Sans aucun doute.

— J'espère que tu n'as pas l'intention d'attendre trop longtemps avant de te déclarer. Tu as vu comment Berwick la dévorait des yeux? Le pauvre est mordu.

Oui, Matthew s'en était aperçu. Et il s'en moquait. Royalement.

— Et même si Thurston et Hartley se sont plutôt intéressés à lady Emily ce soir, je parierais qu'ils ont eux aussi un faible pour lady Julianne, continua son ami.

Le regard perdu dans les flammes, Matthew s'efforça de ressentir ne serait-ce qu'une pointe de jalousie en imaginant un autre homme courtiser lady Julianne.

Rien. Pas le moindre pincement.

Puis le visage de Mlle Moorehouse s'imposa de nouveau à lui, et il se la représenta dans les bras de ce salaud de Jennsen.

Avec une exclamation de dégoût, il se détacha de la cheminée et se passa les mains sur le visage. Puis il se dirigea à grandes enjambées vers la porte.

— À demain.

— Où vas-tu? s'étonna Daniel.

— Me changer et creuser quelques trous. Prie pour que je trouve quelque chose.

— Bonne chance. Veux-tu que je t'accompagne?

Matthew s'arrêta net, pivota sur ses talons, et considéra son ami toujours tiré à quatre épingles en haussant les sourcils.

— Tu serais prêt à creuser la *terre* ? *Toi* ?

— Je ne préférerais pas. Mais je te tiendrai volontiers compagnie pendant que tu le feras. Je te rappelle qu'un assassin rôde dans les parages.

— Je sais. Merci de ta proposition, mais j'aime autant que tu te reposes, ainsi tu pourras prendre ma place demain après-midi auprès de mes invités pendant que je poursuivrai mes fouilles. De toute manière, nous pensons l'un comme l'autre que le meurtre de Tom n'a aucun rapport avec moi. Et quand bien même, tu as toi-même souligné que je ne risquais pas grand-chose tant que je n'aurais pas trouvé ce que je cherche.

— Pas grand-chose ne veut pas dire rien. Et imagine que tu trouves.

— Dans ce cas, je n'irai pas le crier sur les toits. Et puis, je suis armé. En outre, et sans vouloir te vexer, Danforth a une meilleure ouïe et un meilleur odorat que toi.

— Tu ne me vexes pas. Et tu peux compter sur moi pour jouer les hôtes demain après-midi. Passer du temps en compagnie d'un groupe de jolies femmes n'est pas pour me déplaire.

— Parfait.

Matthew tournait la poignée de la porte quand son ami l'interpella de nouveau :

— Matthew... Tu es conscient que cette quête est une perte de temps ?

Il réfléchit un bref instant à la question, puis opina.

— Oui, mais je dois essayer.

— Très bien. Alors sois prudent, l'ami.

Matthew quitta le fumoir et gagna l'escalier, complètement bouleversé. À cause d'*elle*. Finalement, l'exercice physique lui ferait du bien. Il creuserait jusqu'à ce qu'il soit épuisé et incapable de penser à quoi ce soit. Incapable de désirer ce qu'il ne pouvait avoir.

Mlle Sarah Moorehouse.

Arrivé sur le palier, il remarqua la procession de domestiques chargés de baquets d'eau fumante. Manifestement, l'un de ses invités avait demandé à prendre un bain. Une pointe d'envie le traversa. Besoin d'exercice ou pas, la perspective d'un bon bain chaud restait tout de même plus séduisante que celle de creuser la terre dans la nuit froide. Peut-être en prendrait-il également un à son retour.

Il s'apprêtait à emprunter le couloir menant à ses appartements quand il vit l'un des valets frapper à une porte. Celle de…

— Mademoiselle Moorehouse? L'eau du bain est prête.

Matthew se rencogna vivement dans une alcôve, où il attendit que le dernier serviteur eût disparu. Puis il se dirigea tranquillement vers sa propre chambre, le sourire aux lèvres.

Ses recherches attendraient bien un peu.

Dans l'immédiat, il avait plus urgent à faire.

10

Son peignoir noué lâchement autour de la taille, Sarah versa quelques gouttes d'huile de lavande dans la grande baignoire de cuivre devant la cheminée. Elle testa la température de l'eau du bout des doigts, et grimaça. Il lui faudrait attendre une bonne dizaine de minutes avant de pouvoir s'y immerger. Peu importait, elle avait plein de choses à faire.

Elle se tourna vers l'homme assis sur le canapé derrière elle. Les flammes projetaient leur ombre dansante sur sa chemise blanche immaculée et faisaient luire ses bottes noires. Il était totalement immobile, totalement silencieux. Elle sourit.

Oui, Franck N. Stein était vraiment l'Homme parfait.

Même si sa jambe droite était un peu plus grosse que l'autre. Certes, elles n'auraient pas manqué de rembourrage pour la gauche si elles n'avaient pas amassé la paille, avec force gloussements, dans une zone bien particulière de ses culottes.

Il y avait aussi le problème de ses mains. Ou plutôt de son absence de mains. Et celui, un peu plus gênant, de sa tête qui, pour l'heure, n'existait pas.

Sarah promena un regard pensif sur ce Franck N. Stein si généreusement pourvu au niveau de l'entrejambe et coupé à la base du cou. Non, cela n'allait pas. Après le départ de Carolyn, Emily et

Julianne, qui l'avaient aidée à le confectionner, elle avait dissimulé leur créature dans l'armoire en attendant que les domestiques remplissent la baignoire. Puis elle l'avait ressortie, incapable de la laisser plus longtemps dans cet état.

Elle fouilla dans la commode, à la recherche de sa plus vieille chemise de nuit. Quand elle l'eut dénichée, elle retira la taie d'un de ses oreillers et y glissa le vêtement roulé en boule. Il n'y avait plus qu'à poser la tête ainsi formée sur les larges épaules de Franck et le tour serait joué.

Elle recula d'un pas pour admirer son œuvre.

Un peu grossier, mais déjà mieux. Restait maintenant à lui donner un visage.

À peine cette pensée l'effleura-t-elle, qu'un visage précis – parfait – s'imposa à elle. Un regard noisette pétillant d'intelligence. Des traits finement ciselés. Des lèvres fermes, qui souriaient peu, mais quand cela arrivait...

Oh, Dieu !

Elle sentit son pouls s'emballer au souvenir du sourire que lui avait adressé le marquis de Langston au cours du dîner. Malgré sa position entre lord Surbrooke et M. Jennsen, tous deux aussi intéressants que charmants, elle n'avait pas oublié un instant la présence de leur hôte à l'autre bout de la table. Leur hôte qui n'avait cessé de discuter avec une Julianne plus resplendissante que jamais.

Paupières closes, Sarah s'efforça de chasser l'horrible sentiment qui l'avait oppressée toute la soirée. Sans succès. La jalousie s'empara de nouveau d'elle. Avec un soupir, elle enfouit la tête entre ses mains.

Puisqu'il n'y avait aucun moyen de la combattre, autant la laisser l'envahir quelques minutes, avant de la renvoyer dans un recoin éloigné de son âme.

Dieu savait qu'elle n'avait aucune envie d'être jalouse, et encore moins d'une de ses amies les plus chères. C'était là un sentiment futile, qui ne servait à rien, sinon à souffrir parce qu'on désirait stupidement des choses impossibles à obtenir. Telle que la beauté.

N'avait-elle pas accepté depuis longtemps la banalité de son physique ? Au lieu de se lamenter et de maudire le sort qui lui avait refusé ce qu'il avait accordé à Carolyn, elle avait mis toute son énergie dans l'horticulture et le dessin. Elle s'était détournée de ces rêves romantiques qui occupaient l'esprit de la plupart des femmes, et avait tiré de grandes joies de ce qui lui était offert. Nourrie par ses passions, entourée d'amies fidèles et de ses animaux, elle s'estimait plutôt satisfaite de sa vie.

Pourtant, de temps à autre, le plus souvent lorsqu'elle était étendue dans son lit, seule, une sensation de vide s'insinuait en elle, lui faisant désirer ces choses qu'elle n'avait pas et n'aurait jamais : l'amour, une aventure romanesque, une grande passion. Un mari et des enfants à aimer.

Oui, la plupart du temps, elle était heureuse, mais parfois, comme ce soir, elle avait envie de plus. De ce que Carolyn avait connu avec Edward : la magie de l'amour. Ou de la beauté pétillante d'Emily, qui n'avait jamais assez de place pour tous ses prétendants sur son carnet de bal. Ou de celle de lady Julianne, qui attirait sur elle tous les regards masculins.

Se laissant tomber sur le canapé, Sarah pressa les paumes sur ses yeux pour s'empêcher de pleurer. « Assez ! » s'ordonna-t-elle soudain en se ressaisissant. Ces pensées et ces rêves étaient une souffrance inutile. Elle devait les enterrer au plus profond d'elle-même, là où ils ne pourraient la blesser, jusqu'à la prochaine fois où elle s'autoriserait à les laisser remonter à la surface.

Elle s'essuya la joue d'un geste vif. Un contact contre son épaule lui fit relever la tête. Comme s'il avait perçu sa tristesse, Franck avait basculé vers elle et la touchait de son bras rembourré. De l'empathie, quel joli sentiment pour l'Homme idéal ! Dommage que sa tête se fût détachée et reposât désormais sur le sol, près de ses bottes.

Avec un soupir, elle le redressa et lui replaça la tête sur les épaules. Terminé, décréta-t-elle. Elle avait perdu assez de temps à se lamenter sur ce qu'elle n'avait pas. À désirer un homme qui ne serait jamais à elle et à qui elle n'aurait jamais dû s'intéresser. Un homme qui, selon toutes les apparences, était un meurtrier.

À peine cette dernière pensée lui traversa-t-elle l'esprit qu'elle la rejeta de toutes ses forces. Non, le marquis de Langston n'était pas un assassin. Il y avait forcément une autre explication à sa présence dans le parc en pleine nuit, une pelle à la main, la nuit où M. Willstone avait été tué. Mais laquelle ? Elle savait que ses prétendues fleurs à éclosion nocturne étaient une fable. Était-il possible qu'il se livrât au même genre d'expériences morbides que le Dr Frankenstein ? Non, évidemment. Dans ce cas, que faisait-il dehors cette nuit-là ?

Agacée de ne pas trouver de réponse, elle se leva. L'eau devait être à bonne température à présent. Mais avant de s'y plonger, elle devait s'occuper de Franck. Le corps sous un bras, la tête sous l'autre, elle alla le cacher derrière ses vêtements au fond de l'armoire.

Puis elle s'approcha de la baignoire, posa ses lunettes sur un tabouret tout proche, et dénoua son peignoir qui tomba à ses pieds. Après quoi, elle pénétra dans l'eau avec un gémissement de bien-être.

La nuque appuyée contre le rebord de cuivre, elle ferma les yeux et s'abandonna à la délicieuse sensation.

La chaleur et la vapeur détendirent ses muscles crispés. Elle ne put s'empêcher de pousser un long soupir tandis qu'un autre bain lui revenait en mémoire.

— Je ne connais rien de meilleur qu'un bain chaud – hormis le fait de regarder une jolie femme prendre le sien.

Sarah poussa un cri et ouvrit les yeux au son de la voix grave familière. Elle se redressa si brusquement que de l'eau jaillit et retomba en grésillant dans les flammes. Bien qu'il lui apparût flou, elle reconnut sans difficulté le marquis de Langston nonchalamment appuyé contre la cheminée. Il tenait un tissu blanc dans la main droite, qu'elle identifia comme son peignoir après avoir plissé les yeux.

D'un geste vif, elle récupéra ses lunettes et les chaussa, avant de croiser les bras sur sa poitrine. Le marquis, nota-t-elle, s'était débarrassé de sa veste, de son gilet et de sa cravate. Il se tenait devant elle en chemise ouverte au col et manches retroussées, culottes noires et bottes. Il était tout bonnement magnifique. D'une virilité à couper le souffle.

— Que faites-vous là ? articula-t-elle.

Le sourire aux lèvres, il haussa un sourcil.

— Ça ne se voit pas ? Je vous regarde prendre un bain. Comme vous l'avez fait avec moi.

Brandissant le peignoir, il ajouta :

— Et je vous emprunte un vêtement. Comme vous m'en avez emprunté un. Œil pour œil, comme on dit. Ou dent pour dent.

— Vous vous vengez, c'est cela ? répliqua-t-elle, consciente des battements affolés de son cœur.

Une conséquence de la surprise, et de la colère, sans doute.

— *Tss, tss*, fit-il. Quel vilain mot. Disons que je me suis senti autorisé à vous imiter. Et je ne le regrette pas, poursuivit-il en promenant le regard sur elle. Vous offrez un spectacle charmant dans cette baignoire. Très… botticcelien.

Elle eut l'impression que son corps entier prenait feu.

— Vous vous amusez à mes dépens, milord.

Seigneur ! Cette voix haletante était-elle bien la sienne ?

— Certainement pas. C'est juste qu'il m'a semblé plus honnête de faire connaître ma présence plutôt que de me dissimuler derrière un rideau.

Sans la quitter des yeux, il se détacha de la cheminée et approcha un fauteuil de la baignoire. Après avoir drapé le peignoir sur le dossier, il s'y installa tranquillement.

— Je vous en prie, continuez comme si je n'étais pas là.

— Que je continue ?

— À prendre votre bain.

Appuyant les avant-bras sur le rebord de cuivre, il trempa les doigts dans l'eau et les agita.

— Voulez-vous que je vous aide à trouver le savon ? proposa-t-il, malicieux.

L'image de lord Langston plongeant la main dans son bain la laissa sans voix. Elle ne put que secouer la tête, ce qui fit glisser ses lunettes sur son nez. Sans lui laisser le temps de les remonter, le marquis les saisit délicatement par les branches et les lui ôta.

— Elles sont pleines de buée. De toute façon, vous n'en aurez pas besoin. Je compte rester assez près pour que vous me voyiez.

Elle déglutit.

— Tout ceci est extrêmement inconvenant, parvint-elle à articuler.

— Cela ne paraissait pas vraiment vous gêner quand *vous* avez pénétré dans ma chambre et m'avez regardé prendre mon bain.

— Sauf que vous ignoriez que j'étais là, contra-t-elle sans grande conviction.

— En effet, reconnut-il avec un sourire narquois. Et je le regrette. Si j'avais su que j'avais un public, j'aurais essayé de rendre le spectacle plus attrayant.

Lui effleurant l'épaule du bout de l'index, il reprit :

— Vous m'avez vu nu, Sarah. Il est juste que je vous voie à mon tour.

Elle ne savait pas ce qui était le plus troublant de la caresse sur son épaule ou de cette voix grave et profonde prononçant son prénom. Oui, elle l'avait vu nu, et elle n'était pas près d'oublier ce spectacle. Hélas, elle craignait de ne pas être aussi inoubliable ! Même si la manière dont il la contemplait, les pupilles dilatées, le regard intense, lui suggérait le contraire. Et cette étincelle ironique dans ses prunelles, comme s'il la mettait au défi d'accepter…

Quelques jours plus tôt, elle aurait répondu «non» sans hésiter. Elle n'était pas le genre de femme à prendre son bain devant un homme. Mais quelques jours plus tôt, elle aurait également affirmé ne pas être le genre de femme à espionner un homme dans son bain cachée derrière un rideau. Ni à échanger un baiser fougueux avec un inconnu à moitié nu.

Elle prit une inspiration tremblante, atterrée par sa propre réaction. Elle aurait dû être outrée qu'il s'autorise de telles privautés. Lui ordonner de sortir sur-le-champ. Or, elle avait l'impression de ne jamais s'être sentie aussi vivante – sauf peut-être durant le trop bref moment où il l'avait tenue dans ses bras. Finalement, tiraillée entre ce qu'elle aurait dû éprouver et ce qu'elle ressentait vraiment, elle demeura silencieuse.

— Voulez-vous que je vous frotte le dos ?

Il avait prononcé ces paroles d'une voix basse, persuasive, à laquelle il était difficile de résister.

Le bon sens aurait voulu qu'elle refuse, mais son cœur, empli de curiosité et de désir, fit la sourde oreille.

Sans un mot, sans le quitter des yeux, elle décroisa lentement les bras et tâtonna au fond de la baignoire à la recherche du savon. Elle le lui tendit.

Les yeux étincelants, il s'en empara, puis se déplaça derrière elle. Elle entendit le cuir de ses bottes craquer quand il s'accroupit.

— Penchez-vous en avant, murmura-t-il.

Tremblante d'anticipation, elle obéit, encercla ses genoux repliés de ses bras avant d'y poser le menton. Il lui versa de l'eau sur les épaules puis, de ses mains savonneuses, entreprit de la masser, faisant naître en elle des sensations aussi délectables qu'inconnues. Elle fut incapable de retenir le gémissement de volupté qui lui monta aux lèvres.

— C'est agréable ?

Elle frissonna en sentant son souffle sur sa nuque.

— Oui.

Oh, Seigneur, c'était plus qu'agréable !

— Vous avez une peau magnifique. Incroyablement douce. Savez-vous que cette zone, ajouta-t-il en laissant glisser l'index le long de sa colonne vertébrale, est l'une des plus sensibles chez la femme ?

Elle dut avaler sa salive avant de pouvoir répondre :

— Je... je le crois volontiers.

Il poursuivit lentement sa caresse, puis ses mains remontèrent sur ses épaules pour la rincer.

— Je continue ?

« Oh, oui, mourait-elle d'envie de répondre. S'il vous plaît. N'arrêtez pas. Jamais. »

La petite voix en elle s'efforçait d'intervenir, de la convaincre de mettre un terme à cette folie. Elle lui assurait que c'était allé assez loin et qu'elle risquait de ruiner à jamais sa réputation. Mais son corps ne pouvait se résoudre à renoncer au flot de sensations enivrantes dont il était la proie.

— Oui, acquiesça-t-elle.

Lui saisissant doucement les épaules, le marquis la força à s'adosser à la baignoire. Elle ne résista pas, mais croisa tout de même les jambes et les bras sur la poitrine.

L'instant d'après, il reprenait ses caresses, descendant cette fois le long d'un bras qu'il lui souleva délicatement. Elle ferma les paupières quand il lui massa les doigts l'un après l'autre.

Puis il passa à l'autre bras, qu'il reposa dans l'eau.

Elle rouvrit les yeux lorsqu'il s'aventura vers sa poitrine, puis glissa sous la surface de l'eau. Le souffle court, elle creusa involontairement les reins. Ses pouces frôlèrent la pointe de ses seins, qui durcit instantanément.

Fascinée, elle le regarda les effleurer, les titiller, déclenchant à chaque contact une vague de volupté irrépressible. Elle entendit sa propre respiration se faire plus rauque tandis que le feu au creux de son ventre devenait brasier. Elle avait envie qu'il la touche là, plus bas, entre les cuisses.

— Vous êtes si douce, Sarah, lui murmura-t-il à l'oreille.

Elle tourna la tête vers lui et rencontra sa bouche, qui s'empara de la sienne en un baiser tendre. Elle entrouvrit aussitôt les lèvres et, cédant à l'invitation, il plongea en elle. La sensation de leurs langues mêlées, de ses mains sur ses seins déclencha en elle un besoin aussi puissant qu'inconnu. Elle voulait quelque chose, maintenant, avec une intensité et une urgence presque douloureuses, et elle ne savait même pas ce que c'était.

Soudain, il se détacha d'elle, la laissant avec un sentiment de froid et de manque qui lui arracha un petit cri de frustration. Puis il se mit debout et, les yeux plongés dans les siens, demanda d'une voix sourde :

— Encore ?

Sarah contempla cet homme qui en quelques jours avait bouleversé son univers. Son esprit, son cœur et son corps la suppliaient de le laisser continuer.

Mais oserait-elle prendre un tel risque ?

Si elle disait « oui, » ne regretterait-elle pas sa décision le lendemain ? Peut-être. Mais ne serait-ce pas pire de passer à côté d'une occasion qui ne se représenterait sans doute jamais ?

— Oui, souffla-t-elle.

Il lui tendit les mains. Elle s'en saisit et il l'aida à se redresser. Elle se tint devant lui, nue et ruisselante, et sentit toute sa gêne s'évanouir sous la chaleur du regard dont il l'enveloppa.

Quand leurs yeux se croisèrent de nouveau, il chuchota :

— Vous êtes magnifique.

Ce n'était certainement pas un terme qu'elle aurait utilisé pour se décrire elle-même. Ni celui qu'elle aurait imaginé entendre un jour un homme prononcer à son propos. Mais, vrai ou non, il fit bondir son cœur dans sa poitrine ; cœur qui s'emballa encore davantage quand le marquis entreprit de retirer une à une les épingles qui maintenaient ses cheveux.

— Magnifique, répéta-t-il en enfouissant les doigts dans les longues mèches qui lui frôlaient les hanches. Si Botticelli vous avait connue, vous seriez devenue sa muse. Je le plains de ne pas avoir eu cette joie.

— Vous ne devriez pas dire cela.

— Pourquoi puisque je le pense ?

Il posa l'index à la naissance de son cou et le laissa descendre lentement. Paupières closes, Sarah savoura les sensations inouïes que cette simple caresse éveillait en elle, et laissa échapper un gémissement quand il referma les mains sur ses seins.

— Ouvrez les yeux, Sarah.

Elle lui obéit, et frémit en découvrant son regard assombri par un désir qu'elle ne se serait jamais crue capable d'inspirer à un homme.

Un petit cri lui échappa lorsqu'il lui effleura de la langue la pointe d'un sein, avant de l'aspirer délicatement. Cambrée contre lui, elle enfouit les doigts dans ses cheveux et s'abandonna à la lasciveté de cet attouchement.

Puis il passa à l'autre sein tandis qu'il refermait les mains sur l'arrondi de ses fesses.

— Sarah... Sarah, murmura-t-il, avant de remonter à ses lèvres, qu'il captura avec fougue.

Mais alors qu'elle répondait à son baiser avec une ardeur et une audace dont elle ne se serait jamais crue capable, tout son être flambait du désir d'aller plus loin, de repousser encore les limites de ce plaisir insatiable.

Comme s'il avait entendu sa requête silencieuse, le marquis glissa la main sous sa cuisse et lui fit plier la jambe jusqu'à ce que son pied repose sur le bord de la baignoire. Quelque embarras qu'elle ait pu ressentir à être aussi impudiquement exposée, celui-ci s'envola à l'instant où les doigts de son compagnon frôlèrent son sexe brûlant.

Son cri fut étouffé par les lèvres du marquis, et elle aurait sûrement glissé sous le choc s'il ne l'avait tenue fermement par la taille. Il entreprit de la caresser lentement, chaque effleurement circulaire déclenchant en elle une vague de volupté plus intense que la précédente. Elle se pressait contre sa main sans vergogne quand une onde de pur plaisir la traversa, lui arrachant un cri inarticulé. Le corps secoué de spasmes incontrôlables, elle se laissa aller contre l'épaule du marquis, sa jouissance encore amplifiée par l'odeur de sa peau. Lorsque, finalement, les soubresauts se calmèrent, elle se risqua à lever la tête. Et rencontra le beau regard noisette de Langston qui la contemplait avec gravité.

— Sarah, murmura-t-il.

— Milord, répondit-elle dans un souffle.

Il esquissa un sourire.

— Matthew.

— Matthew.

Le simple fait de prononcer son prénom la fit frissonner. Doucement, sa main quitta le cou du marquis où elle reposait et s'insinua dans l'échancrure de sa chemise, s'imprégnant de la chaleur, de la douceur de ce contact.

— Matthew... que m'avez-vous fait ?

Il lui caressa la joue, le regard rivé au sien, la scrutant comme s'il tentait de résoudre une énigme.

— Que m'avez-vous fait, *vous* ?

— Rien d'aussi merveilleux que le cadeau que vous venez de m'offrir. Je... je n'avais jamais rien éprouvé de tel.

Une expression qu'elle ne parvint pas à déchiffrer traversa brièvement le regard de Matthew.

— Je suis heureux d'avoir été le premier, dit-il avant de déposer un baiser sur son front.

Puis, avec une facilité déconcertante, il la souleva dans ses bras. Lorsqu'il la posa à terre, leurs corps glissèrent l'un contre l'autre. Elle sentit son sexe dressé contre son ventre, et regretta qu'il ne soit pas nu lui aussi afin qu'elle voie son corps la désirer et en explore chaque parcelle.

Récupérant le peignoir sur le fauteuil, il se plaça derrière elle pour l'aider à l'enfiler. Puis la contourna pour lui nouer la ceinture.

— À présent, nous sommes à égalité, déclara-t-il.

Elle haussa les sourcils.

— Pas vraiment.

— Comment cela ? Vous m'avez vu dans mon bain, je vous ai vue dans le vôtre.

— Je n'ai fait que regarder. Vous m'avez lavée. Et, euh... plus encore.

Elle s'était attendue qu'il sourie, il n'en fit rien.

S'emparant de sa main, il entremêla ses doigts aux siens.

— C'est ce que vous voulez, Sarah ? M'aider à prendre mon bain ?

Elle retint à temps le « oui » qui lui montait aux lèvres. Car, de toute évidence, le marquis ne plaisantait pas.

— Je vais y réfléchir, répondit-elle en s'efforçant d'adopter un ton léger.

Bien sûr qu'elle y réfléchirait. De toute façon, elle doutait d'être capable de penser à quoi que ce soit d'autre.

— Quant au fait de vous avoir savonnée, je crains de n'avoir tout simplement pu m'en empêcher, avoua-t-il en glissant un regard à son corps. Et j'ai intérêt à partir sur-le-champ si je ne veux pas me retrouver dans la même situation : celle de ne pouvoir me contrôler.

Sur ces mots, il porta sa main à ses lèvres, la lâcha, puis se dirigea vers la porte. Il sortit sans se retourner.

Une fois seule, Sarah pivota vers la baignoire et contempla l'eau un long moment, revivant cet intermède incroyable. Elle aurait dû éprouver des regrets. De la honte. De la gêne à l'idée de lui avoir laissé prendre de telles libertés. Au lieu de quoi, elle se sentait euphorique. Désormais, elle savait de quoi les autres femmes discutaient en se cachant derrière leur éventail.

Comme elle se détournait, son regard tomba sur le lit. Malgré l'heure tardive, elle n'avait aucune envie de se coucher. Elle était bien trop excitée pour espérer trouver le sommeil.

Alors elle gagna la fenêtre et écarta le lourd rideau de velours. Les étoiles scintillaient dans le ciel telle une multitude de diamants. La ramure des arbres du parc ondulait doucement sous la brise. Sous la lune, leurs feuillages prenaient des teintes argentées. Soudain, Sarah se raidit. Une silhouette venait d'émerger de dessous les ormes.

Avec une exclamation, elle colla le nez à la vitre.

Même si elle n'avait pas reconnu Matthew, la présence de Danforth à ses côtés lui aurait permis de l'identifier. À en juger par la pelle qu'il tenait à la main, le marquis s'apprêtait à se livrer à la même activité que l'autre nuit, quelle qu'eût été celle-ci. Et cela à peine un quart d'heure après l'avoir quittée.

Toutes les questions le concernant – et que leur interlude sensuel avait renvoyées dans les limbes – revinrent en force. Un profond dégoût d'elle-même remplaça abruptement la délicieuse langueur dans laquelle elle baignait. Quelle imbécile elle faisait pour s'être laissé séduire au point d'en avoir oublié ses soupçons !

Elle sortit en hâte une robe sombre de l'armoire et l'enfila en un clin d'œil avant de se ruer hors de sa chambre, non sans s'être armée au passage – après tout, il y avait eu un meurtre – du tisonnier de cuivre.

Cette fois, elle était déterminée à découvrir coûte que coûte le secret du marquis de Langston.

11

Matthew s'engagea dans le chemin obscur, tous les sens en alerte. Outre un couteau glissé dans chacune de ses bottes, il avait emmené Danforth avec lui. Si jamais quelqu'un l'épiait, ce dernier le repérerait immédiatement et se ferait un plaisir de lui planter les crocs dans le mollet.

Il marcha en direction du nord-ouest, vers une zone éloignée du parc où il redoutait d'aller. Si ses connaissances en botanique avaient été moins déplorables, il s'y serait pourtant rendu dès l'hiver dernier, lorsque les roses étaient depuis longtemps fanées, ce qui ne l'aurait pas obligé à creuser à l'époque de la floraison.

Si encore il n'y en avait eu que quelques-unes. Mais elles se comptaient par centaines. Toutes magnifiquement épanouies.

Rien qu'à cette pensée, il sentit son nez le chatouiller. L'éternuement fut si soudain et si violent qu'il n'eut pas le temps de le réprimer. Deux autres suivirent en rafale, encore plus sonores que le précédent.

De toute évidence, il arrivait à destination. Et pas de la manière la plus discrète. Évidemment, il s'en serait rendu compte plus tôt s'il n'avait pas eu l'esprit ailleurs – à cause d'*elle*.

Marmonnant un juron, il s'obligea à chasser Mlle Moorehouse de ses pensées et entreprit de se confectionner un masque à l'aide de son mouchoir. Comme d'habitude, cela suffit à calmer les éternuements ; ses yeux, en revanche, continuaient de le démanger et de larmoyer un peu plus à chaque pas.

Avec un soupir résigné, il bifurqua dans le sentier traversant la roseraie. Une fois au bout, il s'immobilisa, l'oreille tendue. Tout semblait normal. Il jeta un coup d'œil à Danforth : les oreilles dressées, le chien humait l'air. Avait-il repéré un intrus ?

Matthew demeura presque une minute sans bouger, puis, constatant que son fidèle compagnon ne grognait pas, il décida de se mettre au travail. De toute manière, il faisait confiance à Danforth pour flairer une présence éventuelle. S'il l'avait pris avec lui la nuit où Tom Willston avait été assassiné, le pauvre homme serait peut-être encore en vie.

Avec la même patience que celle dont il faisait preuve depuis un an, il commença à creuser au pied des rosiers en priant pour que ses efforts soient enfin récompensés. Et tandis qu'il enfonçait la pelle dans le sol, son esprit vagabonda... dans la direction où il voulait précisément l'empêcher d'aller.

Vers Sarah Moorehouse.

Nue dans sa baignoire.

Sans même s'en rendre compte, il cessa de creuser et, les mains croisées sur le manche de la pelle, ferma les paupières. Il la revit sortant de l'eau, nue et ruisselante telle la Vénus de Botticelli à qui elle ressemblait tant.

Il sentait son parfum fleuri, la douceur satinée de sa peau sous ses doigts, il entendait ses gémissements... Il était entré dans sa chambre avec l'intention de n'y rester qu'un instant, juste le temps de voir son expression lorsqu'elle s'apercevrait qu'il lui rendait la monnaie de sa pièce.

Ou se doutait-il déjà de ce qui allait se passer ?

Il ouvrit les yeux et secoua la tête. Dieu du ciel, il aurait été bien en peine de le dire ! Tout ce qu'il savait, c'était qu'un seul coup d'œil avait suffi pour qu'il soit totalement hypnotisé. Complètement séduit. Et absolument incapable de partir.

Jamais une femme ne lui avait fait un pareil effet. Il avait beau fouiller dans ses souvenirs, il n'en trouvait pas une qui l'eût fasciné et obsédé à ce point. Aucune qui eût éveillé en lui un désir assez violent pour lui faire perdre tout contrôle.

Un grognement de frustration lui échappa. Seigneur! Comme tout cela était-il arrivé? Pourquoi cette femme qui ne ressemblait en rien à celles qui l'attiraient d'ordinaire le bouleversait-elle aussi profondément?

Était-ce justement parce qu'elle était différente? Ou qu'il était trop épuisé pour penser clairement? Oui, ce devait être ça l'explication, décida-t-il, un peu rasséréné. Toute cette vaine quête, ces nuits sans sommeil, ces heures passées à ruminer lui avaient embrouillé le cerveau.

Sans compter qu'il n'avait pas couché avec une femme depuis une éternité. Dans ces conditions, n'importe quelle fille sortant de son bain aurait réussi à l'exciter.

« Qui essaies-tu de convaincre? railla une petite voix intérieure. Tu sais très bien que tu te serais détourné de n'importe quelle autre fille. »

« La ferme! » lui ordonna-t-il en flanquant un coup de pied rageur sur la pelle pour l'enfoncer dans la terre. Bon sang! Ces ruminations idiotes ne servaient à rien d'autre qu'à le retarder dans sa tâche!

Tout à coup, Danforth, qui était demeuré tranquillement assis, se redressa. Les narines palpitantes, le corps tendu, il émit un grognement sourd, avant de filer sur le sentier.

Le temps de tirer un couteau de sa botte, Matthew s'élançait à sa suite.

Juste avant de sortir de la roseraie, il entendit des branches craquer, puis une série d'aboiements sonores. La seconde d'après, il s'arrêtait net, éberlué. Loin de montrer les crocs, Danforth était assis aux pieds de l'intruse et remuait la queue. Il est vrai que l'intruse en question n'était autre que Sarah Moorehouse, qui, un tisonnier à la main, lui caressait la tête de l'autre en murmurant des «chut» aussi bruyants qu'inefficaces.

Sentant sa présence, Danforth se tourna vers lui. Matthew aurait juré qu'il souriait, tout content de sa trouvaille.

La jeune femme leva les yeux, l'air déconcerté.

— Lord Langston? C'est bien vous? demanda-t-elle.

Bonté divine, cette fille était vraiment cinglée!

— Bien sûr que c'est moi. Que faites-vous ici? lança-t-il.

Son cœur battait à toute allure. La contrariété, sans doute. Où était-ce pour une autre raison?

À sa question, Sarah répondit par une autre :

— Qu'avez-vous sur la figure?

La figure? Portant la main à son visage, il se rendit compte qu'il avait toujours son mouchoir sur le nez. D'un geste agacé, il l'arracha.

— Ce n'est rien. Que faites-vous ici? répéta-t-il.

— Et vous? riposta-t-elle en redressant le menton.

Sans la quitter des yeux, il s'approcha d'elle. Puis, il siffla Danforth qui le rejoignit aussitôt.

— Je jardine, dit-il d'un ton posé.

— Vraiment? fit-elle en soutenant son regard. Avec ce couteau? Vous voulez tuer vos espèces à floraison nocturne?

— Et *vous*? Que comptez-vous faire avec un tisonnier?

— Je l'ai pris pour me protéger. Je vous rappelle qu'un homme a été assassiné pas loin d'ici.

Un frisson mêlé de colère secoua Matthew à l'idée qu'elle était sortie seule en pleine nuit.

— Raison de plus pour rester à l'abri dans votre chambre, répliqua-t-il. Qu'est-ce qui vous a pris de vous aventurer dehors à une heure pareille ?

— J'avais envie de prendre l'air.

Il se rapprocha d'un pas. Elle écarquilla les yeux, mais ne recula pas.

— Après votre bain ?

— En effet. Un bain n'a jamais empêché personne de marcher, me semble-t-il.

— Si vous aviez vraiment besoin d'air, il suffisait d'ouvrir la fenêtre de votre chambre. C'est moins risqué que de se promener seule avec un meurtrier dans les parages.

— Je suis de taille à me défendre, riposta-t-elle. Je vous assure que je n'hésiterais pas à me servir de ce tisonnier si nécessaire. Et puis, avec Danforth et vous à proximité, je ne courais pas vraiment de danger.

— Comment saviez-vous que nous étions à proximité ?

— Je vous ai vus de ma fenêtre. À présent, c'est à vous de répondre à ma question : que faites-vous avec ce couteau ?

— Je l'ai pris pour me défendre contre les intrus.

— Je croyais être une *invitée*, pas une intruse.

— À cette heure, mes invités dorment, ils ne vagabondent pas dans le parc.

— Vous devriez écrire un manuel à l'usage de vos invités, car j'ignorais que j'étais censée me retirer dans ma chambre à partir d'une certaine heure et n'en plus sortir.

— Voilà une excellente idée. J'en profiterai pour préciser que les invités ne doivent pas espionner leur hôte.

— Dans ce cas, je vous suggère d'ajouter également que l'hôte ne doit pas mentir délibérément à ses invités.

— Vous reconnaissez donc que vous m'espionniez ?

Elle hésita une fraction de seconde, puis acquiesça.

— Dans quel but ?

— Je voulais savoir pourquoi vous m'aviez menti.

— À quel propos ?

— Sur la raison de vos sorties nocturnes. J'ignore ce que vous faites dans le parc, mais de toute évidence, cela n'a rien à voir avec du jardinage ou de prétendues fleurs à éclosion nocturne.

— Qu'est-ce qui vous permet de l'affirmer ?

— Dites-moi, milord, vos tortlingers sont-elles plantées dans cette partie du parc ?

Matthew maugréa intérieurement. Il s'était pourtant promis d'interroger Paul à propos de ces fameuses tortlingers !

— Non, répondit-il.

— Et vos straffes ?

— Non plus. Au cas où vous ne l'auriez pas remarqué, nous sommes ici dans une roseraie.

— Donc, vos tortlingers et vos straffes sont ailleurs ?

— De toute évidence.

— Vous me les montrerez.

— Avec plaisir. Mais pas maintenant.

— Pourquoi pas ?

— Parce que, dans l'immédiat, je vais vous reconduire au manoir et reprendre là où j'en étais avant que vous veniez vous en mêler.

— Je ne partirai pas d'ici avant que vous ne m'ayez expliqué ce que vous faites ici, déclara-t-elle crânement. Et n'essayez pas de me raconter des histoires.

— Je n'aime pas qu'on me traite de menteur, Sarah.

— Dans ce cas cessez de mentir, répondit-elle du tac au tac.

Après une courte pause, elle reprit d'un ton posé :

— Les tortlingers et les straffes n'existent pas.

— Pardon ?

— Les tortlingers et les straffes n'existent pas, articula-t-elle comme si elle s'adressait à l'idiot du village.

Matthew se figea un instant, puis, inexplicablement, dut lutter contre une furieuse envie d'éclater de rire. L'imbécile! Elle lui avait tendu une corde, et il s'était empressé de la saisir pour se pendre.

— Je vois, dit-il enfin, incapable de dissimuler son admiration.

— Dans ce cas, vous devez également voir que vous me devez une explication sur vos sorties nocturnes.

— Absolument pas. Ce que je fais sur ma propriété ne vous regarde en rien. Ce n'est pas parce que nous nous sommes vus nus que je vous dois quoi que ce soit.

— Cela me regarde si vous n'avez pas envie que je vous soupçonne d'avoir assassiné Tom Willstone le soir où je vous ai vu rentrer avec une pelle, contra-t-elle.

— C'est ce que vous croyez, Sarah? Que j'ai tué Tom Willstone?

Sans lui laisser le temps de répondre, il franchit les quelques pas qui les séparaient.

— Parce que si je suis le meurtrier, vous vous rendez compte que vous venez de me donner une bonne raison de me débarrasser de *vous*. Ici et maintenant.

Elle soutint son regard ; l'espace d'un instant, il eut l'impression qu'elle lisait au fond de son âme.

— Je ne crois pas que vous soyez l'assassin, dit-elle avec douceur.

— Vraiment? Pourtant, vous m'avez vu rentrer avec une pelle cette nuit-là. Et vous savez que j'ai menti au sujet de mes expéditions nocturnes.

Elle le considéra un long moment avant de répondre :

— C'est vrai, mais j'ai l'habitude d'écouter mon cœur, et mon cœur me dit que vous êtes un homme honorable, incapable de tuer qui que ce soit.

Les mots de Sarah le transpercèrent. La confiance inconditionnelle qu'elle lui témoignait le laissait sans voix. Déstabilisé et confus. Une telle attitude de la part de Daniel ne l'aurait pas étonné. Mais d'une femme qui le connaissait à peine ! Même son propre père ne l'avait jamais considéré comme un homme honorable.

— Merci, articula-t-il finalement.

— Je vous en prie.

Posant la main sur son bras, elle reprit :

— Dites-moi ce que vous faites ici. S'il vous plaît.

Son intérêt sincère, la chaleur dans sa voix, son inquiétude eurent d'autant plus raison de ses hésitations qu'il était las de devoir garder ses activités secrètes. Glissant son couteau dans sa botte, il poussa un profond soupir :

— Mon père et moi nous voyions très peu avant sa mort. Nos relations étaient difficiles, tendues. Il s'arrangeait toujours pour que je perçoive sa désapprobation, son mépris. Pour que je n'oublie pas que ce n'était pas moi qui aurais dû hériter du titre, mais James, ce fils qu'il portait aux nues, et qui était mort par ma faute.

Le simple fait de prononcer ces paroles suffisait à rouvrir les vieilles plaies. Néanmoins, il poursuivit :

— Il y a trois ans, l'une de nos disputes a dégénéré, et nous avons rompu toute relation. Je ne l'ai revu que sur son lit de mort, lorsqu'il m'a fait appeler.

Matthew ferma les yeux tandis que le visage livide et déformé par la douleur de son père à l'agonie lui revenait en mémoire. Mortellement blessé, le vieil homme n'en avait pas moins mis des semaines à s'éteindre dans d'atroces souffrances.

Il rouvrit les paupières pour enchaîner :

— À mon retour au manoir, j'ai appris par l'intendant que le domaine était lourdement endetté. Père avait toujours aimé le jeu, mais apparemment, ces derniers temps, la chance avait tourné. Il avait tout perdu et devait des mois de gages à ses domestiques ainsi que d'énormes sommes à de nombreux débiteurs.

Il prit une profonde inspiration avant de continuer, le regard fixé au sol :

— Quand je suis arrivé, il était dans un état d'extrême faiblesse. Il respirait difficilement et pouvait à peine parler. Il m'a dit d'emblée qu'il souhaitait me confier un secret de la plus haute importance, mais avant, il voulait que je lui promette de faire quelque chose pour lui. Était-ce l'orgueil, la culpabilité, le besoin de lui prouver que j'étais un homme honorable, ou un mélange de tout cela ? Quoi qu'il en soit, j'ai promis. Alors, poursuivit-il en regardant Sarah, il m'a demandé de me marier avant un an afin de lui donner un héritier. Un serment que l'honneur m'oblige à respecter.

Elle hocha lentement la tête.

— Je comprends, murmura-t-elle. Mais l'année est presque achevée, non ? ajouta-t-elle à brûle-pourpoint.

— Elle le sera dans vingt-huit jours.

— La rumeur selon laquelle vous chercheriez une épouse est donc vraie.

Il acquiesça.

— C'est pourquoi vous avez invité ma sœur, lady Emily et lady Julianne à séjourner chez vous. Vous comptez prendre l'une d'elles pour femme.

— En effet.

Elle plissa le front.

— Mais pourquoi vous êtes-vous limité à trois ? Il y a eu des dizaines de soirées à Londres au cours des derniers mois. Si vous y étiez resté, vous auriez rencontré quantité de jeunes filles à marier.

— Je ne pouvais pas quitter le manoir. Aller à Londres aurait pris sur le temps que je voulais consacrer à mes recherches.

— Vos recherches?

— C'est le fameux secret de mon père.

Comme il s'apprêtait à le révéler, Matthew eut l'impression de sentir encore la main décharnée de son père presser désespérément la sienne.

— Avant de rendre l'âme, il m'a révélé qu'il avait gagné une énorme somme d'argent la veille du jour où on lui avait tiré dessus. Suffisamment pour rembourser ses dettes et lever l'hypothèque pesant sur le domaine. Il a caché l'argent ici.

— Dans le parc.

— Oui. Mais sa voix était à peine audible, et si hachée qu'il était difficile de le comprendre. Il est mort avant d'avoir terminé. Après coup, j'ai noté par écrit ses dernières paroles, du moins ce que j'en avais saisi, et depuis, je n'ai cessé de chercher l'argent.

Sarah opina, puis se détacha de l'arbre auquel elle était adossée et se mit à marcher de long en large, l'air absorbé.

— Si j'ai bien compris, dit-elle au bout d'un moment, vous avez promis à votre père de vous marier dans l'année suivant sa mort, mais vous risquez de perdre le domaine si vous ne remboursez pas les dettes qui le grèvent. Et comme votre recherche n'a rien donné pour l'instant, le seul moyen de tenir votre promesse *et* de conserver votre domaine, c'est d'épouser une femme riche. D'où votre idée d'inviter trois héritières afin de faire votre choix tout en continuant à chercher l'argent. Ai-je bien résumé?

— Parfaitement.

S'arrêtant devant lui, elle remonta ses lunettes sur son nez et s'enquit d'un ton ouvertement réprobateur :

— Vous êtes prêt à vous marier uniquement par intérêt?

Il se passa la main dans les cheveux.

— Je n'ai malheureusement pas d'autre choix. Beaucoup de gens dépendent de moi pour vivre. En outre, ce domaine appartient à ma famille depuis des générations, il fait partie de son histoire, je n'imagine pas qu'il puisse tomber en ruine ou finir entre des mains étrangères.

Il marqua une pause avant d'enchaîner :

— Et vous savez aussi bien que moi que la fortune et les titres sont des critères plus importants que les sentiments dans la plupart des mariages aristocratiques.

Sarah ne put qu'opiner. Elle avait si souvent entendu Julianne se plaindre qu'on l'épouserait avant tout pour son argent.

— J'imagine que vous ne m'avez pas raconté tout cela par crainte que j'informe les autorités de votre expédition secrète la nuit du meurtre. Qu'attendez-vous de moi ?

Il sourit, impressionné par sa sagacité.

— Les dernières paroles de mon père sont un mystère pour moi, reconnut-il. Elles font, semble-t-il, référence à des fleurs ou à des plantes, mais je n'arrive pas à en trouver la logique.

— Pourquoi n'avez-vous pas demandé de l'aide à votre jardinier ?

— Je lui ai posé quelques questions d'ordre général sous prétexte d'un intérêt soudain pour la botanique, mais je n'ai pas voulu le mettre au courant. Si la nouvelle s'ébruitait, je risquerais de me retrouver avec des dizaines de personnes creusant des trous dans tout le parc.

— Et moi ? Vous ne craignez pas que j'ébruite votre secret ou que je trouve l'argent et le garde pour moi ?

Incapable de résister, il lui caressa la joue avant de répondre :

— Mon cœur me dit que vous ne le ferez pas.

Elle le considéra un instant, puis l'air blessé – ou peut-être déçu –, elle recula brusquement.

— Je comprends mieux, murmura-t-elle en se remettant à marcher. C'est pour cette raison que vous étiez si... attentionné. Si charmant. Voilà pourquoi vous m'avez embrassée et êtes venu dans ma chambre ce soir. Vous avez besoin de moi.

— Non! se récria Matthew en lui agrippant le bras pour l'obliger à s'arrêter et à lui faire face.

Elle le regarda droit dans les yeux.

— Vous ne voulez pas que je vous aide?

— Si. Mais cela n'a aucun lien avec l'attention que je vous porte.

Elle eut de nouveau cette expression blessée qui le bouleversait.

— Ce n'est pas un problème, milord. Je comprends...

— Matthew, coupa-t-il. Et, *non*, vous ne comprenez pas.

Lui saisissant l'autre bras, il l'attira plus près.

— C'était censé être la raison, en effet, admit-il. Je pensais me rapprocher de vous, discuter avec vous afin d'obtenir les informations dont j'avais besoin sans vous révéler le fond de l'affaire. Sauf que rien ne s'est passé comme prévu. Parce que chaque fois que j'étais en votre compagnie, j'oubliais mon plan. En fait, je ne pensais à rien d'autre que vous.

Le regard verrouillé au sien, il lui caressa les bras et poursuivit :

— Vous m'obsédez. Je n'arrive pas à vous chasser de mon esprit. Je vous ai embrassée lorsque je vous ai surprise dans ma chambre parce que je n'ai pas pu m'en empêcher. Je suis entré chez vous ce soir parce que j'étais incapable de rester loin de vous. Et je vous ai touchée pour la même raison que je vous touche en ce moment : parce que je ne peux pas faire autrement.

Elle le scruta, puis secoua la tête.

— Je vous en prie, arrêtez. Vous n'avez pas besoin de me dire ce genre de choses. Je vais vous aider, ou du moins essayer.

— Bon sang, vous ne voulez pas comprendre ! s'énerva-t-il.

Résistant à son envie de la secouer, il maudit en son for intérieur tous ceux qui l'avaient convaincue qu'elle ne méritait pas d'être aimée, désirée.

— Si je vous dis tout cela, c'est parce que c'est *vrai*. Chaque fois que je suis près de vous, il se passe quelque chose qui m'échappe. C'est la première fois que j'éprouve cela. Et pour être franc, je ne suis pas certain que cela me plaise.

Ils se fixèrent un instant en silence, et Matthew aurait juré entendre l'air grésiller entre eux. Puis Sarah arqua les sourcils, et un sourire amusé lui étira les lèvres.

— Au moins, vous avez cessé les flatteries, lâcha-t-elle. Évitez cependant de tomber dans l'excès inverse et de m'insulter : n'oubliez pas que je tiens un tisonnier.

— Oh ? Parce que vous oseriez vous en servir ?

— Si cela s'avérait nécessaire.

— Qu'est-ce qui pourrait vous y pousser ? Que je commette un acte... déplacé, par exemple ?

— Oui.

Succombant au désir qu'il tenait en laisse depuis qu'il l'avait découverte près de l'arbre, Matthew l'enlaça et l'attira contre lui.

— Dans ce cas, préparez-vous à me frapper, murmura-t-il contre ses lèvres, car je suis sur le point de faire quelque chose de *très* déplacé.

12

Le tisonnier tomba des mains de Sarah. Rien ne l'avait préparée à un baiser aussi farouche. La bouche de Matthew dévorait la sienne, avide, exigeante, et elle lui répondit avec une fougue tout aussi indomptable.

Elle voulait sentir son corps contre le sien, se fondre en lui, laisser sa chaleur l'envelopper, la pénétrer, ses bras la serrer plus fort encore.

Comme s'il avait lu dans ses pensées, il accentua son étreinte, puis la souleva du sol. Les bras noués autour de son cou, elle le sentit pivoter, puis il l'adossa à un arbre, avant de la reposer entre ses jambes.

La douceur dont il avait fait preuve dans la chambre avait été remplacée par une passion féroce empreinte de frustration. Elle s'enivrait de son odeur virile, et sentit tous ses sens s'affoler lorsque, son sexe dur logé entre ses cuisses, il commença d'onduler contre elle.

Puis il égrena une suite de baiser brûlants le long de sa gorge. La tête renversée, les doigts enfouis dans ses cheveux, elle s'offrait à lui, frissonnante de désir et d'anticipation.

Il se redressa soudain, mais, contre toute attente, au lieu de reprendre ses lèvres, il écarta délicatement une mèche de son visage. En pleine confusion, elle rouvrit les yeux. Pour découvrir qu'il la contemplait d'un air éminemment sérieux.

Sans doute perçut-il son trouble, car il chuchota :

— Je vous en prie, n'allez pas croire que je me suis interrompu parce que je n'ai pas envie de vous. Au contraire, je vous désire beaucoup trop. J'ai atteint la limite au-delà de laquelle je risque de ne plus pouvoir m'arrêter.

— Et si je ne veux pas que vous vous arrêtiez, souffla-t-elle presque malgré elle.

— Je ne plaisante pas, répondit-il d'une voix sourde. Croyez-moi, si j'avais continué…

— Oui ?

Il chercha son regard.

— Vous ne savez pas ? Même après ce que nous avons fait dans votre chambre, vous ignorez ce qui se passe entre un homme et une femme.

— Bien sûr que non, répliqua-t-elle en rougissant.

— Parce que vous l'avez fait avec ce Franck ?

— Non ! Je n'ai jamais… Non. Personne ne m'a jamais touchée ni embrassée comme vous. Personne n'en a jamais eu envie, ajouta-t-elle en baissant les yeux.

Avec douceur, il lui souleva le menton pour l'obliger à le regarder.

— *Moi*, j'en ai envie. Si follement que je peux à peine aligner deux pensées cohérentes.

— Cela devrait m'effrayer, je le sais. J'aimerais que ce soit le cas. Mais je dois avouer qu'il n'en est rien.

— Vous devriez pourtant avoir peur, Sarah. Je pourrais vous faire du mal, même sans le vouloir.

Elle le contempla sans mot dire. Il ne parlait pas de douleur physique, elle le savait, mais de celle qu'il pourrait lui causer si elle s'attachait à lui.

Car il allait en épouser une autre, se rappela-t-elle soudain avec horreur.

Mon Dieu, comment avait-elle pu l'oublier? À cette pensée, une bouffée de honte la submergea. Dans quelques semaines, Matthew serait un homme marié. Qui plus est, probablement avec l'une de ses amies les plus proches.

Seigneur, s'il épousait Julianne, comment pourrait-elle la regarder en face? Comment pourrait-elle *se* regarder en face?

Elle se détacha de lui, ne sachant trop si elle devait être soulagée ou humiliée qu'il n'essaie pas de la retenir. Elle était si mortifiée qu'elle aurait aimé pouvoir se dissoudre dans l'atmosphère.

— Qu'ai-je fait? murmura-t-elle.

Il tendit le bras vers elle, mais elle recula, trébuchant presque, et secoua la tête. À quoi avait-elle pensé? À rien, c'était là le problème. Ses baisers et ses caresses lui avaient fait oublier tout ce qui n'était pas lui.

— Je dois partir, fit-elle, ravalant une nausée.

Il se rapprocha, mais ne fit pas mine de la toucher.

— Sarah, vous n'avez rien fait de mal.

— Vraiment? répliqua-t-elle d'une voix étranglée. Vous envisagez de vous marier dans les semaines à venir. Et l'heureuse élue pourrait bien être l'une de mes meilleures amies, qui plus est.

Il se passa la main sur le visage, l'air aussi torturé qu'elle.

— Je suis entièrement responsable de ce qui est arrivé entre nous.

— C'est généreux de votre part, mais faux, contra-t-elle. Vous n'avez fait que prendre ce que je vous offrais en toute liberté. En outre, c'est vous qui avez eu la force, le bon sens, d'arrêter avant que les choses n'aillent trop loin. S'il ne s'était agi que de moi, j'aurais accepté tout ce que vous vouliez, reconnut-elle, consciente du caractère humiliant d'un tel aveu.

D'une voix blanche, elle enchaîna :

— Vous avez visiblement jeté votre dévolu sur Julianne. Qu'éprouvez-vous pour elle ?

— Hormis que je la trouve jolie et charmante, rien de particulier. Je n'arrive pas à penser à une autre que vous, ajouta-t-il, accablé.

— Je ne suis pas une héritière, lui rappela-t-elle.

Et pour la première fois de sa vie, elle le déplora.

— J'en suis douloureusement conscient.

— Ce qui signifie que cet instant de... folie que nous avons partagé est terminé. Si vous avez décidé de courtiser Julianne, il faudra l'informer de votre situation financière.

— Je n'ai jamais eu l'intention de cacher quoi que ce soit à ma future épouse – qu'il s'agisse de lady Julianne ou d'une autre – ni à son père, répliqua-t-il avec raideur. Croyez-le ou non, mais la majorité des riches héritières ne s'attendent pas à faire un mariage d'amour.

L'atmosphère entre eux s'était soudain chargée de tension. Sarah rejeta vivement en arrière la mèche que le vent venait de rabattre sur son visage.

— Je n'ai jamais eu à combattre d'attraction de ce genre auparavant, reconnut-elle. Ce qui est une bonne chose, car je n'ai visiblement aucun don pour cela. Mais j'y parviendrai parce qu'il le faut.

Elle prit une longue inspiration pour se ressaisir, avant d'enchaîner plus posément :

— Je vous ai proposé de vous aider à trouver le sens des dernières paroles de votre père, et je ne reviendrai pas sur cette offre. Mais il ne peut désormais plus y avoir la moindre intimité entre nous.

Un long moment, ils se fixèrent en silence, puis Matthew opina.

— Vous avez raison, fit-il d'une voix sans timbre. Je vous demande sincèrement pardon de m'être comporté comme je l'ai fait.

— Je suis au moins aussi fautive que vous. À présent, si vous voulez bien m'excuser, je vais rentrer.

— Je vous raccompagne, décréta-t-il d'un ton sans réplique.

Préférant éviter toute nouvelle discussion, Sarah se contenta de hocher la tête, ramassa le tisonnier et se dirigea d'un pas rapide vers le manoir.

Matthew marcha sans mot dire à ses côtés, jusqu'à ce qu'ils atteignent la porte vitrée par laquelle elle était sortie. La main sur la poignée, il ouvrit enfin la bouche :

— Je serai dans mon bureau demain après le petit déjeuner. Si vous voulez passer, je vous montrerai la feuille sur laquelle j'ai inscrit les derniers mots de mon père.

— Je viendrai, assura-t-elle.

Elle frissonna en sentant les doigts de Matthew lui effleurer le bras.

— Sarah…

Elle lutta pour ne pas se retourner, sachant qu'elle ne répondrait plus de rien si elle demeurait une seconde de plus près de lui. Poussant la porte, elle se précipita vers l'escalier.

Une fois dans sa chambre, elle s'adossa au battant, haletante, la gorge nouée par une émotion qui menaçait de l'étouffer.

L'espace d'un bref moment de pure magie, elle s'était autorisé à oublier qui elle était. Telle une plante desséchée qu'on se décide enfin à arroser, elle avait absorbé chaque goutte d'eau avec l'impression de revivre. Puis la réalité avait repris ses droits. Violemment.

Elle devait oublier ses baisers. Ses caresses. Son sourire. Son rire.

Elle devait l'oublier, *lui*.

Même si c'était la dernière chose dont elle avait envie.

Viendrait-elle ?

Le lendemain matin, Matthew arpentait son bureau, se répétant encore et encore la question qui l'avait tenu éveillé la majeure partie de la nuit : Sarah tiendrait-elle sa promesse ou changerait-elle d'avis ?

Peut-être avait-elle passé une aussi mauvaise nuit que lui. À moins qu'elle n'ait préparé ses malles pour partir à l'aube et ne jamais revenir.

Cette seule pensée provoqua en lui une douleur innommable. S'immobilisant, il jeta un coup d'œil à la pendule posée sur le manteau de la cheminée, pour se rendre compte avec frustration que le temps s'écoulait toujours aussi lentement.

Finalement, il se laissa tomber en soupirant sur un fauteuil devant la cheminée et, les coudes sur les genoux, enfouit la tête dans ses mains.

Aussitôt, le visage de Sarah se matérialisa devant lui. Il la revit ruisselante dans la baignoire, les cheveux défaits. Puis cette nuit, dans le parc, si vulnérable qu'il avait senti le désir le submerger avec une force irrésistible. Il ne comprenait toujours pas comment il avait trouvé la volonté de combattre la lame de fond qui l'avait soulevé dès qu'il l'avait touchée.

S'il ne s'était agi que de moi, j'aurais accepté tout ce que vous auriez voulu.

Les paroles de Sarah l'avaient hanté jusqu'à l'aurore, faisant naître en lui des images torrides. Des visions de ce qu'aurait été cette nuit si sa fichue conscience ne s'en était pas mêlée.

Pourquoi ? s'interrogea-t-il une fois de plus. Pourquoi elle ? Que possédait-elle de si particulier pour lui faire un tel effet ?

Soudain, la réponse s'imposa à lui. Les sourcils froncés, il la retourna dans sa tête quelques minutes. Et plus il l'examinait, plus il devenait évident qu'il n'y en avait pas d'autre : il n'était pas seulement très attiré par Sarah Moorehouse, il éprouvait une réelle affection pour elle. Une affection beaucoup trop grande.

Outre son franc-parler, sa vivacité et son intelligence, il appréciait sa compassion, l'amour qu'elle avait pour sa sœur, sa manière de ne pas s'attarder sur la mesquinerie de sa propre mère, son talent de dessinatrice. Il était touché par ses tentatives pour dissimuler sa vulnérabilité, adorait son regard, son parfum, son rire... Contrairement aux autres femmes qu'il fréquentait, elle n'était pas en quête d'un mari ni même d'une aventure.

En fait, il aimait tout en elle.

Ce qui, se rendit-il compte, ne lui était jamais arrivé avec aucune autre.

Pour quelle raison ? Il n'en avait aucune idée. Tout ce qu'il savait, c'était que la voir nue, la caresser, la sentir jouir sous ses doigts constituait une expérience unique, inoubliable. Bonté divine, si seulement elle avait été riche...

Il se figea, en proie à une brusque illumination. Il n'était obligé d'épouser une femme fortunée que parce qu'il n'avait pas d'argent. Mais s'il découvrait la cachette de son père, il pourrait se marier avec qui bon lui semblait.

Sarah, par exemple.

Il éclata de rire tant la situation lui paraissait simple tout à coup. Pourquoi diable n'y avait-il pas pensé plus tôt ?

La réalité revint le gifler de plein fouet. Après des mois de recherches infructueuses, il n'avait quasiment aucune chance de découvrir l'argent en question – à supposer qu'il existe.

N'empêche, il restait une mince lueur d'espoir, et il s'y accrocha d'autant plus qu'à présent, trouver cet argent ne signifiait plus seulement sauver le domaine, mais aussi retrouver la liberté d'épouser une femme qu'il appréciait, admirait et désirait.

« Ne te berce pas trop d'illusions », le prévint la petite voix intérieure. Conscient qu'il serait stupide de ne pas l'écouter, il obtempéra, et enterra dans un coin de son cœur la petite flamme pour se concentrer sur sa situation actuelle et son probable mariage avec lady Julianne.

L'ennui, c'était qu'il n'arrivait même pas à se remémorer le visage de la jeune femme, alors que celui de Sarah s'imposait à lui dès qu'il fermait les paupières. Non seulement il se souvenait de ses traits, mais aussi de son odeur, de son parfum, de la douceur de sa peau, de la soie de ses cheveux…

— Bon sang ! maugréa-t-il.

Un coup frappé à la porte le fit bondir sur ses pieds.

— Entrez, aboya-t-il.

Tildon pénétra dans la pièce.

— Mlle Moorehouse demande à vous voir, milord.

Le cœur de Matthew s'emballa à la simple mention du nom de Sarah. Seigneur ! Il se comportait comme un véritable gamin.

— Merci, Tildon. Faites-la entrer.

Il rajusta sa veste et s'efforça d'arborer une expression désinvolte. Après tout, qu'importait qu'il l'ait vue nue ? Qu'il l'ait caressée ? Il avait vu d'autres femmes avant elle, caressé d'autres corps. Qu'il ne parvînt pas à se souvenir clairement d'une seule d'entre elles en cet instant précis ne signifiait rien.

Ce n'était qu'une femme comme les autres. Une femme qui disparaîtrait de sa vie, et sans doute de sa mémoire, dans quelques jours.

Parfait. Maintenant que les choses étaient de nouveau en place, elle pouvait entrer. Il ne…

À peine eut-elle franchi le seuil qu'il eut l'impression de recevoir un coup de massue sur le crâne. Il sentit son cœur chavirer devant ses grands yeux de biche que des cernes bleutés rendaient encore plus vulnérables.

Elle avait attaché ses cheveux en un chignon serré d'où s'échappaient cependant quelques mèches rebelles et portait une robe sombre toute simple. Bien que rien dans sa tenue ne cherchât à susciter le désir, Matthew sut au premier regard qu'il pouvait dire adieu à ses rêves de nonchalance ou d'indifférence. Qu'il le veuille ou non, cette femme exerçait sur lui un attrait irrésistible. Il avait envie de l'enlacer, de la caresser, de lui faire l'amour, là, maintenant, sur le sol, mais aussi – et c'était peut-être cela le plus inquiétant – de parler, de rire, de manger, de se promener avec elle.

« Il ne peut désormais plus y avoir la moindre intimité entre nous », avait-elle déclaré. Et il avait acquiescé. Alors, quoi qu'il lui en coûtât, il devait tenir parole. Si par bonheur, il trouvait l'argent, il lui demanderait de l'épouser, mais en attendant, il était de son devoir de garder ses distances.

— Entrez, je vous en prie, fit-il après s'être éclairci la voix. Voulez-vous un thé ?

Elle secoua la tête.

— Non, merci.

Il congédia Tildon, qui sortit en refermant doucement la porte derrière lui. Le léger déclic résonna comme un coup de tambour dans le silence.

Matthew savait qu'il aurait dû demander au domestique de laisser la porte entrouverte, par respect des convenances, mais aussi pour éviter la tentation. Seulement, il ne voulait pas prendre le risque que quelqu'un surprenne leur conversation. Il chercha désespérément quelque chose à dire, une remarque inoffensive. Sans succès. Son cerveau semblait vide. Ou plutôt, habité par une seule vision : celle de Sarah dans ses bras.

Finalement, ce fut elle qui brisa le silence la première.

— Avez-vous la feuille où sont écrits les mots que vous vouliez me montrer ? demanda-t-elle d'une voix dépourvue d'émotion.

La question le sortit brutalement de sa stupeur.

— Oui, acquiesça-t-il. Elle est sur mon bureau.

Il s'approcha de ce dernier, tira un siège et invita Sarah à s'y asseoir.

Après une infime hésitation, elle le rejoignit.

Quand elle fut installée, il demeura un instant debout derrière elle, et dut serrer les poings pour résister à l'envie de déposer un baiser sur sa nuque veloutée.

Contrairement à lui, elle semblait tout à fait maîtresse d'elle-même, ce qui ne fit qu'accroître son irritation. Parfait. Plus il serait exaspéré, moins il aurait de mal à résister au désir qu'elle lui inspirait.

— Voilà ce que j'ai écrit après avoir passé ces derniers moments en compagnie de mon père, dit-il en désignant le vélin sur le bureau. Ses paroles étaient entrecoupées de râles et sa voix si basse que je ne suis même pas certain d'avoir bien compris.

Laissant l'index courir sur la liste de mots, Sarah lut à haute voix :

— *Argent. Sauver le domaine. Caché ici. Jardin. Dans le parc. Fleur or. Fougère. Fleur de lys.* Où en sont vos recherches ? s'enquit-elle sans quitter la liste des yeux. J'imagine que vous avez déjà regardé autour des plantes jaunes ou dorées.

— Oui. Prétextant un intérêt soudain pour l'horticulture, et notamment les fleurs jaunes – ma couleur préférée –, j'ai demandé à Paul où je pouvais trouver de telles plantations dans le parc.

— Le jaune est vraiment votre couleur préférée ? s'étonna-t-elle en levant la tête vers lui.

— Non.

Il jeta un coup d'œil à sa robe, avant de la regarder dans les yeux.

— Je préfère le brun. Et vous, Sarah, quelles sont vos couleurs préférées ?

Elle soutint un instant son regard en rosissant, puis, fixant de nouveau son attention sur le vélin :

— Toutes les couleurs me plaisent, milord, répondit-elle en appuyant sur le dernier mot. Et après avoir creusé près des bosquets de fleurs jaunes, enchaîna-t-elle, vous êtes passé aux fougères ?

— Oui. Et il y en a à peu près partout sur le domaine. Comme les fleurs jaunes, chaque fois que je croyais avoir fini, j'en découvrais d'autres ailleurs.

Il se pencha pour indiquer le dernier mot.

— Je ne suis pas sûr pour « fleur de lys ». Comme je vous l'ai dit, j'avais beaucoup de mal à comprendre.

— Il y a des lys en abondance dans votre parc, de différentes variétés.

— Je sais. Et croyez-moi, j'ai creusé autour de chaque plant. J'ai dressé une carte du parc pour ne rien oublier. La roseraie, où vous m'avez trouvé hier soir, est le dernier endroit que je n'ai pas exploré. Je suis certain que mon père parlait de Langston Manor dans la mesure où il a dit : « caché ici », mais cela ne m'a pas empêché d'examiner aussi le jardinet de notre maison de Londres et nos deux jardins d'hiver.

— Donc, vous avez déjà creusé là où sont plantés les iris ?

— Partout où il n'y avait pas de roses. Pourquoi cette question ?

Elle tourna la tête vers lui. Il était toujours penché et leurs visages n'étaient qu'à quelques centimètres l'un de l'autre. Il nota avec une sombre satisfaction l'accélération de son souffle, la lueur inquiète dans ses prunelles. Apparemment, elle n'était pas aussi indifférente qu'elle voulait le faire croire. Tant mieux. Il n'était pas le seul à souffrir.

— Je vous demande cela parce que la fleur de lys, devenue le symbole de la royauté française, est en fait un iris, répondit-elle.

Matthew ouvrit de grands yeux.

— Je l'ignorais. Vous en êtes certaine ?

— Oui. Cela a-t-il un sens pour vous ? interrogea-t-elle en le scrutant. Je croyais que vous aviez déjà creusé près des iris.

— J'ai creusé. Sans succès. Mais Iris est peut-être un indice important, parce que ce n'est pas seulement le nom d'une fleur, précisa-t-il en sentant l'espoir germer en lui. C'était également le prénom de ma mère. Et sa partie préférée du parc – celle que mon père avait demandé aux jardiniers de créer tout spécialement pour elle – correspond à celle que je n'ai pas encore fini de fouiller.

— La roseraie, souffla Sarah.

13

Sarah lut l'excitation mêlée d'espoir dans le regard de Matthew.

— Merci, fit-il en posant spontanément la main sur la sienne.

Ce qui suffit, se rendit-elle compte, horrifiée, à détruire la façade d'indifférence qu'elle était parvenue à se construire.

Ôtant sa main, elle se leva vivement.

— Inutile de me remercier. Pour l'instant, nous n'avons rien trouvé. En outre, vous étiez déjà en train de fouiller cette zone.

— Vous ne comprenez pas. Cela fait presque un an que je retourne le parc sans résultat. Au début, j'étais plein d'espoir, mais à mesure que les semaines passaient, j'ai commencé à douter. Ces derniers temps, chaque nouvelle journée m'apparaissait comme un pas supplémentaire vers l'échec. C'est la première fois depuis des mois que je retrouve un peu d'optimisme. Donc, je vous remercie. S'il n'y avait les roses, je serais presque un homme heureux.

— Que voulez-vous dire ?

— Je ne supporte pas les roses. À moins que ce ne soit elles qui ne me supportent pas. Chaque fois que je m'en approche, je suis pris d'éternuements.

— Ah, voilà pourquoi vous étiez si bruyant. Je dois dire que cela m'a permis de vous repérer rapidement.

— De même que votre parfum a permis à Danforth de vous sentir approcher.

— Difficile d'être discret avec un chien au flair aussi développé.

— Plus difficile encore lorsqu'on est entouré de fleurs qui vous font éternuer, répliqua Matthew.

Ils retrouvaient le ton badin de leur première rencontre, une camaraderie bon enfant qui détendit aussitôt l'atmosphère.

— Vous feriez un mauvais voleur, observa-t-elle en ébauchant un sourire.

— Si je dérobais des roses, sans aucun doute. Par chance, c'est la seule fleur qui m'affecte ainsi.

— Pas d'éternuements devant les tortlingers ?

— Pas plus que devant les straffes. Ou les... Quel est votre parfum ?

— De la lavande. Ce que vous auriez reconnu si vous aviez un minimum de connaissances en botanique, ajouta-t-elle, moqueuse.

— Je croyais que nous étions d'accord sur le fait que mon savoir en ce domaine était plus que limité, dit-il avant de préciser : la lavande ne me fait pas éternuer.

Ignorant l'inflexion rauque avec laquelle il avait prononcé ces derniers mots, elle répliqua d'un ton brusque :

— Je l'espère pour vous, parce qu'il en pousse partout dans le parc.

Puis, sans lui laisser le temps de riposter, elle enchaîna :

— J'ai une proposition qui pourrait vous intéresser, compte tenu de votre problème avec les roses.

— Je suis tout ouïe.

— Si cela vous sied, je vous aiderais volontiers à creuser dans la roseraie. Ne vous inquiétez pas, ni ma sœur ni mes amies ne risquent de s'en étonner. Elles connaissent toutes mon goût pour le jardinage, et seraient bien plus surprises si je m'installais au salon pour broder avec elles. Si nous nous attelons à la tâche ensemble, vous passerez deux fois moins de temps au milieu des roses.

— Vous seriez prête à faire cela ?

— Oui.

La stupéfaction de Matthew était évidente.

— Pourquoi ?

— Pour différentes raisons. D'une part, je trouve le parc magnifique et j'avais déjà prévu de m'y promener cet après-midi pendant que les autres monteront à cheval.

Croisant les doigts, elle expira longuement avant de débiter le discours qu'elle répétait dans sa tête depuis des heures :

— D'autre part, j'ai envie de vous aider. Je pourrais vous raconter que l'idée d'une chasse au trésor m'excite, ce qui serait vrai, mais pour être franche, c'est surtout votre désir d'honorer la promesse faite à votre père et de conserver le domaine familial qui me pousse à vous faire cette offre. Je... j'ai l'impression qu'une sorte d'amitié naissait entre nous avant ce... baiser, et j'aimerais que cela continue – de manière platonique, bien entendu. Notamment parce que vous risquez d'épouser l'une de mes meilleures amies.

Elle attendit sa réponse en priant pour qu'il ne devine pas sa véritable motivation. À savoir que s'il retrouvait cet argent, il ne serait plus obligé d'épouser une héritière. Et même si elle avait assez de bon sens pour se rappeler qu'avec son titre, Matthew pouvait s'offrir les plus belles femmes du royaume, elle continuait à espérer qu'une fois libre de choisir, ce serait *elle* qu'il élirait. C'était un espoir absurde et ridicule, elle le savait, mais elle n'arrivait pas à le tuer dans l'œuf.

Le marquis l'étudia un moment, l'air indéchiffrable, avant de demander doucement :

— Vous n'avez pas peur de passer l'après-midi seule avec moi dans le parc?

Bien sûr que si !

— Bien sûr que non !

En fait, ce n'était pas lui qui l'effrayait, mais elle-même. Elle avait cependant appris à dissimuler ses désirs vingt années durant et devait donc être capable d'y parvenir le temps d'un après-midi.

— Vous avez promis qu'il n'y aurait plus aucune intimité entre nous, et vous êtes un homme de parole.

Il demeura silencieux, se contentant de la regarder avec cette même expression indéchiffrable, puis déclara finalement :

— J'accepte votre offre. À quelle heure est prévue la promenade à cheval ?

— Vers midi. Je crois qu'ils envisageaient de faire un pique-nique pour le déjeuner, et devaient vous en parler.

— Parfait. Je vais donner des ordres que le pique-nique soit prêt pour midi. On pourrait se retrouver dans la roseraie vers midi et quart, qu'en dites-vous ? J'apporterai une pelle et des gants à votre taille.

Elle sourit.

— J'y serai.

À son arrivée dans la roseraie, Sarah fut accueillie par les aboiements joyeux de Danforth et un éternuement, beaucoup moins enjoué, de Matthew.

— Ça va ? s'enquit-elle tandis qu'il remettait son mouchoir sur le nez.

— Tant que je garde mon masque, oui.

— Vous n'avez peut-être pas la discrétion d'un voleur, commenta-t-elle, moqueuse, mais vous en avez l'apparence.

— Merci. Vos remarques me réchauffent le cœur.

Il lui tendit une pelle.

— Comme vous pouvez le constater, j'ai commencé par le coin des roses jaunes. J'ai creusé une tranchée d'environ soixante centimètres de profondeur au pied des rosiers. Tous les deux trois mètres, je reviens sur mes pas pour la reboucher au cas où je serais obligé de m'arrêter rapidement. Vous avez pris votre carnet de croquis ? s'étonna-t-il en découvrant la sacoche qu'elle portait à l'épaule.

— J'ai pensé que je pourrais commencer ce dessin de Danforth que je vous ai promis pendant une pause. Et vous, qu'avez-vous apporté ? interrogea-t-elle en désignant le sac sur le sol.

— Un pique-nique. Ainsi, nous ne serons pas obligés de retourner au manoir pour déjeuner. À moins que vous ne le souhaitiez.

— Pas du tout. J'adore manger dehors. Il m'arrive souvent d'emporter mon repas quand je jardine.

— Parfait. On commence ?

Opinant, Sarah posa sa sacoche et s'empara de la pelle et des gants de cuir qu'il lui tendait. Leurs doigts s'effleurèrent, et elle réprima un tressaillement. Glissant un coup d'œil au marquis, elle vit qu'il regardait au loin d'un air absorbé.

Visiblement, il ne s'était rendu compte de rien. Ce dont elle aurait dû se réjouir, bien sûr. Sauf qu'une part d'elle-même ne pouvait s'empêcher de lui reprocher un tel détachement. De toute évidence, il avait déjà oublié leur baiser. Pire, il l'avait oubliée en tant que femme, ne voyant plus en elle qu'un compagnon utile dans sa quête.

« Autant que tu t'y habitues, parce que s'il trouve l'argent, il ne se souviendra même plus de ton existence, l'avertit la petite voix de la raison. Riche ou non, il épousera une belle jeune femme de son rang. »

Enfonçant la pelle dans le sol, elle fit taire la voix et se concentra sur sa tâche. Ils travaillèrent côte à côte sans mot dire un long moment, le silence uniquement troublé par le chant des oiseaux et le bruissement des feuilles.

Sarah venait de refermer le dernier trou qu'elle avait creusé sans résultat quand Matthew demanda :

— Souhaitez-vous déjeuner maintenant ?

Elle planta sa pelle dans le sol, s'essuya le front du revers de sa main gantée, et se tourna vers lui. Avant de se figer. Alors qu'elle devait avoir l'air d'une souillon, Matthew était plus beau que jamais. Après deux heures de travail sous le soleil, elle s'était attendue à le retrouver comme elle : sale, transpirant, le cheveu en bataille. Et de fait, il l'était. Sauf que cela ne faisait que souligner sa virilité.

Absorbée par sa tâche, elle n'avait pas remarqué qu'il avait ôté sa veste et sa cravate, mais à présent, elle regardait, fascinée, les avant-bras musclés sous les manches retroussées, et le V de peau bronzée dans l'échancrure de sa chemise froissée.

Il fourra le mouchoir qui lui servait de masque dans sa poche et mit les mains sur les hanches. Le souffle court, Sarah contempla ses doigts écartés qui semblaient pointer vers la zone la plus renflée de ses culottes.

Le soleil n'était pour rien dans la chaleur qui lui monta aux joues au souvenir du corps nu de Matthew. Et de la merveilleuse sensation de son sexe dur pressé au creux de ses cuisses.

Il éternua, puis demanda :

— Ça vous convient, Sarah ?

Ça vous convient ? Le regard de la jeune femme revint vivement au visage du marquis. Rien dans son expression n'indiquait qu'il l'avait surprise en train de le lorgner, même si elle soupçonnait que ce fût le cas. Quant à ce qui était censé lui convenir, elle n'en avait aucune idée. Dans le doute, elle répondit :

— Oui. C'est... parfait.

Approuvant d'un hochement de tête, il planta sa pelle à son tour dans la terre et ramassa le sac du pique-nique.

— Il y a un lac entouré d'arbres à la limite du domai...

Un nouvel éternuement l'interrompit.

— Et sans rosiers, reprit-il. C'est à une dizaine de minutes. Cela vous tente d'aller manger là-bas ?

— Tout à fait.

— Alors, allons-y.

Il éternua encore trois fois de suite, et désigna un étroit sentier. Ils s'y engagèrent en silence, Danforth en tête, elle au milieu, Matthew fermant la marche. Quelques minutes plus tard, elle l'entendit pousser un soupir de soulagement dans son dos.

— Ouf ! Ça va mieux.

Résistant à son envie de se retourner, elle garda les yeux rivés sur Danforth. Elle craignait, si elle se risquait à le regarder, de se déconcentrer et de percuter un arbre.

— Tout va bien ? s'enquit-il.

Aïe ! Elle devait paraître encore plus pitoyable que ce qu'elle imaginait.

— Oui, merci. Et vous ?

— J'ai un peu chaud. L'ombre des arbres est la bienvenue.

Sans aucun doute, songea-t-elle. Elle-même avait failli se liquéfier lorsqu'elle l'avait découvert en bras de chemise...

— Je suis désolée que nous n'ayons rien trouvé, dit-elle.

— Moi aussi.

Il marqua une pause avant d'ajouter :

— Merci de votre aide. J'apprécie d'avoir de la compagnie.

— Vous n'avez pas dû vraiment vous apercevoir de ma présence. Nous nous sommes à peine parlé.

— Parler n'est pas nécessaire. Vous sentir là suffit.

Elle se remémora la nuit où elle l'avait vu rentrer sous la pluie, une pelle à la main. Après avoir passé la soirée à discuter du roman de Mary Shelley avec sa sœur et ses amies, elle lui avait trouvé l'air coupable. Mais réflexion faite, il paraissait surtout... abattu. Seul.

Ils débouchèrent bientôt dans une clairière au centre de laquelle scintillaient les eaux bleu sombre d'un lac. Un couple de cygnes semblait glisser sur la surface, près de la rive. Dès qu'il les aperçut, Danforth fonça comme un fou. Sarah éclata de rire comme il plongeait en aboyant à tue-tête tandis que les volatiles s'envolaient dans de grands claquements d'ailes outragés. Apparemment satisfait d'avoir libéré la place, Danforth sortit de l'eau et rejoignit son maître en trottinant.

— Je dois vous prévenir que Danforth risque...

Matthew n'avait pas terminé sa phrase que le chien s'ébrouait vigoureusement.

— De nous mouiller ? suggéra Sarah.

Il s'essuya le visage du bras et fusilla Danforth du regard.

— C'est ça, oui.

— Merci de l'avertissement.

— Votre chienne fait-elle la même chose ? interrogea-t-il en se tournant vers elle.

— Chaque fois qu'elle en a l'occasion. Me mouiller est l'un de ses jeux favoris, avoua-t-elle.

Elle s'accroupit pour caresser Danforth.

— Ça t'amuse énormément, pas vrai ?

En guise de réponse, Danforth aboya deux fois, puis fila de nouveau en direction du lac.

Matthew secoua la tête.

— Vous vous rendez compte qu'il interprète vos paroles comme un encouragement, et que nous allons bientôt avoir droit à une deuxième douche ?

— Ça ne me dérange pas, assura Sarah en souriant. Avec cette chaleur, je n'ai rien contre un peu de fraîcheur.

— Vous avez mis un chapeau. Je croyais que vous préfériez ne pas en porter pour jardiner.

Elle toucha le bord dudit chapeau.

— C'est le cas, mais il faut croire qu'aujourd'hui, j'ai eu envie de suivre les conseils maternels. Si en plus d'être sale, en nage, et maintenant trempée, j'attrape un coup de soleil, Danforth risque de vouloir m'enterrer dans les bois.

Matthew ouvrait la bouche pour répliquer, quand son chien revint au galop.

— Atten… !

La seconde d'après, l'animal s'ébrouait de nouveau, les arrosant copieusement.

— Vous croyez que les chiens sont capables de se moquer ? demanda Matthew en regardant le sien retourner à toute allure vers le lac. Parce que j'ai vraiment l'impression de l'avoir entendu glousser.

— Si vous voulez mon avis, il s'agissait plus d'un ricanement que d'un gloussement.

Le marquis poussa un soupir à fendre l'âme, et Sarah dut pincer les lèvres pour ne pas rire de nouveau.

— Je venais souvent nager ici quand j'étais petit, vous savez, déclara-t-il.

— Et maintenant, vous n'avez même plus à plonger. Danforth se charge d'apporter le lac jusqu'à vous.

— C'est vrai. J'ai de la chance.

Après les avoir gratifiés d'une troisième douche, Danforth fonça de nouveau vers la rive.

— Il ne se lasse jamais ? s'enquit Sarah.

— Oh si. Généralement aux alentours de minuit. Puis-je vous offrir mon mouchoir ? proposa Matthew en lui tendant un petit morceau de tissu détrempé.

Elle sortit son propre mouchoir en dentelle, froissé et plus très blanc, mais sec.

— Et moi le mien ? rétorqua-t-elle.

Il prit un air outré.

— Insinueriez-vous, mademoiselle Moorehouse, que j'ai besoin de m'essuyer le visage ?

— Et *vous*, milord, insinueriez-vous que j'ai…

Une fois encore, Danforth leur coupa la parole. Puis, s'estimant suffisamment sec, il fit un tour sur lui-même, poussa deux aboiements, et s'élança en direction d'un bosquet.

— Il nous a informés qu'il allait chasser, et que ce n'est pas la peine de l'attendre pour déjeuner, traduisit Matthew. En revanche, il serait fort vexé si nous ne lui gardions pas sa part. Que diriez-vous d'aller nous rincer les mains ? ajouta-t-il en désignant le lac du menton.

Accroupie au bord du lac, Sarah se rafraîchit avec son mouchoir humide tandis que le marquis, les mains en coupe, s'aspergeait le visage, la nuque et les bras. Quand il eut terminé, il se redressa et repoussa ses cheveux mouillés en arrière – un geste identique à celui qu'il avait eu au sortir de son bain.

Une onde de chaleur parcourut Sarah de la tête aux pieds, si puissante qu'elle s'étonna presque que de la vapeur ne s'élève pas de ses vêtements. Elle était si troublée qu'elle en lâcha son mouchoir.

Matthew se pencha en même temps qu'elle pour le ramasser, et leurs têtes se heurtèrent.

— Aïe !

— Je suis désolé, dit-il. Ça va ?

« Non, et c'est entièrement votre faute », aurait-elle pu lui répondre.

— Très bien, merci. Et vous ?

— Tout va bien. Votre mouchoir, en revanche, a connu des jours meilleurs, ajouta-t-il en lui tendant le carré de dentelle maculé de boue.

Elle s'en saisit en prenant soin d'éviter tout contact.

— Merci.

— Je vous en prie.

Il eut un sourire amusé.

— Je vous trouve extrêmement patiente. Vous ne vous êtes pas plainte une seule fois.

— Uniquement parce que j'ai faim et que c'est vous qui avez le déjeuner. Une fois le ventre plein, je compte bien me rattraper.

— Et je feindrai de vous écouter et de compatir, comme tout hôte digne de ce nom. Nous y allons ?

Il lui offrit le bras d'un geste théâtral, une étincelle malicieuse dansant dans les prunelles. Bien qu'elle se fût promis de ne pas le toucher, Sarah n'eut pas le cœur de refuser une proposition aussi bon enfant.

Elle posa donc la main droite sur son avant-bras en s'imaginant qu'il s'agissait d'un simple morceau de bois. Et voilà, pas plus compliqué que cela ! Elle était capable de profiter de sa compagnie de manière platonique, de discuter et de se comporter avec lui comme une amie. Même de le toucher. Tout se déroulait parfaitement.

Ils ramassèrent leurs sacoches et s'installèrent pour pique-niquer à l'ombre d'un grand saule.

— Voyons, murmura-t-il en sortant le contenu de son sac. Nous avons des œufs durs, du jambon, du fromage, des cuisses de poulet, des petits pâtés à la viande, des asperges, du pain, du cidre et des tartelettes aux fraises.

— Cela me semble suffisant, commenta Sarah avec un hochement de tête approbateur. Et pour vous, qu'avez-vous apporté ?

— Je constate que vous êtes dotée d'un solide appétit.

— Surtout après deux heures passées à creuser et trois douches.

Il lui adressa un regard faussement réprobateur.

— Je croyais que vous ne deviez pas vous plaindre avant d'avoir mangé.

— Oh, c'est vrai ! Excusez-moi. Je disais donc qu'un peu de tout m'ira parfaitement. Voulez-vous que je m'occupe du service ?

— Ça dépend. Comptez-vous me subtiliser ma cuisse de poulet ?

— Absolument pas, se récria-t-elle, l'air choqué. Juste votre tartelette aux fraises.

Tandis qu'il leur versait deux verres de cidre, Sarah remplit leurs assiettes, puis s'assit près de lui – à distance respectueuse – face au lac.

Ils mangèrent en silence en contemplant le paysage. Les rayons du soleil dansaient sur l'eau où se reflétaient le bleu du ciel et les frondaisons.

— Vous venez souvent ici ? voulut savoir Sarah.

— Presque chaque jour, à pied ou à cheval. C'est l'endroit du domaine que je préfère. La contemplation de l'eau m'apaise.

— Je vous comprends. C'est... magique. Et que faites-vous ?

— Je me baigne, je fais des ricochets, ou je reste simplement assis sous un arbre. Le tronc de ce saule est particulièrement confortable. Il m'arrive aussi d'emporter un livre.

Du coin de l'œil, elle le vit se tourner vers elle.

— Y a-t-il également un lac près de chez vous ?

— Non. Si c'était le cas, je serais continuellement tiraillée entre l'envie d'y aller ou de jardiner.

— Vous pourriez créer un jardin sur la rive.

Elle s'autorisa à lui faire face. Le soleil qui jouait à cache-cache avec les feuilles éclairait son visage d'une lumière dorée et faisait paraître ses yeux presque verts. Seigneur, cet homme était vraiment à couper le souffle !

Où à l'accélérer, songea-t-elle en se rendant compte que sa respiration s'était emballée. Malgré tout, elle parvint à ne pas rougir. Et à ne pas lâcher le morceau de fromage qu'elle tenait à la main. Impressionnant, non? Elle était capable de le fixer dans les yeux sans lâcher son fromage.

— Un jardin sur la rive, répéta-t-elle. Voilà qui résoudrait le problème, en effet.

Elle but une gorgée de cidre avant de reprendre :

— Quel genre de livre lisez-vous ?

— J'ai des goûts plutôt éclectiques. Je viens de relire *Le Paradis perdu* de Milton, et je ne sais pas encore sur quoi enchaîner. En tant que membre du Cercle littéraire féminin de Londres vous pourriez peut-être me conseiller ?

Sarah faillit s'étouffer avec son cidre.

— Qui... vous a parlé du Cercle ? hoqueta-t-elle.

— Lady Julianne, hier soir au dîner. À ce propos, éclairez-moi : en quoi consiste exactement l'activité d'un cercle littéraire féminin ?

Seigneur Dieu ! Elle sentait des taches rouges monter à l'assaut de sa gorge.

— Eh bien, nous... sélectionnons des livres, puis nous en discutons ensemble.

— Quel genre de livres ?

Les taches gagnaient du terrain. Une chance qu'elle n'ait pas retiré son chapeau. Reportant les yeux sur le lac, elle répondit :

— Des œuvres littéraires. Voulez-vous un autre œuf dur ?

Consciente du poids de son regard sur elle, elle continua de fixer la surface aveuglante de l'eau.

— À votre avis, où est allé Danforth ? interrogea-t-elle.

— Pourquoi changez-vous de sujet ?

— Pardon ?

— Vous me parliez du Cercle littéraire féminin de Londres.

— Justement. Dans Cercle littéraire féminin, il y a *féminin*, souligna-t-elle.

225

— Ce qui signifie que je ne pourrai jamais en être membre, mais ne vous empêche pas, a priori, d'en discuter avec moi.

— Êtes-vous une femme ?

— Non.

— Sommes-nous à Londres ?

— Non.

— Y a-t-il un seul livre sur cette couverture ?

— Non.

— Voilà.

— Hmm. La dame fait trop de serments, il me semble.

Sarah redressa le menton.

— En tant que membre du Cercle littéraire féminin de Londres, j'ai lu *Hamlet*, milord. Cependant, votre citation tirée de la scène II de l'acte III ne se justifie aucunement dans le cas présent.

— Vraiment ? J'avais pourtant l'impression...

Elle se concentra sur son œuf dur, consciente de l'œil inquisiteur de Matthew posé sur elle.

Soudain, il s'esclaffa.

— Ça y est. Je crois que j'ai compris. Vos amies et vous ne parlez pas d'ouvrages littéraires, n'est-ce pas ?

La barbe ! Cet homme était décidément trop futé. Avant qu'elle ait trouvé quoi répliquer, il enchaîna :

— Que lisez-vous, alors ? Des ouvrages lubriques scandaleux, je parie. Des romans qui feraient défaillir vos mères de honte.

— Je ne vois pas du tout de quoi vous voulez parler, se défendit-elle d'un ton guindé.

— Allons, Sarah. Vous avez piqué ma curiosité.

— La curiosité est un vilain défaut.

— Je vous en prie. insista-t-il. Si vous me répondez, je vous confierai un secret que je n'ai jamais révélé à personne.

Malgré elle, elle pivota vers lui. Une sonnette d'alarme résonna dans sa tête quand elle découvrit la lueur de défi dans son regard – la même que celle qui l'avait convaincue de prendre son bain devant lui.

« Oui, et regarde où cela t'a conduite », se rappela-t-elle.

Certes, sauf qu'il s'agissait là de l'expérience la plus inoubliable de sa vie.

« Une expérience que, justement, tu as tout intérêt à oublier », s'entêta la voix de sa conscience.

Dieu, qu'elle détestait cette petite voix mesquine et raisonnable !

La réduisant au silence, elle hasarda :

— Un secret contre un autre ?

Le regard du marquis glissa brièvement jusqu'à sa bouche.

— Cela me semble un marché honnête. Puis-je avoir votre parole que vous ne répéterez le mien à personne ?

— Bien sûr. Si vous me promettez de ne jamais répéter le mien, ajouta-t-elle sans réfléchir.

La main sur le cœur, il répondit :

— Je jure sur l'honneur de ne jamais révéler votre secret à quiconque.

Finalement, après une dernière hésitation, elle opina. Après tout, il avait juré. Et elle mourait d'envie de connaître son secret.

— Très bien. Je reconnais que le Cercle littéraire féminin s'intéresse à des œuvres disons… originales.

— Telles que ?

— Eh bien, notre formation est toute récente et, jusqu'à présent, nous n'avons discuté que d'un seul roman.

— Dont l'auteur n'est pas Shakespeare, je présume.

— En effet. Il s'agit de Mary Shelley.

Une lueur d'intérêt s'alluma dans le regard de Matthew.

— Je vois, murmura-t-il. Frankenstein ou le Prométhée moderne.

— Vous l'avez lu ?

— Oui. C'est un choix peu banal pour des dames ; le genre qui ferait pousser des hauts cris vu le côté macabre de l'histoire et la vie scandaleuse de son auteur.

— C'est justement pour éviter les hauts cris que nous nous sommes nommées « Cercle littéraire ».

Il eut une moue pensive.

— Je suis sûr que cette œuvre vous a beaucoup touchée.

— Pourquoi dites-vous ça ?

— Parce que vous êtes l'une des personnes les plus sensibles que je connaisse. Je suis certain que vous réprouvez la conduite du Dr Frankenstein et ressentez une profonde compassion pour le monstre.

Cette remarque, bien que d'une justesse troublante, lui fit pourtant l'effet d'une insulte. Le menton haut, elle répliqua :

— Le Dr Frankenstein a rejeté l'être auquel il avait lui-même donné la vie juste parce qu'il le trouvait laid. Alors, oui, je réprouve son attitude. Et j'apparais mièvre parce que j'éprouve de la compassion pour sa créature, eh bien, tant pis !

— Cela ne vous rend pas mièvre, protesta-t-il. D'ailleurs, ma remarque était un compliment. Je suis certain que si le monstre avait eu la chance de vous rencontrer, son existence aurait été tout autre. Vous l'auriez accepté tel qu'il était, de manière inconditionnelle. Vous l'auriez pris sous votre aile et lui auriez offert la tendresse dont il avait si désespérément besoin.

Sarah le dévisagea, médusée.

— Comment pouvez-vous en être aussi sûr ? Peut-être aurais-je été effrayée par sa taille et son apparence.

— Non, s'entêta-t-il. Vous auriez pris sa grosse main rapiécée dans la vôtre et l'auriez emmené dans votre jardin pour lui montrer les tortlingers et les straffes, et discuter avec lui comme s'il s'agissait de n'importe qui. Vous seriez devenue son amie et l'auriez aidé, de la même façon que vous aidez les sœurs Dutton et Martha Browne.

Elle n'en croyait pas ses oreilles.

— Comment connaissez-vous les sœurs Dutton et Martha ?

— Votre sœur en a parlé à lord Surbrooke, qui m'a rapporté leur conversation. C'est très gentil de votre part de vous occuper de ces femmes.

— Cela n'a rien à voir avec de la gentillesse ; il s'agit de mes amies.

— Si, c'est de la gentillesse. De la générosité et de la compassion. Autant de traits qui vous caractérisent, Sarah.

— N'importe qui ferait la même chose.

— Détrompez-vous. Seuls quelques-uns le font, des gens comme vous, et c'est une chance pour nous tous. Car il y a beaucoup trop d'égoïsme dans ce monde. Votre bonté est un don rare et précieux.

Sous cette avalanche de louanges, Sarah sentit ses joues s'empourprer.

— Je… je ne sais pas quoi répondre.

Il lui lança un regard de reproche.

— Je croyais que nous avions déjà eu une leçon sur la manière de recevoir un compliment.

Elle s'en souvenait, en effet. Très précisément. C'était lorsqu'ils prenaient le thé sur la terrasse. Il lui avait dit qu'elle était une artiste pleine de talent… Juste avant de lui annoncer qu'il devait se marier dans les semaines à venir. À une jeune héritière. Qui, selon toutes probabilités, serait Julianne.

Elle déglutit et hocha la tête.

— Merci.

— Je vous en prie.

Elle voulut détacher son regard du sien, mais s'en trouva incapable. Elle était comme hypnotisée.

En proie au désir douloureux de le toucher, d'être touchée par lui. Si elle l'avait pu, elle aurait vendu son âme pour se transformer, là, en un clin d'œil, en une jolie héritière.

Seigneur ! Elle s'était surestimée. Finalement, sa raison n'était peut-être pas capable de résister à la force de ses émotions.

Mais comment faire à présent ? Elle ne pouvait tout de même pas bondir sur ses pieds et s'enfuir en courant. Alors, elle s'obligea à détourner les yeux. Et chercha quoi dire pour dissiper la tension soudaine.

— Je vous ai avoué mon secret, murmura-t-elle finalement. À vous de me confier le vôtre.

— D'accord. Mais vous promettez de ne pas rire ?

— Promis.

« Je ne rirai pas, je ne vous toucherai pas, je ne me perdrai pas en vaines rêveries », se promit-elle à elle-même.

— Très bien. Quand j'avais dix ans, je voulais devenir corsaire. Écumer les océans, monter à l'abordage des navires ennemis et piller des villes exotiques.

Elle lui jeta un regard surpris, et amusé.

— *Piller ?*

— Bien sûr, piller. Où croyez-vous que les flibustiers trouvent leurs trésors ? riposta-t-il en levant les yeux au ciel. Je voulais être pirate, pas philanthrope.

— Naturellement, concéda-t-elle en souriant. Continuez, je vous écoute.

— Malheureusement, j'ai compris qu'il me faudrait attendre un bon nombre d'années avant de pouvoir réaliser mon rêve. Aussi ai-je décidé de m'initier au métier ici même : je deviendrais le pirate de Langston Manor. Et ce lac, ajouta-t-il en désignant l'étendue paisible devant eux, serait mon océan. J'ai donc pris le nom de Blackguard, et j'ai commencé à construire mon navire. Je le cachais là.

Il désigna une zone envahie de mauvaises herbes près d'un bosquet d'ormes.

— Il était grand ?

— Juste assez pour que je tienne à l'intérieur. J'imagine que certains auraient appelé cela une barque, mais uniquement par manque d'imagination.

— Je vois. Et vous avez fini de le construire, ce bateau ?

— Ce navire, corrigea-t-il. Oui. J'ai même sculpté une sirène à la proue. J'ai un peu raté la tête et cassé la queue, mais qu'importe, j'en étais très fier.

Il se tourna vers le lac et, s'appuyant sur les coudes, continua :

— Le jour J, j'ai enfilé mon costume de pirate et mis le *Blackguard's Bouty* à l'eau. Le voir flotter a été un plaisir sans nom, l'aboutissement de plusieurs mois de labeur secret. J'ai ramé quasiment jusqu'au centre de l'océan, quand soudain, une brèche s'est ouverte dans la coque. En bon capitaine, j'avais emporté un seau pour parer à tout accident. J'ai commencé à écoper, mais quelques secondes plus tard, une autre fuite est apparue. Puis une autre. Et encore une autre.

Il lui lança un coup d'œil.

— Je vois à votre expression que vous avez deviné comment se termine l'histoire.

— Au fond du lac

— Malheureusement, acquiesça-t-il avec un profond soupir. En dépit de tous mes efforts, il devint bientôt évident que la bataille pour sauver le *Blackguard's Bouty* était perdue. Je me suis alors levé, j'ai salué et, comme des générations de capitaines avant moi, j'ai coulé avec mon navire.

— Une attitude noble et courageuse, commenta-t-elle gravement.

Il haussa les épaules.

— C'était le moins que je pouvais faire.

— Donc, le *Blackguard's Bouty*...

— ... est toujours au fond du lac. Avec mes lunettes, tombées entre les brèches dix et onze. Mon père n'était pas ravi quand il s'est aperçu que je ne les avais plus.

— Que lui avez-vous raconté ?

— Qu'il m'était arrivé une mésaventure sur le lac. Ce qui était vrai.

— Vous ne lui avez pas parlé de vos envies de pillage et d'abordage ?

— Je n'en ai jamais parlé à personne. Vous vous souvenez que vous avez promis de ne pas rire, ajouta-t-il, méfiant.

— Je ne ris pas. Même si je dois avouer que j'ai du mal lorsque je vous imagine en train de saluer, droit comme un I, tandis que votre bateau s'enfonce dans les eaux.

— Mon *navire*, rectifia-t-il une fois de plus, l'air offensé.

— Une chance que vous ayez su nager.

— Oui, mais cela mis à part, cette histoire a été un fiasco total.

— Je ne suis pas d'accord.

— Dois-je vous rappeler, *madame*, que mon navire a sombré ?

— Certes, mais vous êtes allé au bout de votre rêve. Beaucoup de gens n'auraient même pas commencé de mettre leur projet à exécution. Et la noblesse de votre geste final vaut tous les succès.

Il réfléchit un instant à ses paroles, puis :

— En qualité de capitaine de feu le *Blackguard's Bouty*, je vous remercie. Mon seul regret est de ne pas vous avoir connue vingt ans plus tôt, j'aurais retrouvé ma fierté plus rapidement.

— Cela m'étonnerait. Vingt ans plus tôt, j'aurais éclaté de rire à la vue du capitaine Blackguard coulant avec sa barque.

Elle sourit, avant d'ajouter, narquoise :

— *Gloup, gloup, gloup.*

Il pinça les lèvres.

— Vous vous gaussez.

— Absolument pas.

Ils se jaugèrent un moment en silence, puis un lent sourire étira les lèvres du marquis. Un sourire si charmeur que Sarah sentit de nouveau s'enflammer le désir qu'elle avait réussi à étouffer tandis qu'il racontait son histoire.

— Maintenant, nous sommes à égalité, déclara-t-il.

— Oui.

Seigneur, elle avait la gorge tellement sèche qu'elle avait l'impression d'avoir avalé du sable ! Cherchant désespérément quelque chose à dire, elle lâcha d'une voix enrouée :

— Où est donc Danforth ? J'espérais travailler sur son portrait avant de regagner la roseraie.

— Vous comptez retourner dans la roseraie avec moi ? Je pensais que deux heures à creuser sous le soleil vous avaient suffi ?

Sa petite voix intérieure lui conseilla d'acquiescer. Mais comme chaque fois, elle l'ignora.

— Je ne suis pas une fleur de serre délicate, milord. Croyez-moi, je me sens tout à fait prête à reprendre là où je m'étais arrêtée. À moins que vous ne préfériez continuer seul, bien sûr.

— Non, Sarah, répondit-il sans la quitter des yeux. Je préfère être avec vous.

Les mots demeurèrent comme suspendus dans l'air entre eux, puis Sarah se rendit compte avec une profonde tristesse qu'elle aussi préférait être avec lui – et pas uniquement pour creuser des tranchées dans la roseraie.

14

Une semaine après la première expédition secrète de Sarah avec lord Langston, le Cercle féminin littéraire de Londres se réunit à minuit dans sa chambre. La tempête qui se déchaînait dehors faisait trembler les vitres. Bien qu'elle fût ravie d'être en compagnie de sa sœur et de ses amies, Sarah regrettait déjà de ne pouvoir rejoindre Matthew.

Huit jours plus tôt, ils avaient en effet décidé de se retrouver chaque nuit pour creuser dans la roseraie. Mais ce soir, le mauvais temps avait eu raison de leur ténacité. Elle ne verrait donc pas lord Langston. Ce qui était une bonne chose, estima-t-elle. Car chaque nouvelle nuit passée à fouiller la terre sans succès n'avait fait que lui confirmer qu'elle nourrissait de vains espoirs, et qu'il était temps de se rendre à la raison. Et tant pis si son cœur n'était pas d'accord.

Les jeunes femmes étaient assises sur le lit. Franck N. Stein se tenait près d'elles, adossé au mur, la tête pendant sur la poitrine. Quelques jours plus tôt, elles avaient profité de ce que les hommes étaient à la chasse pour lui dessiner un visage. Elles avaient choisi chacune de ses caractéristiques par vote. Ainsi Franck possédait-il les yeux du marquis de Langston, le nez de lord Berwick, la bouche de M. Jennsen et la mâchoire de lord Surbrooke.

— Il y a quelque chose d'étrange à retrouver tous les hommes du manoir dans les traits de Franck, déclara Emily.

— Sauf qu'aucun n'a la tête pendante, ironisa Julianne. Ni une jambe plus grosse que l'autre.

— Je doute également que l'un d'eux – ou n'importe quel homme – soit aussi… généreusement pourvu que notre Franck, renchérit Carolyn.

Ce qui provoqua des rires étouffés, tandis que la vision de lord Langston sortant de son bain traversa l'esprit de Sarah. Il n'en était pas loin…

— Bravo, Sarah, la complimenta Carolyn. Tu as fait du beau travail.

Brusquement ramenée au présent, elle cilla plusieurs fois avant de répondre :

— Merci. Et maintenant, je propose de commencer la réunion. Quelqu'un a-t-il une remarque à faire ?

— Je voudrais juste souligner que le Dr Frankenstein a créé son monstre par une nuit comme celle-ci, intervint Julianne.

Le menton posé sur ses genoux repliés, elle jeta un coup d'œil inquiet en direction des fenêtres.

— L'atmosphère est donc parfaite, dit Sarah d'une voix rassurante.

Elle savait combien son amie avait peur de l'orage.

— Car tout est affaire d'atmosphère.

— C'est aussi par une nuit semblable que ce pauvre M. Willstone a été assassiné, insista Julianne. Mère ne cesse de nous rebattre les oreilles avec cette histoire de meurtrier qui se balade dans la nature.

— S'il s'agit d'un brigand – et c'est sûrement le cas –, il doit être loin depuis longtemps, affirma Carolyn en lui tapotant la main. Et puis, M. Willstone se promenait seul, la nuit, quand il a été tué. Nous sommes à l'intérieur d'un manoir avec une bonne vingtaine de personnes pour nous protéger.

— Si nous évoquions des sujets un peu moins macabres, suggéra Emily. Franck N. Stein étant parmi nous, ce soir, il me paraît indispensable de lui ajouter une dernière qualité.

— Laquelle ? s'enquit Sarah.

— Une discrétion à toute épreuve, énonça Emily d'un ton docte. Parce que Franck va en entendre de belles.

— Impossible, il n'a pas d'oreilles, fit remarquer Carolyn, déclenchant une hilarité qui acheva d'alléger l'atmosphère.

Quand elle eut repris son souffle, Julianne se pencha vers Emily pour lui demander :

— Tu as des potins ? Vite, raconte !

— Si quelqu'un est au courant de quelque chose, répondit Emily, l'air de ne pas y toucher, ce n'est pas moi. Demande plutôt à Sarah.

Trois paires d'yeux convergèrent vers Sarah, dont l'estomac se noua. Dieu du ciel, Emily avait-elle, d'une manière ou d'une autre, eu vent de ses expéditions nocturnes en compagnie de lord Langston ?

— Moi ? se récria-t-elle un peu trop vivement.

— Oui, toi, insista Emily en la poussant du coude. Elle se pencha au centre du cercle qu'elle formait avec ses compagnes pour chuchoter :

— Sarah a fait une conquête.

Seigneur Dieu, elle savait !

— Ce n'est pas ce que tu penses…

— Bien sûr que si ! Il suffit de voir comment M. Jennsen te dévore des yeux à table.

Sarah en resta bouche bée. Puis, se remettant de sa surprise, elle répéta, sourcils froncés :

— M. Jennsen ?

— Ne me dis pas que tu ne t'en étais pas rendu compte ?

— Moi aussi, je l'ai remarqué, intervint Carolyn.

— Idem, renchérit Julianne.

Sarah sentit ses joues se colorer.

— Il s'est montré charmant avec chacune d'entre nous, se défendit-elle.

— C'est exact, reconnut Carolyn. Mais plus encore avec toi. Ce qui m'inquiète, d'ailleurs. Il a certes l'air convenable, mais il y a en lui quelque chose de... mystérieux, de secret, qui me dérange.

— Cela vient sans doute de son origine américaine, estima Julianne. Ce qui explique pourquoi il n'est pas totalement accepté dans la bonne société.

— Cela, et le fait qu'il soit dans le *commerce*, rappela Emily avec une moue dédaigneuse. Personnellement, je le trouve stupide et prétentieux. Il affiche sa richesse avec arrogance, et se croit autorisé à poser son regard blasé sur Sarah. Il se prend pour un joyau alors qu'il n'est que de la verroterie.

Surprise par les commentaires acerbes de son amie, Sarah se sentit obligée de défendre Jennsen.

— Il ne m'a pas paru arrogant. En fait, je l'ai plutôt trouvé gentil. Et d'une grande simplicité.

— N'empêche, s'entêta Emily. Je suis certaine que sous ses costumes à la coupe parfaite se cache un homme un peu vulgaire et dénué d'éducation. En résumé, il n'est pas assez bien pour toi, Sarah. Que dire, en revanche, des autres messieurs ? enchaîna-t-elle. Personnellement, je trouve lord Langston et lord Berwick très bien de leur personne.

— Je suis d'accord, approuva Julianne. Même si je préfère lord Berwick. Lord Langston est trop... ténébreux. Et il ne semble pas très passionné.

Elle eut un long soupir désolé.

— J'ai toujours rêvé d'un soupirant sombre et fougueux.

— Peut-être te surprendra-t-il.

Sarah se retint de plaquer la main sur sa bouche. De toute façon, il était trop tard, les mots avaient franchi ses lèvres spontanément. Bonté divine ! Bientôt, elle allait leur narrer en détail à quel point le marquis était passionné.

Emily hocha la tête.

— Sarah a raison : il te surprendra peut-être. Car on dit qu'il cherche une épouse, et c'est toi qu'il a choisie comme partenaire au whist.

Malgré la pénombre, Sarah vit Julianne rougir. Une vague de gêne et de culpabilité la submergea. Pressée de changer de sujet, elle demanda :

— Que pensez-vous de lord Surbrooke ?

— Lui aussi me semble cacher quelque chose, répondit Emily.

— En tout cas, il a l'air triste, observa Sarah. Même lorsqu'il rit, son regard reste grave. Et lord Berwick ?

— Séduisant.

— Charmant.

— Bien éduqué, mais trop superficiel à mon goût, décréta Carolyn. Hier, pendant le dîner, il se plaignait à lord Thurston de ne pas réussir à trouver de domestiques compétents. Son valet de pied, expliquait-il, avait non seulement oublié ses bottes de chasse, mais jurait en outre, contre toute évidence, les avoir emportées dans les bagages.

— Oh, flûte ! J'espère que notre petite farce n'a pas causé d'ennuis au valet de lord Berwick ! s'exclama Sarah en lançant un coup d'œil à Franck. Peut-être serait-il temps de déshabiller notre Homme parfait pour restituer leurs vêtements aux différents propriétaires.

— Pas ce soir, protesta Julianne. C'est la première fois qu'il est avec nous depuis qu'il a un visage et une tête fixée sur le corps.

— Tu as raison. Nous nous en occuperons demain. Pour l'instant, continuons notre tour d'horizon. Que pensez-vous de lord Thurston et de lord Hartley ?

— Spirituels et agréables, et gentils mais ennuyeux, déclara Carolyn.

— Tout à fait d'accord, approuvèrent en chœur Sarah et Emily.

— Moi aussi, renchérit Julianne. Même si je les trouve tous les deux un peu… lubriques. En plus, lord Thurston a une haleine abominable, ajouta-t-elle en grimaçant.

— C'est vrai ! acquiescèrent-elles d'une même voix, avant d'éclater de rire.

Dans son hilarité, Emily tomba en arrière et déséquilibra Franck qui bascula sur elle.

— À propos de lubricité, commenta Carolyn en le remettant d'aplomb, notre Franck N. Stein semble dépourvu de manières. Peut-être n'est-il pas aussi parfait que cela finalement.

Tout en s'esclaffant avec les autres, Sarah se rappela comment lord Langston l'avait caressée et embrassée pendant qu'elle prenait son bain. Une telle attitude n'était certes pas celle d'un gentleman.

Pourtant, à ses yeux, il n'en demeurait pas moins parfait.

Pour son plus grand malheur…

Debout à la fenêtre de sa chambre, Matthew contemplait le parc plongé dans l'obscurité. La pluie ruisselait le long des carreaux qui vibraient sous les assauts du vent. Il jura intérieurement. Sans ce maudit orage, il serait en train de creuser dans la roseraie en compagnie de Sarah.

Paupières closes, il soupira. Cette semaine en compagnie de la jeune femme avait été l'une des plus belles et des plus frustrantes de sa vie. Grâce à elle, ces mornes expéditions nocturnes étaient devenues un plaisir, surtout lorsque, après avoir creusé sans résultat, ils marchaient jusqu'au lac au clair de lune, s'amusant à faire des ricochets dans l'eau, à lancer des bâtons à Danforth, ou encore, comme la nuit passée, à ramasser des grenouilles. Près d'elle, il oubliait ce sentiment de solitude qui lui enserrait le cœur depuis tant d'années. Il était heureux. Tout simplement

Au début, il avait espéré que tout ce temps passé avec elle lui permettrait de découvrir des aspects de sa personnalité qui lui déplaisaient et lui permettraient de la chasser de son esprit. Mais, hélas, c'était le contraire qui s'était produit. Hélas, oui, car avec chaque nouvelle nuit de recherches vaines les chances de l'épouser s'amenuisaient. Et même s'il refusait d'y penser, il savait au fond de lui que ce n'était plus qu'une question de temps.

Il ne leur restait plus que cinq nuits. Ce délai passé, il serait contraint de tenir la promesse faite à son père.

Accablé à cette perspective, il rouvrit les yeux et se laissa lourdement tomber sur le fauteuil le plus proche. Aussitôt, Danforth se leva du tapis sur lequel il était allongé et vint s'asseoir sur ses pieds. La tête inclinée de côté, le chien lui adressa un regard interrogateur, avant de poser la gueule sur ses genoux en lâchant un soupir à fendre l'âme.

— Voilà qui est éloquent, commenta Matthew en lui grattant le crâne. Tu n'imagines pas la chance que tu as d'être un chien.

En guise de réponse, Danforth se lécha la patte et jeta un coup d'œil languissant en direction de la porte.

Matthew secoua la tête.

— Pas ce soir, mon vieux. Nous ne verrons pas Sarah.

À ces mots, Danforth parut s'affaisser. Ce que Matthew ne pouvait lui reprocher.

Nous ne verrons pas Sarah.

Les mots tournaient douloureusement dans sa tête. Une souffrance qui devint presque intolérable lorsqu'il se rappela que dans cinq jours Sarah quitterait Langston Manor pour toujours, et que lui-même se préparerait à épouser une héritière.

Une héritière... La tête renversée, il fixa le plafond. Le joli visage de lady Julianne se matérialisa devant lui. Au cours de la semaine, il s'était efforcé de passer du temps avec elle, l'avait invitée à se promener dans le parc – sous la surveillance peu discrète de Mme Mère et les regards maussades de Hartley, Thurston et Berwick, que la jeune fille intéressait fort.

Avec un grognement de dépit, il baissa les yeux sur le feu. À tous points de vue, une union entre lady Julianne et lui serait parfaite. Elle avait l'argent dont il avait besoin, il possédait le titre convoité par sa famille, et elle semblait aussi charmante que belle. Oui, elle ferait une épouse idéale.

Pourtant, le simple fait de s'imaginer uni à elle pour la vie lui flanquait des crampes d'estomac. Il avait beau faire, il ne se voyait pas passant le restant de ses jours à ses côtés.

Ce fut à cet instant que la solution s'imposa à lui. Si soudaine qu'il se redressa abruptement dans son fauteuil.

Aussi parfaite lady Julianne fût-elle, il ne l'épouserait pas. Pas alors qu'un désir irrépressible pour Sarah courait dans ses veines. Prendre pour femme l'une des meilleures amies de Sarah l'obligerait à se souvenir constamment de cette dernière, à la rencontrer régulièrement, à converser avec elle comme si de rien n'était – autant de choses qui, il le savait, lui seraient impossibles. Cette situation serait intenable ; elle portrait atteinte à son honneur, mais aussi à celui de lady Julianne, qui méritait beaucoup mieux qu'un mari attiré physiquement par sa meilleure amie.

Il soupira, soulagé. En rayant lady Julianne de la liste des candidates possibles, il avait l'impression d'avoir un peu allégé le poids qui pesait sur lui depuis des jours.

Évidemment, cette décision impliquait d'aller à Londres en quête d'une nouvelle héritière. Le temps pressait. Dans trois semaines, une année se serait écoulée depuis la mort de son père. Ce qui signifiait qu'il devait terminer la fouille de la roseraie en trois nuits et non cinq.

Donc se séparer encore plus tôt de Sarah.

Cette perspective lui fit l'effet d'un coup de poignard en plein cœur. Bon sang ! Pourquoi n'était-elle pas riche ? Pourquoi ne trouvait-il pas ce maudit pactole ?

Il s'efforça de se calmer. À quoi bon se lamenter ou penser à ce qui aurait pu être ? Cela ne changerait rien à sa situation. Il savait ce qu'il avait à faire et le ferait, un point, c'est tout.

Repoussant doucement Danforth, Matthew se leva pour se servir un cognac. Tandis qu'il savourait le liquide ambré, son regard se posa sur le bureau. Incapable de résister, il s'en approcha et ouvrit le tiroir où il avait rangé les dessins que Sarah lui avait offerts.

Le premier représentait Danforth. Assis dans l'herbe, l'arrière-train posé sur deux bottes noires, il avait une expression si réaliste que Matthew s'attendait presque à l'entendre aboyer.

Le second était un portrait imaginaire de lui-même enfant. Chaussé de lunettes et vêtu d'un costume de corsaire, il se tenait debout sur une coque de noix à demi engloutie par les eaux. Une sirène étêtée se dressait à la proue ; sur le côté de l'embarcation était inscrit : *Blackguard's Bouty*. Il y avait tant d'intensité, tant de vérité dans cette représentation qu'on aurait pu croire qu'elle avait assisté à la scène.

Sarah lui avait donné les dessins la veille, au retour de leur expédition. En voyant les deux rouleaux entourés d'un ruban, il avait dit en plaisantant :

— Ce n'est pas mon anniversaire.

— Tant mieux, car ce n'est pas un cadeau, avait-elle répliqué en rosissant.

Mais elle se trompait. C'en était bien un. Peut-être le plus beau qu'il eût jamais reçu.

Une fois encore, il lut la dédicace au dos : *Pour le marquis de Langston, en souvenir d'une magnifique journée.*

Il caressa la signature. *Sa* signature…

Un frôlement contre sa jambe le tira de sa rêverie. Il baissa les yeux. Danforth, qui l'avait rejoint, le fixait d'un regard plein d'espoir.

— Qu'y a-t-il, mon vieux ?

Le chien tourna la tête vers la porte.

— Comme je te l'ai dit, il n'y a que toi et moi ce soir.

Visiblement mécontent de cette réponse, Danforth lui jeta un regard sombre, puis, en un éclair, saisit dans la gueule le coin du dessin étalé sur le bureau et fonça vers la porte.

— Danforth ! Ici !

Loin d'obéir, le chien bondit pour baisser la poignée, et fila dans le couloir.

— Bon sang !

Déterminé à récupérer le dessin avant qu'il soit en charpie, Matthew s'élança à ses trousses.

Danforth s'était immobilisé au milieu du couloir et agitait la queue comme s'il attendait qu'il le rejoigne pour jouer. Dès qu'il le vit, il repartit de nouveau, et disparut. Matthew remonta le couloir au pas de course, bifurqua, et s'arrêta net.

Son chien était tranquillement assis devant… la chambre de Sarah.

— Viens ici tout de suite, siffla Matthew.

Têtu, Danforth ne bougea pas.

— Je te préviens, si tu abîmes ce dessin, tu ne mangeras plus un seul os de ta vie. Ni un seul biscuit. Rien que de la pâtée.

Danforth ne parut nullement impressionné par la menace de son maître qui s'était remis en marche. En fait, il l'ignora royalement pour se livrer de nouveau à son tour favori, à savoir, abaisser la poignée au-dessus de lui. Matthew se jeta en avant. Avant qu'il ait pu intervenir, le battant s'ouvrit, et son chien se glissa à l'intérieur de la pièce.

Nom d'une pipe! Que faire à présent? La *chambre* de Sarah... L'endroit de la planète où il avait le plus envie d'être, et celui où il s'était juré de ne plus jamais remettre les pieds. Pour ce qu'il en savait, elle pouvait être dans son bain. Ou en train de se déshabiller. Une onde de désir brûlant le submergea à cette pensée.

Mais peut-être était-elle juste endormie. Dans ce cas, il n'y avait rien de répréhensible à entrer. D'autant qu'il s'agissait de sauver du carnage le dessin qu'elle lui avait offert.

Retenant sa respiration, il pénétra dans le lieu défendu.

Et tourna immédiatement les yeux vers la cheminée. Pas de baignoire fumante ni de Sarah dénudée. Dommage. Ou plutôt, tant mieux, se réprimanda-t-il.

Il pivota vers le lit. Vide. Il la découvrit alors debout devant l'armoire, vêtue d'une chemise de nuit en coton blanc qui lui arrivait aux chevilles. La tenue était on ne peut plus simple, pourtant, elle suffit à lui embraser les sens. Le dessin à la main, Danforth assis sur ses pieds, elle le regarda d'un air incrédule.

— Lord Langston... que faites-vous ici?

Il détestait qu'elle utilise ainsi son titre. Il voulait l'entendre prononcer son prénom, voir ses lèvres en articuler chaque syllabe. Ce qu'elle avait toujours refusé, bien qu'il l'y eût invitée.

— C'est la faute de Danforth, expliqua-t-il en secouant la tête. Ce démon a chipé votre dessin sur mon bureau et s'est précipité ici avant que je puisse l'arrêter. Comme vous le savez, il adore ouvrir les portes.

Elle hocha la tête, et jeta un coup d'œil à l'armoire, par-dessus son épaule.

Elle paraissait nerveuse, agitée. De toute évidence, sa présence dans sa chambre l'avait ébranlée. Tant mieux. Après tout, pourquoi devrait-il être le seul à souffrir ?

— Je vous prie d'excuser Danforth.

— C'est inutile. Tenez, voici votre dessin, ajouta-t-elle en lui tendant la feuille.

Il ne la prit pas.

— Merci, mais je crois qu'il ne vous l'a pas apportée par hasard. À mon avis, il veut que vous lui écriviez une dédicace au dos, comme vous l'avez fait pour moi.

Baissant la voix, il expliqua sur le ton de la confidence :

— Il est un peu vexé que vous n'y ayez pas pensé. Il me l'a dit.

— C'est vrai, Danforth ? fit-elle en réprimant un sourire.

Ce qui lui valut un regard énamouré et un gémissement pitoyable. Bon sang, ce chien était vraiment malin, songea Matthew. Et très bon comédien.

— Pardonne-moi cet oubli, Danforth, reprit-elle. Je vais rectifier cela sur-le-champ,

Sur quoi, elle se dirigea vers le secrétaire. Pendant qu'elle rédigeait la dédicace, Matthew parcourut la pièce des yeux, notant au passage les livres sur la table de nuit, la robe pliée au pied du lit, la brosse et le peigne sur la coiffeuse, la paire de bottes masculines visibles dans l'entrebâillement de la porte de l'armoire.

Des bottes *masculines* ?! Matthew cilla plusieurs fois, certain d'avoir des visions. Mais non, les bottes étaient bel et bien là. Et il y avait des jambes au-dessus. Ce qui signifiait que…

Il se pétrifia sous le choc. Sarah, *sa* Sarah, dissimulait un homme dans l'armoire de sa chambre ! Un mélange d'incrédulité, de jalousie et de douleur le balaya telle une tornade.

S'il s'était écouté, il aurait foncé vers le placard, ouvert la porte à la volée et attrapé le couard par la peau du cou pour le sommer de s'expliquer. Mais cela pouvait attendre. Préférant feindre de n'avoir rien remarqué, il rejoignit Sarah d'un pas mesuré, puis, les mains posées à plat sur le secrétaire, se pencha vers elle.

— Sarah ?

Elle leva la tête.

— Oui, milord ?

— Que faisiez-vous quand Danforth a fait irruption dans votre chambre ?

À cette question, elle s'empourpra et glissa un coup d'œil vers l'armoire.

— Rien.

— Rien ? Allons, vous deviez bien être occupée à quelque chose.

— Non. J'étais juste… assise devant la cheminée.

Contenant sa colère, il la fixa droit dans les yeux et lâcha :

— Vous mentez mal.

Elle leva le menton, visiblement contrariée.

— Je ne mens pas. J'étais assise devant la cheminée.

Seigneur ! S'il n'avait pas été aussi furibond, il aurait applaudi devant tant de sang-froid. Au lieu de quoi, il se raidit puis, sans un mot, se dirigea vers l'armoire.

— Milord, que faites-vous ? s'écria-t-elle, affolée.

Sa fureur était telle qu'il fut incapable de répondre. De sa vie, il n'avait jamais ressenti une haine semblable à celle qu'il éprouvait pour l'inconnu dissimulé dans le placard. Ce salaud qu'elle avait invité à la rejoindre dans sa chambre. Et qui, à n'en pas douter, avait osé la toucher, l'embrasser.

«Comme toi, ironisa une petite voix en son for intérieur. En quoi es-tu si différent de ce pleutre méprisable?»

Il serra les dents et, réprimant le grognement qui montait dans sa gorge, tendit la main vers la porte entrouverte.

— Non! cria Sarah. S'il vous plaît, ne...

Sans lui laisser le temps de finir sa phrase, il ouvrit le battant et agrippa par le collet l'homme qui se trouvait derrière...

Avant de se rendre compte qu'il ne s'agissait pas d'un être humain. Juste une sorte de poupée géante à la tête dodelinante, et dont les yeux, le nez et la bouche lui paraissaient étrangement familiers.

Incrédule, il détailla le pantin, nota l'absence de mains, la jambe plus grosse que l'autre, l'érection impossible.

Quand il pivota sur ses talons, Sarah se tenait à quelques pas derrière lui, les joues en feu, l'air mortifiée.

— Qu'est-ce que c'est que ce truc! s'écria-t-il en secouant le truc en question.

Sans doute y mit-il un peu trop de vigueur, car il y eut un craquement, puis la tête se détacha et roula sur le sol.

Sarah la ramassa en hâte, puis se redressa, son fardeau calé sous le bras.

— Regardez ce que vous avez fait! s'emporta-t-elle. Vous avez une idée du temps qu'il m'a fallu pour réussir à lui coudre la tête droite sur les épaules?

Matthew la contempla, effaré. Un silence assourdissant tomba entre eux, qu'il finit par briser.

— Je n'ai aucune idée du temps que cela vous a pris, mais, manifestement, ce n'était pas suffisant.

À présent allez-vous vous décider à répondre à ma question et m'expliquer ce que signifie cette mascarade ? Que fait ma chemise sur ce pantin grotesque ? Et pourquoi ses yeux ressemblent-ils aux miens ?

— Vous aviez parlé d'*une* question. J'en compte trois, riposta-t-elle.

— Qui exigent toutes une réponse. Sur-le-champ.

Les lèvres pincées, elle le fixa sans ciller, puis soupira :

— D'accord. Bien que vous vous soyez introduit dans ma chambre sans y avoir été invité, j'accepte de vous répondre. Ce *pantin*, comme vous l'appelez, est un fac-similé de l'Homme parfait. Il est issu de l'imagination des membres du Cercle littéraire féminin. Outre votre chemise, il porte la cravate de lord Thurston, les culottes de lord Surbrooke et les bottes de lord Berwick. Et si vous l'aviez regardé plus attentivement, poursuivit-elle, hautaine, vous vous seriez aperçu qu'il n'avait pas seulement vos yeux, mais également le nez de lord Berwick et la bouche de M. Jennsen.

Plongeant son regard dans le sien, elle conclut avec un reniflement de dédain :

— La ressemblance avec vous est donc très limitée. D'ailleurs, l'Homme parfait ne se serait jamais permis de pénétrer de manière intempestive dans la chambre d'une jeune femme ni d'arracher la tête d'un inconnu.

— Il l'aurait fait si c'était pour récupérer un dessin auquel il tenait ! À moins d'être le fac-similé d'un imbécile !

Matthew avait répondu du tac au tac, avant de se rendre compte de l'énormité de sa réplique.

— Bon sang, voilà que je parle de lui comme s'il existait, soupira-t-il en se passant la main sur le visage. Encore un peu, et je vais l'appeler par son nom.

— Mais vous pouvez, il en a un.

— Vraiment ? Et quel est-il ? M. Tête molle ?

Il jeta un coup d'œil au bas-ventre de la chose.

— Le comte Turgescent ? Sir Curiosité anato-
mique ?

— Non.

D'un geste vif, elle lui arracha le corps du pantin
des mains et le pressa contre elle avant de déclarer :

— Permettez-moi de vous présenter mon ami
Franck.

15

Sarah vit les émotions se succéder sur les traits de lord Langston : l'incrédulité, la confusion, et enfin, sans le moindre doute possible, la contrariété. Tant mieux. Après tout, pourquoi devrait-elle être la seule à être contrariée ?

— Vous avez fait un fac-similé de votre ami Franck ? lâcha-t-il enfin. Pour quelle raison ? Il vous manque à ce point ?

Elle serra davantage le corps décapité de Franck contre sa poitrine. Une partie d'elle-même aurait aimé que lord Langston continue à croire à l'existence d'un prétendant en chair et en os. Une autre cependant répugnait à lui mentir plus longtemps. D'autant qu'une fois marié avec Julianne, il finirait sûrement par apprendre comment le Cercle littéraire féminin de Londres avait donné naissance à Franck N. Stein.

— Franck ne me manque absolument pas, répondit-elle.

Il plissa les yeux.

— À voir comment vous étreignez sa réplique, j'ai peine à le croire.

— Je ne l'*étreins* pas, je le tiens. De toute manière, il ne peut pas me manquer puisqu'il n'existe pas.

— Il n'existe pas ? répéta le marquis, soupçonneux. Dans ce cas, pourquoi l'ai-je vu, nu, dans votre carnet de croquis ? Il y avait même son nom en dessous.

Comprenant qu'il ne serait satisfait qu'après avoir reçu une réponse à toutes ses questions, Sarah prit une longue inspiration et lui raconta comment elle avait reproduit une statue du parc de lady Eastland et conçu l'Homme parfait avec ses amies du Cercle littéraire féminin.

— Vous voyez bien que Franck n'existe que dans notre imagination, conclut-elle.

Il la considéra avec une expression indéchiffrable.

— Donc, il n'y a jamais eu d'homme nu.

— Pas d'homme nu *réel*, corrigea-t-elle. Hormis... vous.

— Oui, hormis moi, répéta-t-il d'une voix suave.

Le regard brillant, il fit un pas en avant. Surprise, et quelque peu inquiète de la vitesse à laquelle son cœur s'emballait, Sarah recula. Et se retrouva dos au mur.

Lord Langston fit un nouveau pas.

— Dites-moi, Sarah, reprit-il, avez-vous fait un croquis de *moi* ?

Elle retint son souffle. Il avait dans le regard ce même éclat intense que lorsqu'il l'avait embrassée, caressée intimement...

Un désir irrépressible la submergea. En même temps qu'un désarroi sans nom à l'idée qu'elle s'était leurrée en se croyant capable de contrôler ses sens en sa présence. Si elle avait résisté durant leurs expéditions nocturnes, c'était uniquement parce qu'il ne l'avait jamais contemplée ainsi, avec une avidité à la fois délicieuse et effrayante.

Une bouffée de colère l'envahit. Contre lui, parce qu'il représentait tout ce qu'elle avait toujours voulu avoir sans jamais oser en rêver. Et contre elle, parce qu'elle avait envie de s'abandonner à l'instant présent sans se soucier des conséquences.

Et pour avoir commis l'erreur de tomber follement, désespérément, amoureuse du marquis de Langston.

La vérité, qu'elle tentait de nier depuis plus d'une semaine, s'imposa à elle dans toute sa crudité : elle aimait cet homme.

Mais il n'était pas pour elle. Il ne le serait jamais. Elle devait accepter ce fait comme elle en avait accepté tant d'autres au cours de sa vie, et poursuivre sa route. Pour y parvenir, il fallait d'abord qu'elle le mette à la porte de sa chambre. Tout de suite. Avant qu'elle dise ou fasse quelque chose qu'elle risquait de regretter. Que tous deux risquaient de regretter.

Se raidissant, elle répondit :

— Bien sûr que j'ai fait un dessin de vous, je vous l'ai même donné. Déguisé en pirate, dans la gloire de vos treize ans.

Il s'approcha jusqu'à être tout près, et posa les mains sur le mur de chaque côté de sa tête.

— Je voulais dire nu, Sarah. M'avez-vous dessiné *nu* ?

Nombre de fois.

— Jamais.

Il eut une moue narquoise.

— Vous mentez décidément très mal. Vais-je être contraint de feuilleter votre carnet de croquis pour connaître la vérité ?

Elle le fixa d'un regard à la fois incrédule et consterné.

— Vous n'oseriez pas.

— Attention à ne pas me défier. Vous seriez surprise de découvrir ce dont je suis capable.

Refusant de se laisser intimider, elle riposta avec hauteur :

— Et si je vous avais effectivement dessiné ?

— Je serais... flatté. Et je me demanderais si vous contemplez souvent mon portrait.

Elle ressentit un picotement sur tout le corps comme ses yeux s'attardaient sur sa bouche.

— Je serais curieux de savoir si vous pensez souvent à moi, reprit-il. Si vous y pensez autant que moi à vous.

Elle tressaillit, avec le sentiment d'être prise au piège, hypnotisée par ses paroles et sa voix de velours. Par sa proximité. Ses bonnes résolutions s'évaporaient à une vitesse alarmante. Incapable de donner le change, elle se plaqua contre le mur et secoua la tête.

— Arrêtez. S'il vous plaît.

— Parce que, Sarah... je pense à vous en permanence.

Un désir brut, d'une intensité affolante lui contracta le ventre. Fermant les paupières, elle pria pour trouver la force de lui résister.

— Ce n'est pas bien. Je ne peux pas... Je veux que vous partiez.

— Je n'épouserai pas lady Julianne.

Les mots demeurèrent comme suspendus dans l'air. Rouvrant les yeux, elle scruta Matthew. Il lui apparut mortellement sérieux.

— Je vous demande pardon?

— Je n'épouserai pas lady Julianne.

Il lui fallut encore quelques secondes avant de comprendre les implications de cette affirmation.

— Vous avez trouvé l'argent? demanda-t-elle dans un souffle.

— Non.

La lueur d'espoir qui s'était allumée dans son cœur s'éteignit aussitôt.

— Je ne comprends pas. Je croyais que vous étiez obligé d'épouser une riche héritière.

— C'est malheureusement le cas – à moins qu'un miracle se produise et que nous découvrions l'argent dans les jours prochains. Mais cette héritière ne sera pas lady Julianne.

Sarah éprouva un immense soulagement dans lequel, devait-elle admettre, la loyauté envers son amie se teintait de pur égoïsme.

— Pourquoi ? s'enquit-elle néanmoins. Vous sembliez vous apprécier l'un l'autre. Et je vous assure que vous ne trouverez pas de compagne plus jolie ni plus agréable.

— Sa beauté ou son caractère ne sont nullement en cause. Le problème vient de l'amitié qui vous lie. Je ne peux décemment pas épouser lady Julianne en continuant à *vous* désirer à ce point. La situation serait intenable pour tous les trois. Aussi, si nos recherches échouent, je partirai pour Londres dans quatre jours afin d'y trouver une épouse.

Les yeux rivés aux siens, il enchaîna :

— Avez-vous, parmi vos amies, d'autres riches héritières ? Si c'est le cas, dites-le-moi tout de suite, que je raye leurs noms de la liste des candidates potentielles.

Sous le choc, elle demeura un instant sans voix. Avait-elle bien entendu ? Matthew avait-il réellement déclaré qu'il la désirait ? Mieux, qu'il la désirait « à ce point » !

— Non, articula-t-elle finalement, la gorge nouée par l'émotion.

— Parfait.

Les yeux irrésistiblement attirés par la bouche de Sarah, Matthew réprima un gémissement. Seigneur ! Venait-il vraiment de lui dire qu'il la désirait « à ce point » ? Il ne se souvenait pas d'avoir jamais fait un tel aveu à une femme. Et s'il se fiait à l'intensité avec laquelle elle le fixait, son désir était réciproque.

Bon sang, il devait sortir de cette chambre sur-le-champ ! Écouter la voix intérieure qui le lui ordonnait. Mais ses pieds refusaient de bouger. Alors, il referma la main sur la joue de Sarah et, du pouce, lui caressa la lèvre inférieure.

— Vous ai-je choquée en évoquant mon désir pour vous ? murmura-t-il.

Elle secoua la tête.

— Non. Mais…

Les mots moururent sur ses lèvres et elle baissa les yeux.

— Mais quoi ? insista-t-il en lui relevant le menton avec douceur.

Elle avala sa salive.

— Mais vous devriez cesser de faire ce genre de remarque si vous ne voulez pas que je me liquéfie à vos pieds.

De toute évidence, elle aussi avait souffert mille tourments ces derniers jours. *Merci, Seigneur !* Le soulagement, l'euphorie qu'il en éprouvait n'étaient pas à son honneur, mais comment les ignorer ?

— Sarah…

Bon sang, le simple fait de prononcer son prénom lui procurait un plaisir incroyable ! Il prit une inspiration. Le subtil parfum de lavande qui l'assaillit alors acheva d'enflammer les braises qui couvaient en lui depuis une semaine. Sa vie en aurait-elle dépendu qu'il aurait été incapable de sortir de cette chambre.

Un baiser, un seul, se promit-il. Pour satisfaire ce besoin qui le consumait. Maintenant que lady Julianne n'était plus en cause, cela ne porterait pas à conséquence. Ensuite, il partirait…

Inclinant la tête, il effleura les lèvres de Sarah. Douce reconnaissance après une interminable semaine d'absence. Elle les entrouvrit dans un soupir. L'instant d'après, elle lâchait « Franck » pour nouer les bras autour de son cou. Comme elle se pressait contre lui, Matthew sentit ses bonnes résolutions s'évanouir tel un nuage de brume dans le vent.

Avec un gémissement, il l'enlaça et l'écrasa contre lui. Leurs langues entamèrent alors une danse envoûtante à laquelle se joignirent leurs corps ivres de désir.

La caresser. Une fois encore. Rien qu'une fois...

Il agrippa le tissu de sa chemise de nuit.

Toucher sa peau, juste une fois...

Il remonta le vêtement, frôla sa culotte, puis continua sa progression le long du ventre satiné.

Quand il referma la main sur la rondeur d'un sein, Sarah gémit contre sa bouche. Un petit son délicieusement érotique, une invitation irrésistible à continuer...

La petite pointe durcit au creux de sa paume ; il la titilla adroitement, se délectant de chaque nouveau frisson, de chaque secousse de plaisir qui parcourait le corps délectable de Sarah.

Et soudain, il comprit à quel point il s'était leurré : une caresse ne suffirait pas. Il avait besoin de plus, beaucoup plus. Or, si Sarah se donnait à lui, elle serait perdue à jamais, méprisée par la bonne société tout entière. Et il serait responsable de sa chute. Non, décida-t-il, quoi qu'il lui en coûtât, il fallait mettre un terme à cette folie.

Dans un suprême effort de volonté, il écarta la main, laissa retomber la chemise de nuit, et recula.

Sarah le fixa sans comprendre. Avec ses cheveux défaits, son immense regard brillant, il la trouvait plus irrésistible que jamais.

D'un geste tendre, il lui remonta ses lunettes.

— Pourquoi vous êtes-vous arrêté ? interrogea-t-elle d'une voix rauque.

— Pour la même raison que celle qui m'a poussé à le faire la dernière fois que nous nous sommes embrassés : j'ai atteint la limite au-delà de laquelle je serai contraint d'aller jusqu'au bout.

Un long silence suivit ses paroles, uniquement troublé par leurs respirations hachées. Puis, les yeux plongés dans les siens, Sarah murmura :

— Et si, cette fois encore, je vous répondais que j'ai envie que vous alliez jusqu'au bout.

— Une part de moi ne vous laisserait pas la moindre chance de changer d'avis. Mais une autre, moins égoïste, vous demanderait de réfléchir aux conséquences. À *toutes* les conséquences. Car elles sont plus nombreuses et plus graves pour vous que pour moi.

— J'y ai déjà réfléchi. Pour être franche, je n'ai même fait que cela toute la semaine.

— Sarah... Dans la situation actuelle, je n'ai rien à vous offrir. Et quel qu'en soit mon désir, cette situation n'a, hélas, guère de chance de changer.

— Je sais que le devoir vous oblige à épouser une femme riche, que vous allez partir dans quatre jours, et qu'il est peu probable que nous nous revoyons ensuite. Je sais aussi que je risque de tomber enceinte – même si, d'après ce que j'ai entendu murmurer, il existe des moyens de prévenir ce genre d'accident. Moyens que, je l'espère, vous connaissez...

Comme Matthew hochait la tête, elle poursuivit :

— Je suis tout à fait consciente qu'en me donnant à vous, je perdrai toute chance de trouver un mari un jour. Mais qu'est-ce que cela changerait ? ajouta-t-elle en lui caressant la joue. On me considère déjà comme une vieille fille, et il y a long-temps que j'ai accepté l'idée que je ne me marierai jamais et n'aurai pas d'enfants. Cela ne m'empê-chera pas de profiter de la vie : de jardiner, de m'oc-cuper de mes animaux, d'apprécier mes amies et ma relation avec Carolyn. Vous êtes le premier, non, le *seul* homme qui se soit jamais intéressé à moi, avoua- t-elle d'une voix tremblante qui serra le cœur de Matthew.

Avec ses traits imparfaits et pourtant si émou-vants, avec son manque total de vanité, cette femme lui inspirait une tendresse incommensurable. En la voyant ainsi, si vulnérable et pourtant si grave, il imaginait mal qu'aucun homme n'ait jamais voulu d'elle.

— Matthew... vous avez éveillé en moi des sentiments, des désirs et des passions que je pensais ne jamais connaître. Même pour une unique nuit, je veux retrouver la magie de vos caresses. Je veux vous faire éprouver le même plaisir intense. Je veux expérimenter le plus de choses possibles. Juste une fois. Avec vous.

Matthew couvrit de sa main celle de Sarah qui reposait encore sur sa joue, puis, tournant la tête, y appuya doucement les lèvres. Il aurait aimé lui dire combien lui aussi désirait tout cela. Juste une fois. Avec elle. Mais un si long discours était au-dessus de ses forces. Aussi n'articula-t-il qu'un mot :

— Sarah...

Puis, le cœur battant à tout rompre, il l'entraîna vers le lit.

— Ne bougez pas, chuchota-t-il.

Elle esquissa un sourire.

— Je n'ai pas l'intention de m'enfuir.

Après lui avoir ôté ses lunettes et les avoir posées sur la table de nuit, il entreprit d'allumer toutes les chandelles et les lampes de la chambre. Il enflammait la troisième quand elle se risqua à balbutier :

— Que... que faites-vous ?

— Je nous éclaire.

Elle lâcha un petit rire nerveux.

— L'obscurité a parfois du bon, vous savez. Elle nous rend physiquement tous égaux.

Il ne fit aucun commentaire, mais quand la pièce fut baignée d'une douce lumière ambrée, il la rejoignit et, entrelaçant ses doigts aux siens, déclara :

— Vous êtes belle, Sarah. À l'extérieur comme à l'intérieur. Je veux vous contempler tout entière, saisir chacune de vos expressions, découvrir chaque parcelle de votre peau. À moins que *vous* préfériez ne pas me voir, ajouta-t-il en lui embrassant les doigts.

Elle secoua la tête.

— Oh que non ! Encore que sans mes lunettes, je vais être contrainte de demeurer très près, ajouta-t-elle, malicieuse.

— Rapprochez-vous autant qu'il vous plaira, répondit-il sur le même ton. Je suis à votre disposition.

Une lueur d'intérêt s'alluma dans les yeux de Sarah.

— Voilà une proposition très alléchante. Surtout pour une personne aussi avide d'apprendre.

— Je ne demande qu'à vous être agréable.

Il lui lâcha la main pour dénouer le petit nœud de satin qui retenait sa natte. Lentement, il sépara les mèches qui retombèrent en boucles folles sur ses épaules.

— Si seulement j'étais un artiste, murmura-t-il en enfouissant les doigts dans sa chevelure, je vous représenterais ainsi. Et la Vénus de Botticelli n'aurait plus qu'à se rhabiller.

Elle ouvrit la bouche pour protester, mais il l'en empêcha d'un regard faussement menaçant.

— Merci, souffla-t-elle.

— Bravo. Vous êtes une élève douée.

— Merci de nouveau. Et n'oubliez pas que je suis impatiente d'en apprendre le plus possible.

— Ce dont je me félicite, assura-t-il en s'attaquant à la rangée de petits boutons qui fermaient sa chemise de nuit.

Il procéda lentement, se délectant de chaque nouvelle portion de peau révélée. Quand il eut terminé, il fit glisser lentement le vêtement sur les épaules de Sarah, puis lui ôta sa culotte et, la main tendue, l'invita à enjamber le petit tas de tissu à ses pieds.

Seigneur, elle était divinement belle ! La peau couleur d'albâtre et des courbes d'une suavité à couper le souffle.

Du bout de l'index, il traça de subtiles volutes reliant les taches de rousseur qui ornaient son décolleté.

— Je n'avais pas remarqué ces taches de rousseur, observa-t-il en suivant le contour de l'une d'elles juste au-dessus du sein. À la lumière du feu elles n'étaient pas visibles, mais là...

Il se pencha pour embrasser la petite marque dorée.

— Ô mon Dieu, gémit Sarah comme sa bouche dérivait jusqu'à la pointe dressée de son sein. N'auriez-vous pas vous aussi quelques taches de rousseur à me laisser explorer ?

Il se redressa pour déposer un baiser sur sa bouche.

— Il n'y a qu'un moyen de le savoir.

Sur quoi, il entreprit de déboutonner sa chemise. Elle l'arrêta de la main.

— Vous permettez ?

Il la dévisagea, tout à la fois charmé et surpris par sa requête. Bien qu'inexpérimentée, sa Sarah n'avait visiblement pas l'intention de demeurer passive.

Sa Sarah ? La petite voix railleuse lui rappela que Sarah n'était pas à lui et ne le serait jamais.

Matthew l'ignora. Certes, Sarah et lui n'avaient pas échangé de serments pour la vie. Mais qu'importait ? Pour l'heure, il ne se souciait pas d'éternité, mais de cette nuit. Et cette nuit, Sarah était toute à lui.

Il laissa retomber ses bras.

— Comme je l'ai dit, je suis à votre disposition.

— C'est vraiment très gentil. Sauf que... je ne sais pas encore très bien quoi faire de vous.

Matthew s'esclaffa.

— Vous me sembliez plutôt bien inspirée pour un début. Osez. Enlevez-moi ma chemise.

Sarah hocha la tête, et après quelques tâtonnements, le vêtement rejoignit les autres sur le parquet.

S'enhardissant, elle se rapprocha de lui et pressa les lèvres contre son torse, lui arrachant un tressaillement de plaisir.

— Je ne vois pas trace de taches de rousseur, murmura-t-elle contre sa peau.

Elle déposa une pluie de baisers sur son torse tandis que ses mains lui caressaient langoureusement le dos. Un grondement approbateur s'échappa de la gorge de Matthew.

— Ai-je raison de croire que ce qui me plaît vous plaira aussi ?

— Tout à f...

Il s'interrompit brutalement comme la bouche de Sarah se refermait sur son mamelon. Décidément, elle se révélait une élève plus que douée ! Fermant les paupières, il entrevit tout ce qu'il avait prévu de lui faire – et ce qu'elle lui ferait en retour. Cette simple pensée entama dangereusement le peu de contrôle qu'il lui restait. Et il n'avait même pas enlevé ses culottes !

Après un dernier baiser, Sarah releva la tête et annonça :

— Je n'ai trouvé que trois taches de rousseur et une petite cicatrice. Là, précisa-t-elle en caressant la marque du bout de l'index. Que vous est-il arrivé ?

— Enfant, j'ai découvert que je n'avais aucun don pour grimper aux arbres. J'en ai une autre à l'arrière de la cuisse, due à la même chute. J'imagine que vous voulez la voir aussi, ajouta-t-il.

— Si cela ne vous ennuie pas, fit-elle, faussement sérieuse.

— J'essaierai de ne pas trop me plaindre.

Il s'assit sur le lit pour retirer ses bottes, puis se remit debout. Baissant les yeux sur le renflement au niveau de son entrejambe, il murmura :

— À vous de jouer.

Là encore, Sarah se montra une élève habile. Elle découvrit très vite comment le débarrasser de son vêtement.

Les bras le long du corps, il la laissa contempler à loisir son sexe enfin libéré de son carcan de tissu.

— Oh ! souffla-t-elle, les yeux rivés sur son érection, qui atteignit rapidement une taille respectable.

Comme elle tendait la main, le corps entier de Matthew frémit d'anticipation.

— Je peux ? demanda-t-elle.

— Je crains de mourir si vous ne le faites pas, répondit-il, les dents serrées.

Les doigts de Sarah l'effleurèrent ; il ferma les yeux tandis qu'un flot de pur plaisir déferlait dans ses veines. Bonté divine ! Elle l'avait à peine touché, et il n'arrivait déjà plus à respirer.

— C'est si dur, s'extasia-t-elle sans cesser de le caresser.

— Vous n'imaginez pas à quel point.

— Et si doux à la fois.

Il rouvrit les yeux à l'instant où sa main se refermait autour de sa verge. Une vague de volupté incroyable le submergea à ce spectacle, lui arrachant un gémissement. Levant les yeux, Sarah se risqua à accroître la pression.

— Cela semble vous plaire, constata-t-elle comme il gémissait de nouveau.

— Vous n'avez pas idée.

L'air absolument ravi, elle poursuivit sa douce torture. Elle faisait preuve d'un instinct étonnant. L'arrêtant d'une main posée sur la sienne, Matthew observa d'une voix enrouée :

— Pas trop vite. Moi aussi, j'aimerais explorer un peu votre corps.

— Je vous rappelle que lors de notre dernière rencontre dans ma chambre, vous ne vous en êtes pas privé.

— Je ne risque pas de l'oublier, répliqua-t-il en effleurant le triangle bouclé au creux de ses cuisses.

Avec un sourire mutin, Sarah recula.

— Je ne peux vous laisser faire – cela me distrait. Si vous possédez une évidente expérience en la matière, ce n'est pas mon cas. Il me faut garder la tête froide afin d'apprendre vite et de ne pas vous ennuyer.

— Je vous assure que vous...

Nom de Dieu ! Expérimentée ou pas, elle était en train de le conduire au bord du gouffre.

— ... ne risquez pas de m'ennuyer. En revanche, je ne suis pas sûr de pouvoir tenir très longtemps.

Lui adressant un regard espiègle, elle murmura :

— J'en déduis que je ne m'y prends pas trop mal. Car je ressens exactement la même chose lorsque vous me touchez.

— J'ai cru percevoir une note vengeresse dans votre voix. C'est là un aspect de vous que je ne connaissais pas, Sarah.

— Si je me souviens bien, c'est pour vous venger que vous vous êtes introduit dans ma chambre la dernière fois. Comme dit le proverbe, c'est l'hôpital qui se moque de la charité, milord.

Tout en discutant, elle n'avait cessé de le caresser. Finalement, n'y tenant plus, il lui agrippa le poignet.

— Je suis sérieux. Je ne vais pas pouvoir tenir plus longtemps.

— Très bien, fit Sarah, docile. Dans ce cas, je vais essayer de trouver cette autre cicatrice dont vous m'avez parlé.

Matthew s'autorisa un soupir de soulagement. Une seconde de plus, et il explosait !

La trêve, cependant, fut de courte durée. En effet, l'ayant contourné, Sarah commença à dessiner des arabesques au creux de ses reins.

Il sentit la chaleur de son souffle sur ses omoplates quand elle murmura :

— Vous m'avez dit qu'il s'agissait d'une zone particulièrement sensible chez les femmes. Est-ce aussi le cas chez les hommes ?

Seigneur ! Chaque effleurement était une torture aussi exquise qu'insupportable. Parcouru de frissons incontrôlables, il parvint néanmoins à articuler :

— On dirait.

— Intéressant. À présent, voyons où se trouve cette cicatrice.

Elle s'aventura plus bas, sur ses fesses, le long de ses cuisses. Matthew était aussi tendu qu'un arc prêt à décocher sa flèche.

L'enlaçant soudain, Sarah se plaqua contre son dos. Il frémit au contact de sa peau nue contre la sienne, de ses mains qui dansaient sur son ventre. Cette fois, c'était sûr, un frôlement de plus, et...

Les doigts de Sarah lui chatouillèrent la pointe du sexe.

D'un mouvement souple, il fit volte-face, la souleva dans ses bras et la déposa sur le lit. La rejoignant sans attendre, il lui écarta doucement les jambes et s'agenouilla entre ses cuisses. Un soupir tremblant lui échappa à la vue du sexe moite de désir de Sarah. Avec délicatesse, il en caressa les replis humides et gonflés.

Elle se cambra dans un voluptueux gémissement. Elle était prête. Dieu merci, car il n'aurait pu attendre plus longtemps.

Alors il s'allongea sur elle et s'empara de sa bouche pour un long baiser ardent tandis que son sexe palpitant se nichait à l'orée de sa féminité.

S'arrachant un instant à ses lèvres, il chuchota :

— Puisque vous m'avez posé la question, je ferai de même : je peux ?

— Je risque de mourir si vous ne le faites pas, avoua-t-elle dans un souffle.

Appuyé sur les avant-bras, les yeux rivés sur son visage, il entra lentement en elle. Quand il sentit la barrière de sa virginité, il s'arrêta un instant, puis la força d'un coup de reins. Les yeux écarquillés, Sarah lâcha un cri étouffé.

— Je vous ai fait mal ?

Elle secoua la tête.

— Non. J'ai juste été… surprise.

Enfoui jusqu'à la garde dans le sexe brûlant de Sarah, Matthew s'obligea à ne pas bouger. Puis, incapable de résister plus longtemps, il fit basculer ses hanches. Les pupilles de Sarah se dilatèrent.

— Ô mon Dieu… Recommencez.

— Avec plaisir.

Le regard verrouillé à celui de la jeune femme, il se retira presque totalement, avant de replonger dans l'étroit fourreau qui l'enserrait comme un poing de velours.

Le souffle de Sarah se fit haché. Ses paupières se fermèrent, ses lèvres s'entrouvrirent. Cramponnée à ses épaules, elle commença à onduler sous lui. Un peu gauche au début, elle s'accorda très vite à son rythme. Matthew sentit le plaisir monter en elle tandis qu'il s'efforçait de contenir le sien. Ses poussées se succédèrent, de plus en plus profondes, de plus en plus rapides, jusqu'à ce qu'elle se cambre et crie sa jouissance.

Lorsque les derniers spasmes de la volupté s'apaisèrent, il se retira… et crut mourir. Puis, le corps étroitement pressé contre celui de Sarah, il laissa le volcan qui le consumait exploser et se répandre sur son ventre avec un grondement qui lui laissa la gorge à vif.

S'effondrant sur Sarah, le visage enfoui dans la tiédeur parfumée de son cou, il attendit de retrouver son souffle pour la regarder.

— Mon Dieu, murmura-t-elle, des étoiles dans les yeux. C'était...

Il écarta une mèche de sa joue empourprée.

— C'était? répéta-t-il.

Elle s'éclaircit la voix.

— Euh, Matthew?

— Oui?

— Vous vous rappelez m'avoir entendue dire que je voulais expérimenter le plus de choses possibles avec vous, juste une fois?

— Je ne suis pas près d'oublier une déclaration aussi excitante, répondit-il avec un sourire en coin.

— Eh bien, j'ai changé d'avis.

— Je crains qu'il ne soit trop tard.

Elle secoua la tête.

— Je ne parle pas de l'expérience elle-même, mais du «juste une fois». J'ai trouvé cela si fabuleux que j'ai peur de ne pouvoir me contenter d'une seule fois.

— Je vois. Ce qui signifie que vous désirez profiter encore de mon corps cette nuit?

— Si cela ne vous ennuie pas.

— Je devrais pouvoir le supporter.

Le visage illuminé par un sourire radieux, Sarah glissa la main derrière la nuque de Matthew et l'attira à elle. À l'instant où leurs lèvres se touchèrent, il sut que lui non plus ne pourrait se contenter d'une seule fois.

Ni même d'un million, renchérit la petite voix intérieure.

Il fit semblant de ne pas l'avoir entendue.

16

Une aube grise et pluvieuse commençait à poindre lorsque Matthew se glissa hors du lit de Sarah. Avant de s'habiller, il la contempla un long moment. Sa chevelure déployée sur l'oreiller, elle dormait paisiblement, le visage serein, le corps alangui à demi enroulé dans la courtepointe. Vision délicieuse à laquelle il ne parvenait pas à s'arracher. Après qu'ils eurent fait l'amour une seconde fois, elle s'était endormie, la tête au creux de son épaule, un bras en travers de son torse et une jambe nichée entre les siennes.

Lui était resté éveillé. Pour profiter d'elle. De son corps tiède contre le sien, de la musique de son souffle, de la douceur de son parfum...

Mais à présent, c'était fini. La nuit s'achevait, et il devait regagner ses appartements avant que les domestiques se lèvent. Sans quitter Sarah des yeux, il ramassa ses culottes sur le sol et les enfila. Quitter la chambre se révéla encore plus difficile qu'il ne l'avait escompté.

Il avait cru que cette nuit le comblerait, qu'il serait heureux d'avoir séduit Sarah, de lui avoir fait découvrir l'amour et le plaisir.

Il ne s'était certes pas attendu que ce soit *elle* qui le séduise, qui l'introduise aux joies de l'amour et aux nuances du plaisir vrai. En dépit de ses nombreuses expériences, il n'avait jamais ressenti cette communion qui transformait la simple jouissance physique en un voluptueux partage.

Sarah lui avait apporté cette paix, ce calme intérieur qu'il s'épuisait à chercher depuis tant et tant d'années. Et dont il n'aurait jamais imaginé le trouver dans les bras d'une vierge, que d'aucuns traitaient de vieille fille de surcroît.

Ce qui prouvait qu'il avait encore beaucoup à apprendre. Et que cette femme discrète et innocente, qui menait une vie protégée, en savait bien plus sur la vie, l'amour et la générosité que tous ceux qu'il avait rencontrés jusqu'alors. Or, dans quelques jours, cette femme hors du commun disparaîtrait de son existence. À moins qu'il ne trouve l'argent qui lui permettrait de l'épouser.

À cette pensée, son avenir qu'encombraient de sombres nuages lui apparut soudain radieux. Aucun doute, il *devait* trouver cet argent. À tout prix.

Saisissant sa chemise froissée, il acheva de s'habiller. Puis, après avoir déposé un tendre baiser sur la tempe de Sarah, il sortit à pas de loup.

Il remonta le couloir à grands pas, et s'immobilisa à l'angle. Trempé et échevelé, Daniel avançait dans sa direction, tête baissée, l'air soucieux.

Puis il l'aperçut, et tressaillit. Leurs regards se croisèrent et, l'espace d'un instant, une lueur que Matthew ne se souvenait pas d'avoir jamais vue s'alluma dans les yeux de son ami – une lueur qu'il ne sut interpréter.

Haussant les sourcils, il considéra le pardessus mouillé, les bottes couvertes de boue et demanda :

— D'où viens-tu ?

Haussant à son tour les sourcils, Daniel le parcourut du regard. Manifestement, l'état de ses vêtements et ses cheveux en bataille ne lui avaient pas échappé non plus.

— Ça me semble évident, non ? répondit Daniel en le rejoignant. De dehors.

— Tu avais une raison de sortir ? Il fait un temps affreux, au cas où tu ne l'aurais pas remarqué.

— Je l'ai remarqué, merci. En fait, je te cherchais. Comme tu n'étais pas dans ta chambre, j'en ai conclu que tu avais eu l'idée saugrenue de poursuivre tes recherches malgré la tempête.

— Tu comptais m'aider ?

— Juste te convaincre de rentrer. Surtout, je voulais vérifier que rien de fâcheux ne t'était arrivé. Mais, visiblement, mes conclusions étaient erronées.

Il jeta un coup d'œil des deux côtés du couloir avant d'ajouter :

— J'aimerais me changer. Pourrait-on poursuivre cette discussion dans ma chambre ?

Matthew opina. Il n'avait nulle envie que quelqu'un surprenne leur conversation.

Une fois dans la chambre de Daniel, il s'appuya au manteau de la cheminée et contempla les braises rougeoyantes tandis que son ami enfilait des vêtements secs.

— Pour quelle raison voulais-tu me voir ? s'enquit-il quand celui-ci revint, vêtu de culottes fauves et d'une chemise blanche.

— Rien de particulier. Je n'arrivais pas à dormir, et je me demandais si tu souffrais du même mal, auquel cas nous aurions pu prendre un verre.

Il se tut, jeta à Matthew un coup d'œil songeur avant de reprendre :

— Puisque tu n'étais ni dans ta chambre ni dehors, la question est : dans quel lit te trouvais-tu ? Celui de la belle héritière qui doit te sauver de la ruine, ou de la vieille fille sans fortune que tu dévores des yeux ?

Matthew se détacha de la cheminée en plissant les yeux. Il ouvrait la bouche pour rétorquer quand Daniel l'arrêta en levant la main.

— Ne me dis rien. La réponse est évidente. Ce qui te met dans une situation fort délicate.

— Pas du tout.

Daniel le scruta, dubitatif.

— Tu comptes faire de Mlle Moorehouse ta maîtresse ? Vu comme lady Julianne et elle sont proches, cela risque d'être un peu compliqué, non ? Pour être franc, un tel arrangement me surprend de ta part. Et encore plus de celle de Mlle Moorehouse.

— Il n'y a aucun arrangement. Ni de problème, car je n'ai pas l'intention d'épouser lady Julianne.

Daniel arrêta de boutonner sa chemise.

— Tu as trouvé l'argent ? fit-il d'un ton brusque.

— Non. J'ai décidé de chercher une autre héritière – si nécessaire.

Sur quoi, Matthew expliqua à Daniel qu'il comptait poursuivre les fouilles dans la roseraie durant les trois jours à venir, puis regagner Londres si ses recherches s'avéraient infructueuses.

— Je suppose que ton départ marquera la fin de notre petite partie de campagne, commenta son ami. Vu le résultat, tu aurais pu t'épargner cette dépense inutile.

— Pourquoi ? Tu ne t'es pas amusé ?

— Si, beaucoup. Sauf que cette réunion n'avait pas pour but de me distraire, mais de te trouver une épouse. J'imagine qu'il ne sert à rien de te rappeler que si tu avais concentré tes efforts sur lady Julianne, tu serais sur le point de mettre un terme définitif à tous tes problèmes.

— Cela ne sert à rien, en effet.

— N'empêche, tout n'est pas forcément perdu avec elle. Tu pourrais…

— Non, coupa Matthew d'un ton sans appel. Lady Julianne est hors jeu.

— Parce qu'elle est l'amie de Mlle Moorehouse ?

— Oui.

— Je vois, fit Daniel en hochant la tête. As-tu dit à Mlle Moorehouse que tu étais amoureux d'elle ?

Matthew cilla.

— Amoureux de qui ?

— De Mlle Moorehouse, idiot, répliqua Daniel en levant les yeux au ciel.

Matthew eut l'impression que le sol se dérobait sous ses pieds.

— Ai-je dit que je l'aimais ?

— Tu n'en as pas besoin, répliqua son ami avec un rire bref. Chaque fois que tu t'adresses à elle, tu t'illumines comme si tu avais avalé un candélabre. Tu es aussi transparent que du cristal, mon vieux.

Il y eut un court silence, puis Daniel inclina la tête de côté, l'air interrogateur.

— Ne me dis pas que tu ne le savais pas ?

— Quoi ? Que je m'illumine comme si j'avais avalé un candélabre ?

— Que tu l'aimes, idiot.

Matthew le fusilla du regard.

— C'est la seconde fois que tu me traites d'idiot.

— Est-ce ma faute si tu refuses de comprendre ? Mais ce n'est pas grave, tu me remercieras plus tard.

— Ça m'étonnerait, grommela Matthew en se détournant, contrarié.

Tandis qu'il contemplait le feu dans la cheminée, les paroles de son ami firent peu à peu leur chemin dans son esprit. Et la vérité le frappa de plein fouet, sans pour autant le surprendre.

Penaud, il se retourna.

— On dirait que je suis tombé amoureux, lâcha-t-il.

— Eh bien, maintenant que tu l'as admis, je peux cesser de te traiter d'idiot. Que comptes-tu faire ?

— Que veux-tu que je fasse à part continuer à chercher l'argent et épouser une héritière au plus vite si je ne le trouve pas ?

— Et tes sentiments pour Mlle Moorehouse?

Une immense lassitude s'empara soudain de Matthew, qui ferma les yeux et soupira :

— Je devrai les ignorer. Je n'ai pas le choix. J'ai donné ma parole et je dois la respecter. D'autant qu'il y a plus en jeu que mes seuls sentiments. Quantité de gens dépendent de moi.

— Sage décision, approuva Daniel. Comme je crois te l'avoir déjà dit, toutes les femmes se valent, surtout dans le noir. Et plus encore après quelques verres d'alcool. Se marier pour des raisons autres que pratiques serait de la folie. L'argent, les titres, le pouvoir, voilà du solide. Tandis que le cœur est si capricieux.

— Tu as raison.

— De toute façon, la question ne se pose même pas dans ton cas. Il te *faut* une femme riche.

— Tu as raison.

— Et puis, ce n'est pas comme si Mlle Moorehouse devait rester seule avec sa peine.

— Tu as rai...

Matthew fronça les sourcils.

— Pardon?

— Tu n'as pas à t'inquiéter pour elle : elle ne souffrira pas de la solitude après que tu te seras embarqué pour le grand voyage matrimonial. Jennsen a déjà prévu de l'inviter à lui rendre visite à Londres.

À ces mots, Matthew sentit son sang se figer dans ses veines.

— Jennsen? Comment le sais-tu?

— Il me l'a dit ce soir lorsqu'on jouait au backgammon.

— Et Sarah est d'accord?

— Il ne le lui a pas encore demandé. Mais il en a l'intention. Il compte également inviter lady Wingate, précisa Daniel. Histoire d'éviter les rumeurs.

— Le salaud, marmonna Matthew.

— Sans aucun doute. Quoi qu'il en soit, tu ne peux pas reprocher à Mlle Moorehouse de se consoler avec Jennsen si tu en épouses une autre.

Non, en effet, Matthew n'en avait pas le droit. Mais, bon sang, il ne pouvait s'en empêcher. Il serra les poings. Imaginer Jennsen en train de toucher Sarah, de l'embrasser, de lui faire l'amour lui donnait la nausée. Il avait envie de briser quelque chose. La mâchoire de Jennsen, par exemple.

Daniel se racla la gorge.

— Dommage que tu sois tombé amoureux de la mauvaise personne. Ta vie aurait été beaucoup plus simple si tu avais été attiré par lady Julianne.

— Je suis d'accord. Mais puisque ce n'est pas le cas, il ne me reste qu'une chose à faire.

— Laquelle ?

— Espérer et prier pour trouver ce satané magot.

Après un délicieux dîner et plusieurs parties de cartes et de backgammon, les invités se séparèrent pour la nuit. Emily ayant la migraine, la réunion nocturne du Cercle littéraire féminin de Londres avait été reportée d'un commun accord au lendemain, juste avant le déjeuner. Ce serait le dernier rendez-vous en compagnie de Franck N. Stein, qui serait ensuite démantelé afin de rendre ses vêtements à leurs propriétaires respectifs.

Après un dernier au revoir à ses compagnes en haut de l'escalier, Sarah se dirigea vers sa chambre. Elle dut lutter pour ne pas courir tant elle était pressée de lire le message enfoui au fond de sa poche.

Matthew le lui avait glissé subrepticement dans la main environ une heure plus tôt. Troublée par le geste inattendu autant que par le contact, elle avait senti le feu lui monter aux joues. Et s'était approchée en hâte de la cheminée afin de justifier sa rougeur soudaine par la chaleur des flammes. L'heure suivante avait été un calvaire. Il avait fallu discuter et rire aux plaisanteries de ses compagnons, alors qu'elle n'avait qu'une envie : regagner sa chambre pour lire le mot de Matthew.

La porte à peine refermée derrière elle, elle sortit la missive, la déplia en tremblant. *Profitez de votre bain*, était-il écrit.

Son bain ? Sourcils froncés, elle tourna la tête et s'aperçut qu'une baignoire de cuivre fumante l'attendait devant la cheminée.

Avant de la retrouver pour leur expédition nocturne, Matthew avait pensé à lui faire préparer un bain. L'attention la toucha si profondément qu'elle en eut presque les larmes aux yeux. C'était la première fois qu'un homme prenait ainsi soin d'elle – et sans doute serait-ce la dernière.

Elle se déshabilla rapidement et se pencha pour vérifier la température de l'eau.

— Voilà bien le spectacle le plus captivant que j'aie jamais vu, déclara une voix grave dans son dos.

Étouffant un cri, Sarah fit volte-face. Matthew se tenait à moins d'un mètre d'elle. Vêtu d'un simple peignoir de soie, il la contemplait avec un sourire espiègle.

Sans lui laisser le temps de se remettre de sa surprise, il la rejoignit en une enjambée, l'enlaça et s'empara fiévreusement de sa bouche.

Les bras noués autour de son cou, elle s'abandonna à son baiser, consciente de la chaleur de son corps sous la soie fraîche, de son sexe dur pressé contre son ventre.

— Vous n'imaginez pas combien j'ai attendu ce moment, murmura-t-il quand leurs lèvres se séparèrent. Toute la journée... je n'ai... pensé... qu'à... cela, ajouta-t-il, ponctuant ses paroles de petits baisers sur sa gorge.

— Quelque chose me le disait, parvint-elle à ironiser malgré les frissons grisants qui la parcouraient. Ô mon Dieu. C'est pour cela que vous êtes venu ? Pour m'embrasser ?

— Entre autres…

— Comment avez-vous réussi à aller chercher votre peignoir, entrer dans ma chambre et vous changer en si peu de temps ?

— Je me suis éclipsé quelques minutes après le dîner pour apporter mon peignoir ici. Puis, profitant de ce que mes invités se saluaient, je suis passé sans m'arrêter devant ma chambre et je suis venu ici.

Glissant la main sous la cuisse de Sarah, il lui leva la jambe qu'il cala sur sa hanche. Elle laissa échapper un petit cri comme ses doigts effleuraient son sexe gonflé.

— Quant à ma rapidité, poursuivit-il tandis qu'il la caressait avec une habileté diabolique, vous seriez surprise de voir à quelle vitesse un homme peut ôter ses vêtements quand il s'agit de faire l'amour à une belle femme.

Gémissante, elle écarta les pans de son peignoir pour lui embrasser le torse en murmurant :

— Ce bain est vraiment délicieux.

Matthew lâcha un rire.

— Et nous ne sommes même pas encore dans l'eau.

— Nous ? répéta-t-elle, relevant la tête.

— J'ai pensé que la leçon suivante pour une élève aussi douée pouvait être « les joies d'un bain à deux ».

Il recula d'un pas pour ôter son peignoir et désigna la baignoire du menton.

— Vous vous joignez à moi ?

— Je ne vois aucune raison de refuser.

Avec un sourire approbateur, il enjamba le rebord et s'immergea dans l'eau. Les mains sur les hanches, Sarah le considéra d'un air moqueur.

— Comment pourrais-je vous rejoindre ? Il n'y a plus de place.

Le regard brillant, il se tapota les cuisses.

— Allons donc, il y en a plein, assura-t-il avant de lui tendre la main. Installez-vous face à moi, les jambes de chaque côté des miennes.

Elle s'exécuta, gardant les jambes légèrement repliées.

— Quelle vue délicieuse, commenta-t-il.

— Je pensais la même chose. Même si je vous vois un peu flou.

— Il suffit de vous agenouiller pour remédier à ce problème.

Intriguée et excitée à cette perspective, Sarah suivit son conseil. Le sexe de Matthew se dressait entre eux, impérial. Incapable de résister, elle le caressa du bout des doigts. Son souffle s'accéléra et il se vengea en refermant les paumes mouillées sur ses seins.

— Et maintenant ? s'enquit-elle.

Le regard dont il la parcourut la fit rougir.

— À vous de décider, répondit-il en insinuant la main entre ses cuisses. De quoi avez-vous envie ?

— De vous embrasser, répondit-elle dans un souffle. De vous faire l'amour.

Les yeux assombris par la passion, Matthew lâcha d'une voix rauque :

— Je suis entièrement à vous. Disposez de moi comme bon vous semblera.

Sans plus attendre, Sarah s'inclina vers lui, déposa un premier baiser sur ses lèvres, puis un deuxième. Comme elle hésitait, il l'encouragea à poursuivre. Alors elle fit courir les mains sur son torse, enroula les doigts autour de son érection et entreprit de le caresser de haut en bas, de bas en haut, tout en lui prodiguant des baisers profonds.

La réaction de Matthew ne se fit pas attendre. Un gémissement lui échappa, sa respiration se fit bruyante, son regard avide. Jamais, se rendit-elle compte, elle ne s'était sentie aussi féminine, aussi puissante et délicate à la fois.

Lorsqu'il s'assit, l'empoigna par les hanches, et se mit à lui lécher les seins, elle poussa un cri. À présent, son corps entier le réclamait ; elle le voulait en elle. Tout de suite.

Se redressant, elle posa les mains sur les épaules de Matthew, écarta les jambes autant que la baignoire le lui permettait et se tint au-dessus de son sexe érigé. Le regard verrouillé au sien, il l'empala lentement. Une plainte rauque s'échappa de leurs lèvres quand il fut entièrement en elle. Puis ils commencèrent à se mouvoir, et une fois encore, Matthew lui laissa l'initiative, s'accordant à son rythme sans jamais cesser de la caresser.

Telle la lave d'un volcan, la jouissance qui emporta Sarah balaya tout sur son passage, avant d'exploser en une succession de spasmes affolants qui la propulsèrent dans un monde de pure volupté. Le corps encore palpitant, elle sentit Matthew se retirer doucement. La tenant étroitement serrée contre lui, il enfouit le visage entre ses seins, et succomba à son tour à l'extase.

17

Trois jours plus tard, par un bel après-midi enso-leillé, Matthew et Sarah s'apprêtaient à creuser sous les deux derniers buissons de la roseraie.

Matthew échangea un regard anxieux avec sa compagne, puis, priant pour qu'un miracle se pro-duise, il saisit la pelle et l'enfonça dans le sol.

Ces quelques mètres carrés de terre constituaient son dernier espoir. S'ils ne trouvaient rien, il devrait dire adieu pour toujours à Sarah et se préparer à vivre avec le souvenir torturant des merveilleux moments qu'ils avaient partagés.

Car, il le savait déjà, il n'oublierait jamais leurs rires et leur complicité, et garderait gravé dans sa chair la douceur fiévreuse de leurs nuits d'amour, l'embrasement de leurs corps et de leurs cœurs, l'ivresse de leurs baisers.

Durant ces derniers jours, aucun d'eux n'avait évoqué la fin de leur histoire ou le peu de chances de découvrir ce qu'ils cherchaient dans les quelques mètres carrés qu'il leur restait à fouiller. À quoi bon parler à haute voix du désastre à venir puisqu'ils n'avaient aucun moyen de l'éviter ?

— Prêt ? demanda Matthew, la gorge sèche.

Sarah hocha la tête et lui adressa un sourire vacillant.

Il replaça son mouchoir sur le nez et ils se mirent à creuser en silence. Matthew sentait son anxiété s'accroître avec chaque nouvelle pelletée. Lorsque, finalement, il souleva la dernière, celle qui marquait la fin d'une année entière d'efforts inutiles, il fixa sans la voir la tranchée vide.

Puis il s'accroupit et, en proie à une lassitude sans nom, il posa le front sur le manche de sa pelle et ferma les paupières. D'une certaine façon, il avait toujours su que cela se terminerait ainsi. Pourtant, il n'avait pu s'empêcher d'espérer. Et voilà que, tout à coup, l'espoir n'était plus permis. Le destin avait décidé pour lui. Le lendemain, il partirait pour Londres et commencerait une nouvelle phase de sa vie. Sans Sarah.

Tout cela à cause de ce satané magot sur lequel ils n'avaient pas réussi à mettre la main. Se pouvait-il que son père, si près de la mort, ait déliré ? Ou que quelqu'un l'ayant surpris en train de creuser ait compris ce qu'il cherchait et l'ait pris de vitesse ? Malheureusement, il ne le saurait jamais.

Il lâcha un profond soupir, et s'apprêtait à se redresser quand de l'autre côté du buisson, Sarah cria :

— Matthew, je crois que j'ai trouvé quelque chose !

Il lui fallut quelques secondes pour émerger de l'abattement dans lequel l'avait jeté son échec. Quand enfin il comprit le sens de ses paroles, il la rejoignit en courant.

Le visage empourpré par l'effort, Sarah était à genoux et écartait fébrilement la terre de ses mains. Elle n'était plus qu'à un mètre de la fin de la dernière tranchée, nota-t-il.

— J'ai touché quelque chose, annonça-t-elle en levant vers lui un regard empli d'espoir.

Il s'agenouilla pour l'aider. Et se figea presque aussitôt, atterré.

— Oh, non ! gémit Sarah.

Il déglutit avec difficulté. Ce que la pelle de Sarah avait heurté, ce n'était pas une cassette pleine d'argent mais une... brique.

Il lui suffit de croiser le regard brillant de la jeune femme pour deviner qu'elle ressentait la même chose que lui. Sa lèvre inférieure trembla, et une larme roula sur sa joue. Il sentit son cœur voler en éclats.

— Sarah...

L'attirant contre lui, il l'enlaça tendrement.

— Je... j'ai vraiment cru que je l'avais trouvé, hoqueta-t-elle dans son cou.

— Je sais, mon ange. Moi aussi.

— Je n'arrive pas à y croire. J'étais tellement confiante... tellement certaine...

Un sanglot l'empêcha de poursuivre. Matthew pressa les lèvres sur ses cheveux en désordre. Seigneur Dieu, la voir et l'entendre pleurer lui était insupportable !

Soudain, elle redressa la tête et essuya ses larmes du revers de la main. Une lueur déterminée brillait dans ses prunelles.

— Il reste encore quelques mètres, lui rappela-t-elle. Je veux finir. On ne sait jamais.

Il lui prit le visage entre ses mains. Il aurait tellement voulu y croire encore. Hélas, il ne se faisait guère d'illusions !

— Je vais terminer, proposa-t-il.

Dix minutes plus tard, la défaite était consommée.

— Rien, lâcha-t-il d'une voix blanche.

Il pivota vers elle, lui tendit une main couverte de terre. Elle s'en saisit, et il la guida hors de la roseraie. Quand ils furent suffisamment loin, il ôta son masque de fortune et s'immobilisa. Il aurait voulu dire quelque chose, mais rien ne lui venait. Finalement, il articula :

— Merci pour votre aide.

La lèvre inférieure de Sarah trembla ; il pria pour qu'elle n'éclate pas en sanglots. Il avait l'impression de marcher sur un fil et ses larmes le feraient basculer dans le vide.

— De rien, fit-elle dans un murmure. Je regrette que nous ayons échoué.

— Moi aussi.

Bien plus qu'il ne saurait le dire.

— Vous quitter va être... difficile.

— Sarah...

Incapable de prononcer une parole de plus, il l'enveloppa de ses bras et posa la tête sur ses cheveux. Difficile ? Atroce, plutôt. Déchirant. Au point qu'il craignait de ne jamais s'en remettre.

Prenant une longue inspiration, il s'écarta et plongea les yeux dans les siens – les plus beaux qu'il eût jamais vus.

— Il nous reste encore une nuit, dit-il d'une voix mal assurée.

La dernière. Après quoi, il partirait. Pour sauver son honneur et celui de sa famille. Et ce faisant, il perdrait ce à quoi il tenait le plus au monde.

Parce qu'il marquait la fin du séjour, le dîner fut particulièrement animé. Le cuisinier avait mis les petits plats dans les grands, le vin coulait à flots, et les conversations allaient bon train. Dans cette ambiance de fête, Sarah faisait de son mieux pour dissimuler sa peine. Ce qui s'avéra d'autant plus facile que les invités étaient trop pris par la gaieté générale pour remarquer son manque d'entrain.

Selon son habitude, elle passa l'essentiel du repas à étudier son entourage. Lady Gatesbourne et lady Agatha étaient en grande discussion avec lord Berwick, en qui elles voyaient de toute évidence un bon parti pour leurs fille et nièce.

Emily et Julianne s'entretenaient avec lord Hartley, Carolyn riait à une remarque de Matthew, et lord Surbrooke et lord Thurston parlaient cheval sous l'oreille attentive de M. Jennsen.

Du moins le croyait-elle jusqu'à ce que ce dernier se tourne brusquement vers elle et lui chuchote :

— Vous aurez droit à ma reconnaissance éternelle si vous réussissez à me délivrer de cette conversation assommante sur les chevaux.

Elle ne put s'empêcher de rire doucement.

— Et moi qui imaginais que vous étiez fasciné.

— Ce qui prouve que je m'améliore. Encore quelques années et je serai fréquentable.

— Que voulez-vous dire ?

— Vous n'avez pas remarqué ?

— Remarqué quoi ?

Ses yeux ne souriaient plus quand il répondit :

— Pardonnez-moi de vous l'annoncer ainsi, à brûle-pourpoint, mais vous êtes assise à côté d'un *Américain*. D'*Amérique*.

Elle feignit la surprise.

— Mon Dieu ! Vous ? Un arriviste des Colonies ?

— Mais oui, répondit-il, la main sur le cœur. Ce qui signifie que je dois surveiller mes manières – qui, apparemment, sont déplorables. Surtout si je souhaite recevoir la visite d'une certaine jeune femme une fois de retour à Londres.

L'insistance avec laquelle il la fixait ne laissait aucun doute sur la teneur de ses propos. Sarah sentit ses joues lui brûler.

— Je... je ne sais pas quand ce sera possible.

— Quand vous le désirez. C'est une invitation ouverte pour vous et votre sœur, ou quiconque souhaitera vous accompagner.

Son ton se fit plus grave quand il ajouta :

— J'ai beaucoup apprécié votre compagnie et j'aimerais vous revoir.

— Je... je suis flattée.

— Vous avez tort, répliqua-t-il, une lueur malicieuse dans le regard. N'oubliez pas que je suis l'un de ces Américains mal dégrossis.

— Moi aussi, j'ai apprécié votre compagnie, dit-elle.

Ce qui était vrai. Mais elle voulait d'autant moins lui donner de faux espoirs qu'elle savait qu'une fois de retour chez elle, il lui faudrait longtemps avant de recommencer à sortir et rencontrer du monde.

— Mais...

— Pas de mais, coupa-t-il doucement. Je n'ai besoin ni d'excuses ni d'explications. Comme vous, j'observe beaucoup. Et je vous souhaite tout le bonheur possible. Néanmoins, si jamais vous passiez par Londres, sachez que je serai ravi de vous faire visiter la ville.

Sarah s'empourpra davantage. Bien qu'il ne l'ait pas dit explicitement, elle le soupçonnait d'avoir deviné que son intérêt pour Matthew était plus que passager.

— Merci de m'offrir votre amitié.

— Tout le plaisir est pour moi.

Jennsen n'eut pas besoin de préciser qu'il était prêt à lui offrir plus que de l'amitié, son regard parlait pour lui. Sarah but une gorgée de vin pour cacher son désarroi. Avant qu'elle séjourne à Langston Manor, jamais aucun homme ne s'était intéressé à elle, et maintenant ils étaient deux.

Si seulement son cœur avait choisi Logan Jennsen plutôt que Matthew. Mais bien sûr, une telle remarque était aussi inutile que d'imaginer ce qui se serait passé s'ils avaient trouvé l'argent.

Il était plus de minuit quand les invités regagnèrent leur chambre. Dès qu'elle fut dans la sienne, Sarah se déshabilla et enfila la chemise de feu Franck N. Stein – celle-là même qu'elle avait subtilisée à Matthew quelques jours plus tôt. Elle la lui rendrait cette nuit, après qu'il la lui aurait enlevée.

Elle venait à peine de la boutonner quand un coup résonna à la porte. Le cœur battant la chamade, elle regarda le battant s'ouvrir. Matthew entra, un bouquet de lavande à la main.

Après avoir refermé derrière lui, il s'immobilisa pour la contempler d'un regard si brûlant et si tendre qu'elle en eut le souffle coupé. Puis, sans la quitter des yeux, il franchit les quelques mètres qui les séparaient.

— Vous portez ma chemise.

Sarah acquiesça.

— Ne vous avais-je pas promis de vous la rendre ?

— Si. Mais finalement, je préférerais que vous la gardiez, fit-il en lui caressant le bras. Elle vous va tellement mieux qu'à moi… Pour vous, ajouta-t-il en lui tendant le bouquet.

Elle s'en empara et en respira le parfum.

— Merci. Ce sont mes fleurs préférées.

— Je sais. Désormais, ce sont aussi les miennes.

— Vous en aviez mis partout dans la salle à manger ce soir. C'était magnifique.

— Ma façon à moi de vous dire que je pensais à vous.

Baissant les yeux sur le bouquet, elle remarqua soudain qu'un objet reposait au centre. Elle s'en saisit et retint son souffle en découvrant qu'il s'agissait d'une broche. Au bout d'une tige vert émeraude s'épanouissait un iris en émail violet bordé d'un liseré d'or.

— Elle est splendide, souffla-t-elle, émue.

— Elle appartenait à ma mère. J'espère que vous la porterez. Et vous souviendrez de moi avec affection.

Avec *affection* ? Dieu du ciel, si seulement un mot aussi tiède suffisait à décrire ce qu'elle éprouvait pour lui ! Ravalant ses larmes, elle répondit :

— Merci, Matthew. Je la garderai toujours. Moi aussi, j'ai un cadeau.

Elle se dirigea vers le secrétaire, y déposa le bouquet et la broche, et prit un rouleau de feuilles qu'elle lui apporta.

Sans mot dire, il dénoua le ruban noué autour, et sourit à la vue du premier dessin ; il représentait deux plantes avec des fleurs en forme de cœurs.

— *Straffes et tortlingers*, lut-il au-dessous. Curieux, mais je pressentais qu'elles ressemblaient à cela.

Puis il passa au second dessin, qu'il fixa longuement. Lorsqu'il releva la tête, ses yeux brillaient d'émotion.

— Vous… en Vénus. C'est absolument parfait. Y compris les lunettes. Merci.

— Je vous en prie.

Il roula les feuilles, et alla les poser près du bouquet sur le secrétaire. Puis il revint vers Sarah, la souleva dans ses bras et la porta jusqu'au lit.

Là, il l'assit au bord du matelas, la débarrassa de sa chemise et ordonna doucement :

— Allongez-vous.

Elle s'exécuta docilement. Alors il s'agenouilla entre ses jambes, les souleva pour les caler sur ses épaules. Lorsque sa langue entra en contact avec son sexe, Sarah eut un soubresaut. Jamais elle n'aurait imaginé une intimité aussi troublante. Mais si cette position inédite avait mis à mal sa pudeur, celle-ci s'évapora très vite tandis que Matthew lui faisait l'amour avec les lèvres, la langue, les doigts, chacune de ses caresses amplifiant la jouissance qui montait en elle. Finalement, une vague de plaisir irrépressible l'emporta à des hauteurs vertigineuses, avant qu'elle sombre en criant dans un océan de volupté.

Languide, les paupières lourdes, elle le regarda enlever ses vêtements. Puis il revint à l'assaut, et la magie recommença. Elle s'efforça de graver dans son cerveau chaque effleurement, chaque regard, chaque sensation. Car elle savait que plus jamais elle ne revivrait cela.

Quand elle s'éveilla au petit matin, il était parti.

Matthew chevauchait depuis deux heures lorsqu'il tira sur les rênes de sa monture et se pencha pour lui flatter l'encolure. L'aube, qui pointait à peine quand il avait quitté le manoir, avait laissé la place à un matin pâle et nuageux. Ses invités avaient prévu de partir en début d'après-midi, mais il avait quant à lui été incapable de rester plus longtemps. L'idée de dire adieu à Sarah devant tout le monde lui était insupportable. Il voulait garder d'elle le souvenir de son corps alangui après l'amour, de son visage serein sur l'oreiller.

Devant lui, la route se divisait en deux. À gauche, Londres, à droite…

Il contempla l'embranchement de longues minutes tandis qu'une myriade d'images défilaient dans son esprit. Des images qui, il en était conscient, le hanteraient jusqu'à son dernier souffle.

Et soudain, il sut ce qu'il avait à faire.

Éperonnant Apollon, il s'élança à droite.

18

Debout au pied du lit, Sarah contempla les draps froissés, la tête emplie des souvenirs de la nuit. Bien qu'il soit presque midi, d'épais nuages masquaient le soleil, créant une atmosphère maussade en harmonie avec son humeur. Un valet de pied venait d'emporter ses derniers bagages. Bientôt, les malles seraient sanglées sur le toit de la voiture, et elle n'aurait plus qu'à prendre le chemin du retour. À retrouver la vie qu'elle avait toujours connue, et dont elle s'était toujours contentée.

Jusqu'à ce qu'elle pose le pied à Langston Manor.

Jusqu'à ce qu'elle tombe follement, profondément, désespérément amoureuse d'un homme qui ne lui était pas destiné. Dès le début de leur aventure, elle avait su que les choses se termineraient ainsi. Pourtant, elle n'avait pu s'empêcher d'espérer un miracle, de croire jusqu'à la dernière minute qu'ils trouveraient l'argent et que Matthew pourrait épouser qui il souhaiterait. C'est-à-dire, elle.

Un rêve absurde, insensé, qu'elle aurait dû chasser de son esprit avant qu'il ne s'y enracine. Car même si elle s'attendait à souffrir, elle n'avait pas imaginé qu'un cœur brisé pût être aussi douloureux. Pas imaginé que le départ de Matthew laisserait un vide béant, une plaie à vif dans sa poitrine. Oui, elle ignorait qu'en même temps que son cœur, c'était son âme qu'elle risquait de perdre.

Elle gagna la fenêtre pour contempler le parc. L'argent mentionné par le père de Matthew existait-il vraiment ? s'interrogea-t-elle pour la énième fois. Ou le vieil homme à l'agonie avait-il prononcé des paroles sans suite et dépourvues de sens ?

Elle sortit de sa poche la feuille sur laquelle elle avait inscrit les derniers mots de feu le marquis et la relut. *Fortune. Sauver le domaine. Caché ici. Jardin. Dans le parc. Fleur or. Fougères. Fleur de lys.*

Il y avait sûrement un indice qui lui échappait. Une fois de plus, elle se récita les noms latins de toutes les fleurs jaunes ou dorées qu'elle connaissait, en vain. Alors, avec un soupir, elle replia la feuille.

Après un dernier coup d'œil autour d'elle, elle quitta la pièce et referma la porte sur un épisode enchanteur de son existence, le plus merveilleux qu'il lui serait jamais donné de vivre.

Dans le vestibule, elle fut accueillie par Danforth qui lui fit brièvement la fête, avant de revenir se poster près de la fenêtre la plus proche de la porte d'entrée.

— Dès que lord Langston quitte le manoir, Danforth vient l'attendre ici, expliqua Tildon.

Sauf que, cette fois, son maître ne rentrerait pas seul, songea Sarah. Il reviendrait avec son épouse.

« Cesse de penser à cela », se tança-t-elle. Oui, il fallait qu'elle chasse Matthew de son esprit si elle ne voulait pas mourir de douleur.

Elle rejoignit Danforth derrière la croisée et le caressa entre les oreilles. Le chien lui adressa un regard d'adoration.

— Au revoir, mon ami, murmura-t-elle. Tu vas me manquer.

Danforth inclina la tête de côté et gémit doucement, comme pour lui demander : « Que se passe-t-il ? Toi aussi, tu t'en vas ? »

— Je regrette que tu n'aies pas pu rencontrer ma Desdémone. Je suis sûre que vous vous seriez entendus comme larrons en foire tous les deux.

Sur ces mots, elle lui donna une dernière petite tape sur le crâne, salua Tildon et sortit.

Devant la maison, des valets de pied s'affairaient, qui transportant les bagages, qui les chargeant ou les sanglant sur le toit des voitures. Rassemblés un peu à l'écart, les invités se faisaient leurs adieux.

Sarah s'approcha de Carolyn, qui discutait avec Thurston et Hartley. Dès qu'elle la vit, celle-ci s'excusa auprès de ces messieurs, qui s'éloignèrent à contrecœur.

— Merci, tu me sauves, chuchota Carolyn en l'entraînant dans la direction opposée. Une seconde de plus et lord Hartley mettait un genou en terre pour me demander ma main.

Comme elles s'arrêtaient près de la voiture aux armes des Wingate, Carolyn scruta sa sœur avant de demander :

— Tout va bien, Sarah ? Je me doute que tu n'es pas pressée de retrouver mère, mais tu es toute pâle. Et tu as l'air si... triste.

À sa grande honte, Sarah sentit ses yeux s'emplir de larmes.

— Je suis fatiguée, répondit-elle.

Carolyn lui prit la main.

— Excuse-moi, je t'ai beaucoup sollicitée ces derniers mois. Je te suis très reconnaissante de tout ce que tu as fait pour moi, Sarah. Sans toi, je n'aurais jamais eu le courage de retourner dans le monde.

— Je suis sûre que si, affirma Sarah en lui pressant la main. Tu es beaucoup plus forte que tu ne le penses.

Carolyn secoua la tête.

— Sans Edward, c'est difficile de retrouver le désir de continuer. Mais je sais qu'après trois ans, il aurait voulu que je recommence à vivre.

— Bien sûr. Il aimait te sentir heureuse. C'est un véritable cadeau de te voir sourire de nouveau.

— Quand je pense à toutes ces soirées où tu m'as accompagnée alors que tu aurais préféré lire ou t'occuper du jardin, je me sens un peu coupable. Je ne sais pas comment te remercier.

— Tu n'en as pas besoin. Quel que soit mon amour pour la lecture et les plantes, il n'égale pas celui que je te porte. Je t'accompagnerai encore à une centaine de soirées si cela te rend le sourire.

— *Une centaine ?* répéta Carolyn, amusée.

— Oui. Aussi, je t'en prie, ne me le demande pas, répondit Sarah en feignant de frissonner. Je crois que je deviendrais folle.

— Je te promets de ne pas profiter de ta générosité. Je m'en voudrais d'autant plus que tu as créé le Cercle littéraire féminin de Londres uniquement pour me distraire.

— Pas du tout, protesta Sarah.

Mais sa sœur secoua la tête.

— Mais si. Et je ne t'en aime que plus. D'autant que notre première incursion dans la littérature scandaleuse s'est révélée passionnante. J'ai hâte de découvrir ce que tu as choisi pour la suite.

— Disons pour faire court que notre prochaine lecture sera un roman d'aventures à donner le frisson, et suffisamment dissolu pour faire défaillir ces dames de la bonne société.

— Ce qui est justement la raison de notre choix ! s'exclamèrent-elles en chœur.

— Tu dois avoir hâte de retrouver ton jardin, reprit Carolyn. Même si le parc de Langston Manor est magnifique.

À ces mots, une nouvelle vague de tristesse submergea Sarah. S'efforçant de la contenir, elle répondit :

— Il l'est, en effet.

— As-tu un endroit préféré ?

— Difficile à dire. Peut-être celui avec la statue.

Là où elle avait discuté pour la première fois avec Matthew.

— Cela ressemble à un petit jardin caché dans le grand.

— Oui, j'aime beaucoup cet endroit, moi aussi, acquiesça Carolyn. Tu sais qui représente la statue ?

— La déesse Flora.

Au moment où elle prononçait ces mots, Sarah fronça les sourcils.

— Flora... répéta-t-elle lentement.

Elle eut comme un déclic. *Un petit jardin caché dans le grand...*

Son pouls s'emballa. *Caché. Jardin. Dans le parc.* Était-il possible que le père de Matthew eût fait référence à l'endroit où se trouvait la statue de Flora ?

Paupières closes, elle se le remémora. Y avait-il des fleurs jaunes ou dorées ?

Elle retint une exclamation. Mon Dieu ! Était-ce vraiment aussi simple ? Rouvrant les yeux, elle découvrit Carolyn qui la fixait d'un air inquiet.

— Tu te sens bien, Sarah ?

Elle était si excitée qu'elle avait envie de sauter sur place.

— Oui, très bien. Mais je dois te laisser. J'ai, euh, oublié quelque chose dans le parc.

Un mensonge qui, espérait-elle, se révélerait ne pas en être un.

— L'un des valets peut aller...

— Non ! Je veux dire, ce n'est pas la peine. Nous allons être assises pendant des heures, un peu de marche ne me fera pas de mal. Je me dépêche. Ne pars pas sans moi.

— Bien sûr que...

Sarah n'attendit pas qu'elle finisse sa phrase. Pivotant sur ses talons, elle se rua vers le perron.

— Où va donc votre sœur aussi précipitamment, lady Wingate ? entendit-elle s'enquérir une voix masculine dans son dos.

La réponse de Carolyn se perdit en chemin tandis qu'elle s'engouffrait dans le hall et expliquait à Tildon qu'elle avait oublié quelque chose dans le parc. Sous le regard surpris du majordome, elle fila vers le grand salon qu'elle traversa presque en courant.

Dès qu'elle fut sur la terrasse, elle empoigna sa robe et s'élança à toutes jambes.

Fleur or, fleur or...

Seigneur, si elle avait raison...

Lorsqu'elle déboucha dans la petite alcôve de verdure où Flora déversait le contenu de son urne dans la fontaine, Sarah avait les poumons en feu. Sans reprendre son souffle, elle se mit à genoux et entreprit d'inspecter la base de la statue. Il fallait qu'elle ait raison. *Il le fallait.*

Elle avait examiné un quart de la circonférence quand elle repéra une fissure dans la pierre. Une brèche trop rectiligne pour être naturelle. Se mordant la lèvre, elle posa les doigts sur la fente, et se rendit compte qu'une petite section rectangulaire bougeait.

Elle voulut la tirer vers elle, mais comprit vite qu'elle n'y parviendrait pas à mains nues. Elle jeta un coup d'œil autour d'elle à la recherche d'un outil potentiel. Rien, pas le moindre bout de bois pour l'aider à déloger le morceau de pierre. Réprimant un juron, elle bondit sur ses pieds et reprit la direction du manoir.

Elle venait à peine de s'élancer quand elle entendit des pas précipités. L'instant d'après, un homme apparaissait. Il s'arrêta net en la découvrant.

Elle se figea à son tour, hébétée. Matthew !

Le souffle court, celui-ci demanda :

— Que faites-vous ici ?

Elle cilla pour s'assurer qu'il ne s'agissait pas d'une hallucination. Comme il ne disparaissait pas, elle demanda à son tour :

— Que faites-vous ici, *vous* ?

Il inspira à fond pour se calmer, puis s'approcha. Sarah semblait pétrifiée. Lorsqu'il ne fut plus qu'à un mètre d'elle, il s'arrêta.

— J'ai quelque chose à vous dire.

Elle sortit enfin de l'espèce de transe dans laquelle elle semblait plongée.

— Matthew, je suis si heureuse que vous soyez là. Je crois que…

D'un doigt sur les lèvres il la fit taire.

— Je ne peux pas attendre plus longtemps pour vous dire que je vous aime.

Elle le dévisagea, les yeux écarquillés.

— Vous m'aimez ?

— Je vous aime. Au point de ne plus pouvoir penser correctement. J'étais à mi-chemin de Londres quand j'ai compris que je ne pouvais pas le faire.

— Faire quoi ?

Incapable de résister à son envie de la toucher, il lui prit la main et entrelaça leurs doigts.

— Continuer jusqu'à Londres.

— Alors, vous êtes revenu. Et j'en suis très heureuse parce que…

— Non. Je ne suis pas revenu.

Elle haussa les sourcils, perplexe.

— Pourtant tout indique le contraire.

— Je veux dire, oui, je suis rentré au manoir. De toute évidence. Mais pas directement. Avant, j'ai rendu visite à vos parents.

— C'est merveilleux. Il faut que je vous ex…

Sarah s'interrompit abruptement.

— Mes *parents* ? répéta-t-elle. Mais pourquoi ? Quelle raison aviez-vous d'aller les voir ?

— Une excellente raison, répondit-il avant de lui embrasser les doigts. Je voulais leur demander la main de leur fille.

Il la scruta, s'attendant à lire de la joie dans son regard. Au lieu de quoi il ne vit que de la stupéfaction. Sous le choc, elle avait blêmi.

— La dernière fois que j'ai vu quelqu'un d'aussi interloqué, c'était il y a quelques heures dans le salon de vos parents.

— Je… j'ai du mal à croire qu'ils aient été plus surpris que moi.

— Eh bien, je dois admettre qu'au départ, il y a eu une petite confusion.

— J'imagine.

— Ils ont cru que je voulais épouser votre sœur.

Elle cilla, puis hocha la tête.

— Cela ne m'étonne pas.

— Quand j'ai précisé que je parlais de leur fille Sarah…

— Ma mère ne vous a pas cru.

— En effet.

Matthew crispa la mâchoire au souvenir de sa conversation avec Mme Moorehouse. Les lèvres pincées, celle-ci l'avait quasiment traité de fou de préférer Sarah à la charmante Carolyn.

Il avait éprouvé une vive satisfaction à lui faire comprendre qu'il ne tolérerait plus aucune remarque de ce genre devant sa femme qui, avait-il pris soin de lui rappeler, serait bientôt marquise de Langston. S'il était resté silencieux durant tout cet échange, le père de Sarah ne lui en avait pas moins lancé un coup d'œil approbateur. En fait, il avait semblé sur le point d'applaudir.

— Finalement, j'ai fini par persuader votre mère que je parlais bien de vous. Vous et seulement vous.

Il chercha son regard, et ce qu'il y vit l'incita à ajouter :

— Et maintenant, on dirait que c'est *vous* qu'il me faut convaincre. Sarah, murmura-t-il en pressant leurs mains jointes contre son torse, je suis tombé amoureux de vous ici même, la première fois où nous avons discuté ensemble. Depuis, vous n'avez pas quitté mes pensées. Vos yeux, votre sourire m'ont ensorcelé, et attaché à vous pour toujours. J'ai tenté de me convaincre que je pouvais vivre sans vous, en épouser une autre pour sauver le domaine familial. Je suis même parti. Mais deux heures de route m'ont suffi pour comprendre que je me leurrais moi-même.

Il marqua une pause, plongea les yeux dans les siens avant de reprendre :

— Je vous aime, Sarah. Je sais que je vous demande d'unir votre existence à celle d'un noble ruiné, mais je jure de faire tout ce qui est en mon pouvoir pour vous assurer une vie convenable. Je trouverai des solutions pour dédommager les métayers et éviter le pire, mais je ne peux vous cacher que les choses s'annoncent difficiles. Et qu'il y a de grandes chances pour qu'elles le restent. Si je n'arrive pas à payer les dettes de mon père, je risque même d'aller en prison.

À ces mots, Sarah se redressa.

— Le premier qui essaiera de vous envoyer en prison aura affaire à moi.

— Je ne vous savais pas aussi pugnace, commenta-t-il, amusé.

— Moi non plus. Mais c'est parce que je n'avais jamais eu à me battre avant aujourd'hui.

Libérant sa main, elle lui caressa la joue.

— Moi aussi, je vous aime, reprit-elle. À un point tel que c'en est presque insupportable.

— Tant mieux. Cela me soulage de constater que je ne suis pas le seul.

Posant un genou en terre devant elle, il reprit :

— Quoi que j'aie pu promettre à un mourant, je ne peux ni ne *veux* épouser une autre que vous. Sarah, me ferez-vous l'honneur de devenir ma femme ?

Elle posa sur lui un regard brillant de larmes ; sa lèvre inférieure se mit à trembler. Seigneur, comprit-il, elle allait pleurer ! Affolé, il se releva promptement. Aussitôt, Sarah se jeta dans ses bras et, le visage enfoui dans son cou, éclata en sanglots.

Mal à l'aise, il lui tapota le dos.

— J'espère que c'est une manière peu ordinaire de dire oui, hasarda-t-il.

Elle le regarda, et la tendresse qu'il lut dans son regard le transperça jusqu'au cœur. Derrière ses lunettes, ses yeux scintillaient comme des topazes.

— Oui, fit-elle dans un souffle, avant d'éclater d'un rire joyeux. Oui ! Cent fois oui !

Un bonheur indicible submergea Matthew. Il s'empara de ses lèvres et la gratifia d'un baiser vibrant de passion et d'espoir en l'avenir. Sans doute lui aurait-il fait l'amour là, dans ce petit coin abrité du parc, si elle ne l'avait repoussé avec douceur pour murmurer :

— Matthew, tout n'est pas perdu.

— Bien sûr, puisque vous avez dit oui.

Elle secoua la tête.

— Non, je ne parle pas de ça, mais de l'argent.

Cette fois, il se redressa et la dévisagea sans comprendre.

— Que voulez-vous dire ?

— Alors que je discutais avec ma sœur, une idée m'est venue. J'expliquais à Carolyn que l'endroit où nous nous trouvons en ce moment m'apparaissait comme un petit jardin à l'intérieur d'un grand. Cela m'a rappelé les paroles de votre père et son « jardin, dans le parc ». Avez-vous creusé ici ?

— Non. C'est entouré de haies. Il n'y a pas de fougères ni rien qui ressemble à une fleur de lys ou à un iris. Aucune fleur couleur or non plus.

— Très juste. Mais peut-être notre erreur a-t-elle été de chercher des fleurs jaunes ou dorées. D'après ce que vous m'avez dit, votre père s'exprimait d'une voix hachée et vous aviez du mal à le comprendre. Imaginez qu'il n'ait pas dit « Fleurs or », mais

« Flora ». Dans ce cas, l'argent pourrait être caché dans la fontaine.

Matthew plissa le front, cherchant à se rappeler les paroles exactes de son père. Puis il opina lentement tandis qu'un timide espoir renaissait en lui.

— C'est possible.

— Dès que j'ai eu cette idée, je suis accourue ici. Juste avant votre arrivée, j'ai remarqué une pierre mal fixée à la base de la fontaine. Je pense que l'argent pourrait bien se trouver cacher derrière.

Il la contempla, incrédule.

— Et vous ne me le dites que maintenant ?

Sarah leva les yeux au ciel.

— J'ai essayé de vous le dire plusieurs fois – mais vous étiez trop occupé à me déclarer votre flamme pour m'écouter. Ce dont je ne me plains pas, d'ailleurs.

Il lâcha un grand éclat de rire, avant de l'enlacer et de la faire tournoyer dans ses bras.

— Vous ai-je déjà dit que vous êtes brillante ? s'enquit-il après l'avoir reposée sur le sol.

— Je ne crois pas.

— Honteuse omission de ma part. Heureusement que vous avez accepté de m'épouser, ainsi, je pourrai vous le répéter jusqu'à la fin de mes jours.

— Attendez tout de même de voir si j'ai raison.

— Raison ou pas, cela ne changera rien au génie de vos déductions. À présent, montrez-moi cette pierre.

Lui prenant la main, elle le conduisit jusqu'à la pierre en question.

— Vous voyez cette fissure ?

— Oui.

En tremblant, il tira un couteau de sa botte et inséra la lame dans la fente.

— Ça y est, elle vient, indiqua-t-il d'une voix tendue.

Reposant le couteau, il tira le moellon vers lui.

Une cavité sombre apparut.

Ils échangèrent un regard chargé d'espoir et d'appréhension.

— À vous l'honneur, fit Matthew.

Elle secoua la tête.

— Non, c'est votre argent.

— *Notre* argent, corrigea-t-il. Dans ce cas, regardons ensemble.

Ils s'apprêtaient à glisser la main dans l'ouverture quand une voix s'éleva dans leur dos.

— Très attendrissant, mais il se trouve que c'est *mon* argent.

Matthew sursauta et se retourna vivement. Le regard qu'il croisa était familier, mais l'amitié qu'il y lisait d'ordinaire avait disparu au profit d'une haine non dissimulée – haine que ne faisait que confirmer le pistolet braqué sur lui.

19

— Quelle surprise, déclara posément Matthew sans quitter son interlocuteur des yeux.

— Très plaisante, en effet, répondit lord Berwick. J'avais presque renoncé à récupérer un jour l'argent que ton père m'avait volé. À présent, j'aimerais que vous vous releviez lentement tous les deux. Méfie-toi, Matthew, un seul geste en direction de ce couteau, et Mlle Moorehouse se retrouvera avec un trou dans la poitrine.

Conscient qu'il n'avait pas le choix, Matthew s'exécuta. S'il s'était écouté, il aurait bondi devant Sarah pour la protéger, mais à cette distance, il n'était même pas certain qu'une balle ne le traverserait pas, les tuant l'un et l'autre.

— Envoie le couteau vers moi d'un coup de pied, ordonna Berwick dès qu'ils furent debout. Assez près pour que je puisse le ramasser.

À son corps défendant, Matthew obéit.

— Merci, fit Berwick en se baissant pour récupérer l'arme. Maintenant, les mains sur la tête, s'il vous plaît.

— Quelle politesse, commenta Matthew, flegmatique, en levant les bras.

— Je ne vois aucune raison de ne pas me conduire en gentleman.

— Parfait. Dans ce cas, laisse partir Mlle Moorehouse.

Berwick eut une moue de regret.

— Je crains que ce ne soit impossible. Elle aler-
terait les autres, et cette simple transaction se
transformerait en drame. Un geste ou un cri, et
je tire sur lui, ajouta-t-il à l'adresse de Sarah. Compris ?

Du coin de l'œil, Matthew la vit opiner. Il aurait
aimé se tourner vers elle, la rassurer d'une manière
ou d'une autre, mais il n'osait quitter Berwick des
yeux.

— Tu ne crois tout de même pas que tu vas t'en
tirer ainsi, dit-il.

— Bien sûr que si. Je vais juste récupérer l'argent
que ton père m'a volé et partir.

— Mon père avait de nombreux défauts, mais ce
n'était pas un voleur. Il a gagné cet argent au jeu.

— En jouant avec *moi*. Il s'agissait de *mon*
argent, répliqua Berwick, le regard étincelant de
colère. Je n'étais pas censé perdre. C'était impossible. J'avais tout vendu pour obtenir cette somme.
Absolument tout. Il suffisait que je la triple pour
éponger mes dettes. Et c'est ce qui serait arrivé si
ton imbécile de père, qui ne gagnait pratiquement
jamais, n'avait eu une chance incroyable ce soir-là.

Matthew hocha la tête.

— Je vois. Tu lui avais proposé de jouer parce
que tu avais prévu de le plumer. Plutôt stupide vu
qu'il n'avait pas de quoi payer ses dettes.

— Oh mais si, il avait de quoi ! Il se vantait
d'avoir récemment gagné une fortune. Le jeu devait
se dérouler uniquement entre lui et moi. Avec des
mises très élevées. Et j'aurais dû gagner.

Berwick plissa les yeux et poursuivit :

— Ou alors récupérer son argent en même temps
que le mien sur le trajet. Sauf qu'il ne l'avait pas sur
lui. Alors, je me suis payé autrement.

Le sang de Matthew se glaça dans ses veines.

— Tu veux dire que c'est... *toi* le brigand qui a tiré sur mon père.

La rage qui avait transformé le séduisant visage de Berwick en un masque grimaçant n'était rien comparée à la fureur qui s'était emparée de Matthew.

— Il n'a eu que ce qu'il méritait ! Il n'avait qu'à avoir ce satané fric sur lui ! Après sa mort, je m'attendais que tu rembourses les dettes du domaine. Mais en voyant que tu ne l'avais toujours pas fait au bout de plusieurs mois, j'ai pensé que soit tu n'étais pas au courant pour l'argent, soit tu ignorais où il se trouvait. C'est alors que j'ai entendu certaines rumeurs. Tu demeurais en permanence à la campagne et t'étais pris d'une passion subite pour l'horticulture.

Berwick sourit. Un sourire froid qui n'atteignit pas ses yeux.

— Une marotte très inattendue de la part d'un homme qui ne supporte pas les fleurs.

— Pas toutes les fleurs, juste les roses, corrigea Matthew.

Ce qui lui valut un haussement d'épaules.

— J'ai deviné que tu cherchais l'argent dans le parc. Cela fait des semaines que je t'épie dans l'attente de pouvoir récupérer mon bien.

Matthew fronça les sourcils tandis qu'une nouvelle pièce du puzzle se mettait en place.

— C'est toi qui as tué Tom Willstone.

Nouveau haussement d'épaules.

— Malheureusement pour lui, il m'a vu dans les bois cette nuit-là et a menacé de te prévenir. Je ne pouvais prendre un tel risque.

Il fallait continuer à le faire parler...

Quelqu'un finirait bien par s'inquiéter de leur absence et aurait l'idée de les chercher, songea Matthew. Même si, hélas, cela risquait de prendre un certain temps... Vu le coup d'œil complice que Daniel lui avait lancé en l'entendant s'enquérir de Sarah, il y avait de grandes chances que son ami se débrouille pour qu'on les laisse tranquilles un moment.

Quoi qu'il en soit, plus Berwick parlerait, plus il serait amené à commettre une erreur. Il fallait juste se tenir prêt à en profiter.

— Je comprends mieux pourquoi tu t'es invité à ma partie de campagne, commenta-t-il sur le ton de la conversation.

— Quelle meilleure occasion de te surveiller nuit et jour ? Surtout avec Thurston et Hartley pour détourner l'attention de moi.

Il ricana avant d'ajouter :

— Cela dit, ce séjour a été très distrayant. Surtout quand tu ne creusais pas. J'ai beaucoup ri en constatant que, alors que tu avais visiblement prévu de choisir l'une des jolies héritières présentes, tu t'es entiché de la seule vieille fille du lot. Mais cela prouve encore que la chance est avec moi : lady Julianne fera une épouse admirable.

À ces mots, Sarah réprima un cri horrifié. Matthew pria pour qu'elle se tienne tranquille. Alors qu'il s'apprêtait à répondre, il perçut un mouvement dans les fourrés.

Afin d'avertir le nouveau venu de la situation, il lança d'une voix forte :

— Je crois au contraire que la chance t'a abandonné, Berwick. Car même si tu nous élimines et voles l'argent dans la fontaine, tu seras arrêté avant de sortir d'ici et finiras tes jours en prison.

— Sauf si l'on croit que tu as poignardé Mlle Moorehouse en état de légitime défense. Il me suffira de raconter que je l'ai entendue te menacer parce que tu voulais la quitter, que j'ai voulu intervenir, mais que, manque de chance, dans la mêlée, tu as reçu un coup de feu fatal. Quant à l'argent, qui songerait à s'en inquiéter puisque personne n'est au courant ? Tu vois, ajouta-t-il avec un sourire mauvais, j'ai tout prévu. Maintenant, j'ai le regret de vous annoncer que l'heure est venue de se dire adieu.

— Julianne n'acceptera jamais de vous épouser, articula Sarah d'un ton calme.

Berwick la fusilla du regard.

— Je vous ai ordonné de vous taire.

— Je sais, sinon vous tirez sur Matthew. Mais comme vous avez de toute façon l'intention de nous tuer, je n'ai aucune raison de vous obéir.

Sans lui laisser le temps de réagir, Sarah poussa alors un hurlement à déchirer les tympans.

Furieux, Berwick pointa son pistolet sur elle. Vif comme l'éclair, Matthew écarta Sarah tandis que, d'un même mouvement, il attrapait le second couteau caché dans sa botte et le lançait. Danforth choisit cet instant pour bondir des fourrés et planter les crocs dans le mollet de Berwick. Ce dernier laissa échapper un cri de surprise et de douleur mêlées, une détonation résonna. Puis le pistolet tomba à terre, et Berwick s'écroula, le couteau planté en plein cœur.

Pivotant vers Sarah, Matthew la prit dans ses bras, et examina anxieusement son visage blême.

— Vous n'êtes pas blessée ?

— Non. Tout va bien.

Il poussa un sifflement ; Danforth cessa de renifler le corps inerte de Berwick pour le rejoindre en trottinant.

— Reste près de Sarah, ordonna-t-il.

Sur quoi, il alla vérifier que Berwick était bien mort, avant de revenir.

— Bon chien, murmura-t-il en grattant Danforth derrière les oreilles. Tu nous as sauvé la vie.

— Vous aussi, intervint Sarah. Non seulement vous avez un deuxième couteau dans votre botte, mais vous savez vous en servir. Un talent utile pour un mari, ajouta-t-elle en lui prenant la main.

— Vous avez raison, fit-il en entrelaçant ses doigts aux siens. Encore que j'espère ne plus jamais avoir à y faire appel. Cela dit, je n'aurais pas eu la possibilité de le sortir si vous n'aviez pas hurlé. Très efficace votre cri. J'en ai eu les cheveux qui se dressaient sur la tête.

— Je n'allais tout de même pas le laisser vous tuer sans réagir !

— Ce dont je vous suis très reconnaissant.

Il l'attira à lui, et ils demeurèrent un long moment enlacés, incapables de trouver de mots suffisamment forts pour exprimer leur joie d'être là, ensemble, en vie.

— Matthew ? Sarah ? Où êtes-vous ?

La voix de Daniel, suivie de pas précipités sur le gravier, les fit sursauter.

— Près de la fontaine, cria Matthew en réponse.

Quelques secondes plus tard, Daniel apparaissait accompagné d'Hartley, de Thurston, de Jennsen et de Paul, tous armés d'un couteau ou d'un pistolet.

Il se figea en découvrant le corps de Berwick.

— Que s'est-il passé ?

Matthew résuma les faits brièvement, quoique sans rien omettre. Quand il eut terminé, il se tourna vers Hartley et Thurston.

— Pourriez-vous retourner au manoir demander à Tildon de faire prévenir le juge ?

Les deux hommes acquiescèrent, visiblement pas mécontents d'avoir un prétexte pour quitter les lieux.

— Paul, vous auriez une bâche pour couvrir le corps ?

— Tout de suite, milord, répondit Paul, avant de disparaître à son tour.

— À moins que vous n'ayez besoin de moi, je vais aller rassurer ces dames, déclara Logan Jennsen.

Elles étaient très inquiètes après avoir entendu le cri et le coup de feu.

Matthew le remercia, mais ne put s'empêcher de serrer les dents en surprenant le regard dont l'Américain gratifia Sarah avant de s'éloigner.

— Tu es sûr qu'aucun de vous deux n'est blessé ? s'enquit Daniel.

— Certain, assura Matthew.

— Tu n'as pas reçu de coup à la tête ? insista-t-il.

— Mais non. Pourquoi cette question ?

— Parce que tu sembles avoir oublié l'argent dans la fontaine.

Matthew écarquilla les yeux.

— Bon sang, j'étais si inquiet pour Sarah que ça m'est sorti de l'esprit !

Il attendit que Paul reparte après avoir posé la bâche sur le corps de Berwick pour se tourner vers Sarah.

— Prête ? demanda-t-il.

— Plutôt deux fois qu'une.

— Souhaite-nous bonne chance, lança-t-il à Daniel.

Ensemble, ils s'agenouillèrent devant la petite ouverture et glissèrent les doigts à l'intérieur.

Rien.

— C'est… vide, articula Sarah d'une voix sans timbre.

Matthew inspecta une fois encore la petite cavité, sans plus de succès. Daniel lui pressa gentiment l'épaule.

— Je suis désolé, Matthew. Je t'attends au manoir.

Seul avec Sarah, Matthew se redressa et lui tendit la main pour l'aider à se lever.

— Je suis si déçue, Matthew, confia-t-elle, le regard brillant de larmes.

— Moi aussi. Mais je me console en pensant que même si je ne l'ai pas trouvé, cet argent m'a rendu riche. Sans lui, je ne vous aurais jamais rencontrée, et vous valez tous les trésors du monde.

— Non, je...

Sarah se tut brusquement, les yeux fixés sur quelque chose derrière lui.

— Qu'y a-t-il? l'interrogea-t-il en pivotant.

— La fontaine. Le coup tiré par Berwick a abîmé l'urne de Flora.

Matthew fit la grimace en voyant la brèche à la base de l'urne.

— Ma mère adorait cette statue. Mon père l'avait fait faire tout exprès pour elle.

— Comme la roseraie? fit-elle en baissant les yeux sur le bassin.

— Oui.

— Matthew! s'exclama-t-elle soudain en lui agrippant le bras. Regardez!

Sarah avait le doigt pointé vers le fond de la fontaine. Les sourcils froncés, Matthew se pencha pour ramasser une espèce de petit disque au fond de l'eau.

— Un souverain! s'écria Sarah, les yeux rivés sur la pièce d'or.

Matthew jeta un coup d'œil perplexe à la statue, puis un large sourire illumina son visage.

— Sarah, je crois que je viens de comprendre où se cachaient les fougères mentionnées par mon père.

Sur ce, il grimpa sur le bord du bassin pour jeter un coup d'œil à l'intérieur de l'urne ornée de fougères que Flora tenait dans les bras.

— Alors? s'impatienta Sarah. Il y a quelque chose?

En guise de réponse, il plongea la main dans le récipient, la ressortit et l'ouvrit. Une pluie de pièces d'or s'en échappa.

Sarah poussa une exclamation de joie.

— Il y en a d'autres?

— Mon ange, l'urne en est *pleine*.

Avec un cri victorieux, Matthew sauta à terre, enlaça la jeune femme et la fit tournoyer dans ses bras.

— On... l'a... trouvée ! dit-il, ponctuant chaque mot d'un baiser. Je n'arrive pas à y croire.

— Quelle ironie, tout de même, que nous ayons obtenu le dernier indice grâce à Berwick.

— Oui. Encore que vous auriez fini par résoudre cette énigme, j'en suis certain.

— C'est *vous* qui avez compris que les fougères en question étaient celles qui se trouvent sur l'urne, souligna-t-elle.

— Ce qui prouve qu'ensemble nous sommes fantastiques.

— Le couple parfait, conclut Sarah avec un sourire complice.

Épilogue

Deux jours plus tard, Sarah dévalait les escaliers de Langston Manor. Matthew lui avait demandé de le rejoindre sur le perron à 14 heures précises, et elle était pressée de découvrir quelle surprise il lui réservait.

Il avait été très occupé depuis qu'ils avaient trouvé l'or. Après avoir répondu aux questions du juge concernant Berwick, il avait dû se rendre à Londres pour rembourser les dettes paternelles, et n'était rentré que quelques heures plus tôt. Avec une première surprise qui avait fait immensément plaisir à Sarah. En effet, lorsqu'il avait ouvert la porte de la voiture, Desdémone, toilettée de frais, un énorme nœud parfumé à la lavande autour du cou, en avait bondi.

Et voilà qu'il avait, semblait-il, prévu une autre surprise.

Le cœur battant, Sarah déboucha sur le perron. Et découvrit Matthew en bas des marches, tenant les rênes d'Apollon.

— Pile à l'heure, commenta-t-il en souriant.

Elle lui rendit son sourire, puis jeta un coup d'œil anxieux à la monture.

— Vous partez ou vous revenez ?

— Je pars. J'espérais que vous accepteriez de m'accompagner.

— Où ?

— Au village. J'ai pensé que si vous chevauchiez avec moi jusque là-bas, cela nous aiderait tous deux à affronter nos vieux démons, ajouta-t-il, soudain grave. Et à remplacer les mauvais souvenirs par des bons.

Sarah regarda de nouveau le cheval, puis Matthew, mal à l'aise.

— Vous voulez faire d'une pierre deux coups.

— On peut le dire ainsi.

— Je ne suis pas montée à cheval depuis très longtemps.

— Je ne suis pas allé au village depuis très longtemps.

Il lui offrit sa main.

— Je vous tiendrai serrée contre moi pendant tout le trajet.

— Cela devrait m'aider.

— Vous avoir près de moi devrait également m'aider.

Prenant une profonde inspiration, Sarah descendit les marches et saisit la main qu'il lui tendait.

— En route pour de nouveaux souvenirs en commun. De bons souvenirs, précisa-t-elle.

Le sourire qu'il lui adressa en retour lui réchauffa le cœur. Il enfourcha son cheval avec une aisance née de l'habitude, puis l'aida à se hisser en selle. Lorsqu'elle fut assise en écuyère devant lui, il glissa le bras autour d'elle.

— Ça va ? lui souffla-t-il à l'oreille.

— Oui, répondit-elle.

Et à sa propre surprise, elle se rendit compte qu'elle était sincère. Grâce à la présence rassurante de Matthew, elle se sentait capable d'affronter sa plus grande peur.

— Vous vous rendez compte que notre arrivée ensemble au village va faire jaser, déclara-t-elle tandis qu'ils s'éloignaient au pas du manoir. Le marquis de Langston partageant sa monture avec une simple roturière.

— Avec sa future épouse, corrigea-t-il. Et je défie quiconque d'en trouver une plus noble de cœur et d'esprit dans tout le royaume. D'ailleurs, je me réjouis d'avance en imaginant la tête de mes pairs quand j'annoncerai nos fiançailles à Londres.

Il rit à cette idée, avant de reprendre :

— Au fait, vous ai-je déjà parlé du petit jardin et des serres de ma maison londonienne ? Je les ai un peu négligés ces derniers temps, mais je suis certain qu'avec de la tendresse et de l'attention, vous en ferez un endroit fabuleux.

— J'en serai ravie.

— Parfait. À ce propos, reprit-il en lui mordillant le lobe de l'oreille, vous ai-je dit que j'avais besoin, moi aussi, de tendresse et d'attention ?

Levant les yeux vers lui, elle répondit :

— Non, mais comptez sur moi pour m'en souvenir. J'imagine qu'il n'y a pas de rosiers dans vos serres.

Il eut une grimace horrifiée.

— Dieu merci, non. Rien que d'y penser, j'ai envie d'éternuer.

— Ces éternuements sont très pratiques pour savoir où vous êtes, observa-t-elle, narquoise.

Resserrant son étreinte, il déposa sur ses lèvres un baiser si doux que son cœur bondit dans sa poitrine.

— Vous n'aurez jamais à me chercher, mon amour, murmura-t-il. Je serai toujours là. Près de vous.

— Ce qui fait vraiment de vous l'Homme parfait.

e 19 août :

s sœurs Merridew —1. Le plus doux des malentendus ‿
nne Gracie (n°8095)

présenter tôt le matin chez un personnage aussi important que le duc de
nstable est fort inconvenant. Mais Prudence n'a pas le choix : l'avenir de ses
eurs est en jeu. Un homme apparaît dans le hall. Il serait plutôt séduisant si
tenue débraillée ne laissait supposer une vie dissolue. En outre, Prudence
aime pas du tout la façon dont il la regarde. Dire qu'elle a jeté son dévolu sur
duc en raison de sa réputation d'ermite et de célibataire endurci !

s chevaliers de l'ordre du Temple. Le Templier déchu ‿
ary Reed McCall (n°9024)

cien Templier, Alex de Ashby maudit le sort qui l'a jeté entre les mains
s Anglais et qui a voulu qu'il ressemble trait pour trait à feu Robert
ncaid. Maintenant, il est forcé d'usurper l'identité de Kincaid et de
ntroduire dans son château afin de collecter des informations qui
rmettront aux Anglais de prendre la forteresse. Il lui faudra aussi duper
veuve de Kincaid, mais Alex n'est pas du genre à s'embarrasser de
rupules jusqu'à ce qu'il croise le regard gris de Beth persuadée que son
ari est de retour après de longues années d'absence.

club des débutantes —2. La passion en héritage ‿
lia London (n°9023)

eta Fairchild a laissé ses cousines Ava et Phoebe à Londres. Au terme d'un
terminable périple qui l'a conduite au pays de Galles afin de retrouver son
ritage, elle arrive enfin chez lord Rhodrick Glendover, comte de Rhador,
le prince de Powys. C'est lui qui possède l'argent qui revient de droit à
eta et elle ne l'aura que lorsqu'elle lui prouvera son identité. En attendant
documents qu'il exige, la jeune fille se retrouve coincée dans le lugubre
lais de Llanmair, en compagnie de ce seigneur hautain au visage balafré,
e certains soupçonnent même de meurtre, un homme impitoyable
pable de la faire trembler d'un seul regard et dont elle se surprend
urtant à désirer les baisers…

*Nouveau ! 2 rendez-vous mensuels
aux alentours du 1er et du 15 de chaque mois.*

Le 26 août :

Violences et passions ⊗ **Patricia Hagan (n° 3201)**

1861. Le Sud des Etats-Unis est déchiré par la guerre de Sécession. Lu[...]
Tate et sa bande en profitent pour piller, violer, tuer. En chemin, ils enlève[...]
Kitty. Enfin, quand la bande de Tate est décimée par les Yankees, Kitty
croit sauvée. Mais ce ne sont pas les intentions du capitaine Travis Coltran[...]
Elle est désormais sa prisonnière.

Pionnière au Montana ⊗ **Rosanne Bittner (n° 3970)**

Clint Reeves est revenu à Lawrence pour annoncer à son beau-père un[...]
terrible nouvelle : Millie, sa jeune épouse, et leur fils de trois ans ont é[...]
massacrés par les Indiens. Désormais, seul le whisky parvient à chasser [...]
souvenirs qui le hantent. Clint décide de partir pour le Montana. Lorsqu[...]
monte dans sa chambre pour rassembler ses affaires, une jeune inconnue [...]
supplie de l'emmener avec lui. Hors de question de s'encombrer d'u[...]
femme si jolie, mais la belle a plus d'un tour dans son sac...

Si vous aimez Aventures & Passions,
laissez-vous tenter par :

Passion
intense
Quand l'amour vous plonge dans un monde de sensualité

Le 26 août :

Belle à croquer ⊗ **Emma Holly (n° 9025)**

Frankie tient un restaurant en front de mer, dans une petite ville touristiq[...]
de Californie. Après cinq ans de vie commune avec Troy, il la quitte du jo[...]
au lendemain pour Karen qui attend un bébé de lui.
Un soir, le corps d'une jeune fille assassinée est retrouvé, juste derrière le r[...]
taurant de Frankie. Le commissaire Jack West mène l'enquête et soupço[...]
ne Frankie, malgré leur attirance mutuelle...

Nouveau ! 1 rendez-vous mensuel
aux alentours du 15 de chaque mois.

Et toujours la reine du roman sentimental :

Barbara
Cartland

Le 19 août :
L'énigmatique marquis (n° 1469)

Le 26 août :
Fiançailles forcées (n° 3862)

Nouveau ! **2** *rendez-vous mensuels*
aux alentours du 1ᵉʳ et du 15 de chaque mois.

9000

Composition
CHESTEROC LTD

Achevé d'imprimer en Italie
par GRAFICA VENETA
le 1ᵉʳ juin 2009.

Dépôt légal juin 2009.
EAN 9782290015063

ÉDITIONS J'AI LU
87, quai Panhard-et-Levassor, 75013 Paris
Diffusion France et étranger : Flammarion